ein Ullstein Buch

ÜBER DAS BUCH:

Dieses Lesebuch ist gewissermaßen ein Joachim-Fernau-»Konzentrat«. Es enthält eine liebevoll und kenntnisreich zusammengestellte Textauswahl aus seinem Gesamtwerk, die seine Gedanken zu Geschichte und Politik, über die Deutschen, über Freiheit und Gleichheit, über Fortschritt und Ideologie deutlich macht.

FERNAU ÜBER FERNAU:

»Ich bin 1909 geboren, in Bromberg, falls Ihnen dieser Name noch etwas sagt. Und in Hirschberg im Riesengebirge, sofern Sie wissen, wo das liegt, habe ich das Humanistische Gymnasium absolviert. In Berlin habe ich an der Universität genascht, ohne Abschluß, und Malunterricht genommen und, noch schwankend, ob ich das Schreiben oder das Malen zu meinem Beruf machen sollte, mir als Journalist meinen Unterhalt verdient, bis der Staat mir diese Sorge abnahm und mich von 1939 bis 1945 als Soldat in ›Vollpension‹ nahm. Inzwischen habe ich eine Reihe von Büchern veröffentlicht, die hübsche Auflagen haben. Man nennt mich (richtiger: schimpft mich) konservativ. Das stimmt, wenn man darunter einen Mann versteht, dem das Bewahren des Vernünftigen und Guten im Geistigen ebenso wie im Alltäglichen wichtiger ist als das Ändern um des Änderns und das Verwerfen um des ›Fortschritts‹ willen, und der nicht um jeden Preis ›in‹ sein will, wie man heute so abscheulich zu sagen pflegt. In allen Büchern habe ich mich bemüht, wahrhaftig und unabhängig im Denken zu sein, vor allem in den geschichtlichen Werken… Meinen Wohnsitz habe ich in München. Manchmal, wenn ich eine andere Luft zum Atmen brauche, weiche ich nach Florenz aus. Wenn mich das Schreiben traurig macht, und das tut es oft, und um so öfter, je älter ich werde, verlege ich mich aufs Malen.«

Joachim Fernau starb am 24. November 1988.

Joachim Fernau

Herztöne

ein Lesebuch für Freunde

Herausgegeben von
Gabriele Fernau

Mit Zeichnungen des Autors

ein Ullstein Buch

ein Ullstein Buch
Nr. 22761
im Verlag Ullstein GmbH,
Frankfurt/M – Berlin

Ungekürzte Ausgabe

Umschlagentwurf:
Hansbernd Lindemann
Illustration: Phil Boatwright/The Image Bank

Printed in Germany 1992
Druck und Verarbeitung:
Ebner Ulm
ISBN 3 548 22761 9

Juni 1992

Gedruckt auf Papier mit
chlorfrei gebleichtem Zellstoff

Vom selben Autor
in der Reihe
der Ullstein Bücher:

Die treue Dakerin (20813)
Hauptmann Pax (20816)
Ein Frühling in Florenz (20896)
Caesar läßt grüßen (20859)
Die Genies der Deutschen (20833)
Und sie schämeten sich nicht (20983)
Die Gretchenfrage (22157)
Brötchenarbeit (22203)
Sprechen wir über Preußen (22336)
Die jungen Männer (22696)
Weinsberg (40087)

Die Deutsche Bibliothek –
CIP-Einheitsaufnahme

Fernau, Joachim:
Herztöne: ein Lesebuch für Freunde / Joachim Fernau. Hrsg. von Gabriele Fernau. Mit Zeichn. des Autors. – Ungekürzte Ausg. – Frankfurt/M; Berlin: Ullstein, 1992
(Ullstein-Buch; Nr. 22761)
ISBN 3-548-22761-9
NE: GT

Inhalt

Vorwort

»Ich habe, glaube ich, mit meiner Arbeit die Überfahrt von Ewigkeit zu Ewigkeit beglichen und war nicht nur ein blinder Passagier auf dem Meer der Zeit.«

Ein kleiner Zettel mit diesen Zeilen lag unter den Notizen, die sich nach dem Tode Joachim Fernaus auf seinem Schreibtisch fanden. Es sind nicht seine Worte, es sind die Worte Bernard Berensons, aber er wird sie sich notiert haben, weil sie ihm auch für sein Leben und seine Arbeit gültig schienen.
In memoriam erscheint nun dieser Band mit kurzen und längeren Texten aus Joachim Fernaus gesamtem Werk. Es ist eine sehr persönliche Auswahl. Der Leser wird so manche Stellen wiederfinden, die er liebt, mit denen er seit Jahren befreundet ist und die ihm zu »geflügelten Worten« wurden. Aber der Leser wird auch vieles vermissen, denn nicht alle glänzenden Formulierungen, nicht alle glitzernden Pointen lassen sich aus dem Zusammenhang reißen und wie ein Feuerwerk hintereinander abbrennen. Das hätte Joachim Fernau auch nicht gefallen. Es machte ihn immer traurig, wenn man nur die brillante Oberfläche genoß und das Anliegen dahinter nicht sah. Lassen wir ihn

über seine Arbeit noch einmal selbst zu uns sprechen:
»Wie Sie aus meinen Büchern wissen, bin ich ein ›Spaßvogel‹. Die Hälfte aller Leserbriefe, die ich bekomme, trägt dem Rechnung. Und das ist deprimierend. Es ist wahr, ich habe in meinen geschichtlich weltanschaulichen Büchern manche Seiten geschrieben, manche Bilder gebraucht, die komisch sind, aber das ist kein Grund, mich so zu bestrafen. Mozart hat die ›Entführung‹, Bach die komische Bauernkantate, Thomas Mann den ›Krull‹ und Gerhart Hauptmann ›Schluck und Jau‹ geschrieben, und dennoch haben sie nicht hundert törichte Briefe bekommen, obwohl die Post damals schneller ging als heute.
Ich spaziere in meinen Büchern doch nicht über blumige, heitere Auen, ich gehe über Pässe, die in beträchtlicher Höhe liegen. Ich habe geglaubt, wer mich begleitet, tue es wegen der reinen Aussicht und des weiten Fernblicks. Statt dessen erlebe ich oft, daß Menschen für nichts anderes ein Auge haben als für eine skurrile Kiefer und eine bockspringende Gemse, auf die ich sie im Vorübergehen aufmerksam gemacht habe. Ein Kunde, dem mein Buchhändler meinen Roman ›Ein wunderbares Leben‹ anbot, antwortete ihm: ›Dafür habe ich wenig übrig, ich mag nur seine lustigen Bücher wie ›Rosen‹ und ›Cäsar‹.
Das erschüttert mich. Die Ironie und der Humor in meinen Büchern ist bitter. Seit jeher ist der bittere Humor ein uraltes Refugium, eine Zuflucht aller Leidenden. Hölderlin:

Immer spielt ihr und scherzt! Ihr müßt?
O Freunde! mir geht dies in die Seele,
denn dies müssen Verzweifelte nur.

Es braucht nicht nur die heutige Welt zu sein, unter der man leidet, es genügt vollauf, daß man zu dem Thema leidet, über das man schreibt. Ich leide, wenn Apoll stirbt, wenn Rom untergeht, wenn Giselher geopfert wird, wenn Volker rüde Lieder singt und wenn die Liebe stirbt. Und darum habe ich mich in all meinen Büchern in den Scherz gerettet, der dem des Kunz von der Rosen, dem berühmten Spaßvogel Kaiser Maximilians, sehr ähnelt. Wir beide machen es so, wie es manche pharmazeutischen Fabriken tun: sie umhüllen den bitteren Inhalt der Pille mit einer Zuckerkruste und schreiben drauf: ›Unzerkaut schlucken‹.
Begreifen Sie, daß ich bei dem Beifall für die Zukkerkruste zusammenzucke? Natürlich ist es ein Verdienst, Chinin auch noch gut schmecken zu lassen, aber schöner wäre es, wenn allmählich alle hinter meinem Lächeln das unglücklich-glückliche Herz aller Kunz von der Rosens erkennen würden, die diese Welt so zum Speien und zugleich so wunderbar, so voller Wunder finden.«
Es wäre schön, wenn die hier versammelten Kostproben aus Joachim Fernaus Werk unter diesem Eindruck gelesen würden. Wie geschliffene Facetten funkeln und leuchten die kleinen Texte, sie spiegeln noch einmal seine Liebe, seinen Zorn, seine Bewunderung und seinen Abscheu. Kurz gesagt: Sie zeigen, wofür dieser Autor ein Leben lang stand. G. F.

Über Liebe

»Ich fragte sie,
wo der Augentrost blüht.
Sie wußten es nicht
und meinten: wozu?«

Kein »vernünftiger« Mensch betrachtet heute die Liebe noch als individuelles großes, elementares Schicksal. Der existenzgeängstigte Mensch will das Wort »Schicksal« gar nicht hören und hat die Vorstellung von »elementar« und »Nemesis« völlig aus seinem Leben verdrängt. Unsere Zeit betrachtet die Liebe, genauer gesagt: die Liebesillusion, als eine Sache, auf deren Lieferung jeder Steuerzahler Anspruch hat. Bei Nichtgefallen geht die Illusion retour. Verstehen wir uns recht: Nicht nur die Frau oder der Mann geht retour, auch die Illusion. Wird eine Ehe geschieden, so bedeutet das: Er paßte nicht zu ihr oder sie paßte nicht zu ihm. Niemand, außer ganz rückständigen Menschen, würde heute noch sagen: Sie liebten sich nicht.
Keine Spur, meine Herren, sie liebten sich! Sie liebten sich, wie S i e, mein Herr, bestimmt noch nie geliebt haben! Das wäre ja gelacht, einen unbescholtenen Bürger mit der Vermutung zu diskriminieren, er besitze nicht die große Liebe! Eine so große, mein Herr, haben S i e bestimmt noch nicht besessen! Und im übrigen wird er in vierzehn Tagen wieder heiraten, eine junge Dame, die er lieben gelernt hat.

(Und sie schämeten sich nicht)

Der Mann unserer Zeit ist Centaur: oben Mensch, unten Volkswagen. Das Gespräch des Mannes mit seinem Auto ist unvergleichlich nuancenreicher,

vielseitiger und origineller als das nächtliche Liebesgeflüster mit seiner Frau.
Ich weiß nicht, ob die Nächte und Umarmungen schon so öde, so routinemäßig, so abonniert, so dümmlich, so simpel sind, wie sie Kinsey von Amerika berichtet. Ich weiß nur eins: Der Brunftschrei, den Sie in unseren Städten in allen Nächten hören, kommt nicht aus den Kemenaten. Der moderne Brunftschrei ist das Kreischen der Bremsen.

(Und sie schämeten sich nicht)

Die Frauen wissen nicht mehr, wie das ist: wenn der Liebende sie mit seinem ganzen Schicksal und seinen Sinnen umkreist. Alles, alle Beobachtungen, alle Geständnisse, alle Berichte deuten daraufhin, daß die Frau arm dran ist. Wie arm, das weiß sie zum Glück nicht mehr. Was hat Luther gesagt? ›In der Woche zwier, macht im Jahr hundertvier?‹ Ach, meine Lieben! D a s ist es doch nicht! Eine Frau, selbst wenn sie zweimal pro Woche Zeus empfangen würde, ist arm dran! Nicht ein Gast aus dem Olymp und nicht ein Gast aus dem Büro darf es sein, um sagen zu können: Ich bin unendlich reich.

(Und sie schämeten sich nicht)

Der Begriff der ›großen Liebe‹: Das ist kein Komparativ oder Superlativ, das ist nicht die heftige Liebe, nicht die romantische, nicht die wilde, nicht die zarte und nicht die sinnliche, es ist eine Liebe außerhalb der Kategorien. Die ›große Liebe‹ ist das unentrinnbare Schicksal, noch in einem zweiten Ich zu leben und in ihm tödlich verwundbar zu sein.

(Disteln für Hagen)

Ich nahm die Hände vom Gesicht und blickte auf: An der Wand lehnte ein junges Mädchen, das ich nicht kannte.
Es lächelte, und ich starrte geradezu gebannt hinüber. ›War so jung und morgenschön‹: Die Sehnsucht unserer bittersüßen Volkslieder schien Fleisch und Blut geworden zu sein. Sie trug ein graues, eng anliegendes halblanges Kleid, das als einzige Zierde ein Faltenkränzchen um den Hals hatte. Ihre Gestalt war so makellos wie ihr Gesicht.
Sie lächelte, aber nicht mit geschlossenen Lippen, wie jeder Mensch lächelt, sondern, als wollte sie sprechen, mit halbgeöffnetem Munde, so daß ich die obere Reihe der weißen Zähne sah.
Ich stand auf, nahm die Schöne bei der Hand und führte sie zum Sessel.
Als sie sich gesetzt hatte, legte sie die Hände in den Schoß, betrachtete mich und sagte:
»Lieber Herr.«
Ich wartete, aber es kam nichts weiter.
»Wer bist du?«
»Die Agnes.«

Ich war sogleich wieder bei meinem vorigen Gedankenknäuel und fragte, allerdings sehr ungläubig:
»Die heilige Agnes?«
Jetzt lachte sie hell auf. »Aber, lieber Herr! Wie lustig! Ich bin die Agnes Bernauer.«
Ihr Lachen war hinreißend schön. Ich wußte nicht, wie mir geschah. Wir sahen uns eine Weile stumm in die Augen, und ich glaube, sie lachte jetzt auch über mich.
Nachdem ich diese dumme Frage gestellt hatte, tat ich das nächste Dumme: Ich ging zum Lexikon.
Ich suchte eine ganze Weile. Viel war es nicht, was ich unter Agnes Bernauer fand. Nicht einmal ihr Geburtsjahr war genannt; nur der Todestag, 12. November 1435: auf Befehl Herzog Ernsts von Bayern als Hexe in der Donau ertränkt.
Ich setzte mich wieder.
»Du warst eine Hexe, Agnes?« sagte ich, vorsichtshalber fast ernsthaft, weil sie vielleicht ja sagen würde.
»Das hat Ihnen der Aichstätter gesagt, nicht wahr?«
»Wer ist der Aichstätter?«
»Den kennen Sie doch: der Sekretär von Herzog Ernst. Er war es ja, der nach Straubing gekommen war. Als er mir die Anklage vorlas, hat er mich der Giftmischerei und Hexerei beschuldigt. So dumme Lügen! Er hätte doch bloß zu sagen brauchen: Agnes, um deiner Liebe willen und um Albrechts willen spring in die Donau. Ich wäre doch gesprungen!«
»Soll ich das glauben?« fragte ich betroffen.

»Ja, bitte.«
Ich wunderte mich immer mehr. Die Antwort war schon seltsam genug, ihr Gesichtsausdruck noch mehr. Er war wirklich bittend.
Sie schaute mich unverwandt an.
»Wir müssen ganz von vorn anfangen, Agnes; ich merke, daß ich dich sonst nicht verstehe.«
Sie nickte.
»Du bist in Augsburg als Tochter des Bademeisters …«
»Nein«, unterbrach sie mich, »so etwas Hohes war mein Vater nicht. Er war nur der Gehilfe. Einer der Gehilfen.« Sie lächelte.
»Aha!« sagte ich. »Deshalb findet man den Namen Bernauer oder Pernauer nicht in den städtischen Registern der Bademeister, als du geboren wurdest.«
»Na eben.«
»Wie alt warst du damals?«
»Eine Sekunde.« Sie lächelte wieder. Ich auch.
»Du bist gern lustig gewesen, nicht wahr?«
Sie nickte heftig.
»Herzog Ernst war der regierende Herzog von München-Bayern und Herzog Albrecht sein Sohn?«
Sie nickte.
»Beim Fasching im Jahre 1428 hast du den jungen Herzog Albrecht kennengelernt …«
»Da stimmt schon wieder nichts.«
»Nanu?«
»Ich kannte Herzog Albrecht schon längst vorher.«
»Und was ist noch falsch?«

»Er war nicht jung; er war schon ziemlich alt.«
»Alt? Das ist doch nicht möglich! Wie alt?«
»Über dreißig.« Sie lachte nicht, aber sie strahlte.
»Und in einen so uralten Mann hast du dich verliebt, Agnes?«
»Ich habe mich nicht verliebt.«
»Gott, jetzt wird es schwierig. Du bist ein seltsames Mädchen. Das Wort ›verliebt‹ stimmt also nicht?«
Sie zuckte die Schultern, als bedauerte sie, mir nicht helfen zu können.
»Bist du nie verliebt gewesen?«
»Vorher? Ja, vielleicht; ich weiß es nicht mehr.«
»Dir haben doch sicher manche Männer gefallen?«
»Viele, glaube ich.«
»Nun, also: Du hast doch lange Zeit in der Badestube gearbeitet? Als was?«
»Als Magd.«
»Und hast viele Männer gesehen. Auch nackt?«
Das amüsierte sie.
»Agnes!«
»Ja?«
»Auch nackt?«
»Aber natürlich, lieber Herr. Die wenigsten steigen mit dem Wams in den Bottich.«
Ich drohte ihr mit dem Finger, und sie war sofort erschrocken.
»Worin bestand deine Arbeit?«
»Das wissen Sie doch. Waren Sie denn nie in einer Badestube?«
»Nein.«
»Ach so! Ich mußte heißes Wasser nachschütten

oder die Gäste abtrocknen oder massieren oder einen Imbiß bringen.«

»Und andere Pflichten?«

»Welche?«

»Man spricht von euren Liebesdiensten, Agnes.«

»Es ist nicht schön, daß man das sagt. Früher, ganz früher war es so; das ist wahr.«

»Darf ich dich etwas sehr Intimes fragen?«

»Was ist das?«

»Etwas sehr Vertrauliches.«

»Ja. Ich soll Ihnen alles sagen.«

»Ich möchte wissen, ob du, als du Herzog Albrecht kennenlerntest, noch unberührt warst.«

»Aber, lieber Herr!« rief sie vergnügt.

»Mehrere?«

»Freilich.«

»Also, dann warst du doch verliebt?«

»Ach – das ist so ein Wort. Ich wollte ihnen eine Freude machen. Genügt das nicht?«

»Hat es dir denn genügt?«

»Das genügt doch allen Menschen.«

Ich nickte. »Wahrscheinlich.«

»Sehen Sie.«

»Erzähl weiter. Du kanntest den jungen Herzog Albrecht ...«

»Er war nicht mehr jung.«

»Schön. Also: Du kanntest Herzog Albrecht schon lange vor dem Fasching, den ich erwähnte?«

»Ja, lieber Herr.«

»Gefiel er dir?«

»Wie manche andere. Ich habe ihn nicht besonders beachtet.«

»Die Annalen erwähnen immer wieder den Fasching 1428. Was geschah da?«
»Nichts.«
»Sprach er mit dir?«
»Wie früher und wie mit allen. Als er ging, gab er mir die Hand.«
»Zum ersten Mal?«
»Nein. Schon oft. Ich glaube, er tat es immer.«
»Also geschah gar nichts Besonderes?«
»Nichts, lieber Herr.«
»Aber – Gott, machst du es mir schwer – aber irgendwann ergriff dich doch die große Leidenschaft für ihn?«
»Ich habe doch keine Leidenschaft gehabt.«
»Für ihn, meine ich.«
»Ich habe doch für ihn keine Leidenschaft gehabt.«
Ich seufzte.
»Agnes, du wirst doch wohl wissen, was ich meine!«
»Ich glaube.«
»Nämlich?«
»Wenn man ganz närrisch nach einem Mann ist – oder?«
»Ja.«
»Ja«, echote sie.
»Wenn man Feuer und Flamme ist«, fügte ich noch hinzu.
»Aha.«
»Was heißt ›aha‹: Du warst doch Feuer und Flamme für Albrecht.«
»Nie! Das wäre doch furchtbar komisch gewesen!« Sie lachte.

»Was ist daran so komisch?« fragte ich ein bißchen ärgerlich.
»Ich habe doch viele Männer gesehen, die Feuer und Flamme waren und nach einem Mädchen zappelten.«
»Zappelten! Das meine ich doch nicht. Ich meine die Heftigkeit des Begehrens und ...«
»Ich habe doch Albrecht nicht begehrt.«
»Was soll denn das nun wieder heißen?«
»Das wissen Sie doch! Es soll heißen, daß es für meine Liebe nicht notwendig war, daß wir zusammenkamen.«
Nun gut, dachte ich; irgendwann werde ich ja erfahren, was mit dem Mädchen geschehen ist.
»Das war der Faschingsdienstag 1428«, wiederholte ich geduldig. »Und dann, Agnes?«
»Dann – am nächsten Tag, da war es da. Ich wachte des Morgens auf wie immer, recht fröhlich, und plötzlich geschah es.«
»Was, Agnes?«
»Ich war wie von Sinnen, als ich es merkte.«
»Was? Was? Ich verstehe es nicht. Was war da?«
»Meine Liebe.«
»Die Liebe?«
»M e i n e Liebe! Jeder Mensch hat nur eine.«
»Von einer Minute auf die andere?«
»Ja. Vielleicht. Ich weiß es nicht mehr.«
Ich wollte ihr helfen, es auszudrücken, und sagte: »Explodiert? Wie wenn man ein Schießpulver entzündet?«
»Ach, lieber Herr, was Sie jetzt wieder für einen Unsinn zusammenreden! Es kann doch nichts ex-

plodieren; wissen Sie das denn wirklich nicht? Die Liebe ist doch etwas ganz anderes. Es platzt etwas auf.«

Nachdem sie diesen Ausdruck gefunden hatte, lächelte sie. Sie sah mich rührend an.

Ich kaute an dem Ausdruck herum.

»Aufgeplatzt?« wiederholte ich. »Das Herz, meinst du?« Sie schüttelte den Kopf.

»Nein, nein. Das dachte ich auch zuerst. Aber es ist nicht das Herz, das aufplatzt. Wenn ich mich recht bedenke, sollte ich auch statt aufplatzen lieber sagen aufbrechen oder aufspringen, weil das lautloser ist, nicht wahr?«

»Nun gut, Agnes, ich verstehe. Aber was ist es, was da aufbricht?«

»Lieber Herr – ich denke schon dauernd darüber nach. Es muß etwas sein, was im Menschen drin ist wie das Herz oder die Lunge oder ...«

»Du meinst doch nicht etwa etwas Körperliches?«

»Nein – wohl nicht, sonst hätten die Ärzte es wohl schon einmal gefunden. Aber es ist etwas, das jeder Mensch hat, ohne es zu spüren, und ...«

»Und wenn er verliebt ist –«

»Ach, Herrjemineh, nein, nein! Verstehen Sie denn nicht, was ich meine? Vielleicht kann man mich wirklich nicht verstehen, weil es ja kaum jemandem widerfährt. Das, was da im Körper drin ist, meinethalben unsichtbar, ist etwas, worin die Liebe eingekapselt ist. Ja, das ist das richtige Wort. Ich könnte auch – wenn es nicht so dumm klänge –sagen: wie ein Krüglein, das durch ein Wunder eines Tages zerbricht und die

Liebe in den ganzen Menschen auslaufen läßt. Sie dürfen nicht lachen, weil ich es so unbeholfen erkläre.«

»Ich lache nicht, Agnes, ich nehme es sehr ernst und denke nach.«

»Das nützt nichts, lieber Herr. Ich habe viele Jahre nachgedacht und glaube, daß nur ganz wenige Menschen es nachfühlen können. Wer erlebt das schon? Es geschieht unbegreiflich und unwiderruflich.«

»Und wodurch wird dieses Ausfließen – wie du es empfindest – ausgelöst?«

»Ich weiß es nicht.«

»Durch Albrecht?«

»Es muß ja so gewesen sein, was sonst?«

»Hat er etwas Besonderes gesagt?«

»Nichts.«

»Getan? Was dich gefangennahm?«

»Nein. Ich war auch nicht gefangen. Er wollte mich auch bestimmt nicht fangen. Er war am Faschingsdienstag nicht einmal nett zu mir.«

»Also, Agnes: Das Krüglein zersprang und die Liebe floß aus.«

»Ach, wie schlecht das klingt.«

»Laß nur. Wir können es halt nicht anders ausdrücken. Die Person, der deine Liebe galt – die wußtest du sofort, ja?«

»Natürlich. Ich war ganz durcheinander, verstehen Sie?«

»Ja.«

»Vor Glück, aber auch vor Verwunderung.«

»Ja, das verstehe ich. War Albrecht denn, als das

Krüglein zersprang und die Liebe ausfloß, in Augsburg? Bei dir?«
»I wo! Er kam überhaupt erst zwei Tage später.«
»Ins Bad?«
»Ja. Und doch war es anders als sonst. Er kam auf mich zu, so, wie er vom Pferd gestiegen war, nahm mich in die Arme und küßte mich. Einmal, ein einziges Mal.«
»Sag, Agnes: Warum machen wir so viele Worte? Warum nennst Du es nicht einfach deine große Liebe? Das versteht doch jeder.«
»Weil es nicht stimmt. Die große Liebe – wie Sie es nennen, entsteht und wächst doch! Bei mir ist doch etwas ganz anderes passiert. Ach, ich weiß ja, daß mich nur der verstehen kann, dem es widerfahren ist.«
Sie lächelte.
»Also weiter. Er küßte dich. Und du?«
»Ich zitterte.«
»Hast du früher nicht auch gezittert, wenn dich ein Mann geküßt hat?«
»Anders.«
»Agnes, wir werden nicht dahinterkommen. Aber weiter: Liebte Albrecht dich plötzlich?«
»Das weiß ich nicht, Herr. Er sagte kein Wort. Er nahm meinen Vater beiseite und sprach mit ihm.«
»Weißt du, was er sagte?«
»Ja, mein Vater erzählte es mir. Albrecht hatte zu ihm gesagt: Ich will die Agnes mitnehmen. Zu mir. Für immer. Mein Vater antwortete sehr grob, und ich wundere mich, daß Albrecht ihm keine Maulschelle gab. Vater sagte: als Fürstenhure? Albrecht

hat nur gelächelt und erwidert: In deinem Kopf ist lauter Dreck; es bleibt dabei, morgen hole ich sie. Am nächsten Tag kam nicht er, sondern es kamen zwei Junker, die mich nach Friedberg begleiteten, wo Albrecht wohnt.«

»Das ist, glaube ich, nur ein Katzensprung?«

»Ja. Am Tor begrüßte er mich, er zog mich an sich, küßte mich aber nicht. Er führte mich in die Burg, wo sein ganzer Hof versammelt war, und sagte: Dies ist meine liebe Braut. Dann ließ er mich baden und umkleiden, und dann gab es ein Festessen. Als es dunkelte, geleitete er mich, allein ohne Magd, in meine Stube. Er stand mir gegenüber und sagte: Ich liebe dich.«

»Und du?«

»Ich begriff das Wunder, fiel zu seinen Knien und weinte.«

Wir schwiegen eine Weile.

»Wenn es nicht so gekommen wäre, Agnes, wärst du unglücklich geworden?«

»O nein. Ich wäre ewig voller Sehnsucht gewesen, aber doch nicht unglücklich. Was hat denn meine Liebe damit zu tun, ob ich ihn besaß?«

»Wirklich?«

»Das ist mit der Liebe doch ganz gewiß so!«

»Ich muß dir wohl glauben.«

»Ja, bitte.« Sie sah mich rührend an.

»Was sagte Herzog Ernst in München dazu?«

»Nichts. Er wird wohl das gleiche gedacht haben wie mein Vater: eine Liebelei.«

»Nicht die erste natürlich, von der sein Vater hörte?«

»O nein. Albrecht konnte haben, wen er wollte.«
»War er schön?«
»Schön? Nein, ich glaube nicht.«
»Du sagst: ich glaube! Du mußt es doch wissen! War er für dich der schönste Mann auf der Welt?«
Sie brach in helles Lachen aus. »Wie komisch Sie sind! Ich habe doch Augen im Kopf.«
»Man sagt, Verliebte seien blind.«
»Ich war nicht verliebt«, wies sie mich zurecht, »die Liebe ist nicht blind, daher kann sie auch nicht schwinden wie bei Verliebten, wenn sie eines Tages sehend werden.«
»Du hast recht. Hättest du Albrecht auch geliebt, wenn er abgrundhäßlich und bettelarm gewesen wäre?«
»Ich hätte doch müssen! Verstehen Sie das denn nicht? Kennen Sie das Märlein von der schönen Jungfrau, die einen Frosch küßt, weil sie muß?«
»Mich wundert, daß du das Märchen kennst!«
»Lieber Herr! Die Märlein sind doch ganz alt. Was Sie nur denken.«
»Es ist schon spät, Agnes, wir wollen zum Ende kommen. Erzähl weiter! Die nächsten Jahre waren sehr glücklich, ja?«
»Ach, lieber Herr, ich war im Himmel! Nach fünf Jahren, eines Tages, sagte Albrecht, er wünsche, daß ein Priester uns traue. Das geschah auch wirklich. Stellen Sie sich das nur vor! Im Januar 1433. Am 17. Januar hatte er vom Vater die Herrschaft Straubing urkundlich geschenkt bekommen, und am gleichen Tag noch zogen wir nach Straubing um.«

»Straubing ist am weitesten weg von München.«
Sie lächelte. »Eben.«
»Warst du nie am herzoglichen Hof in München?«
»Aber ja! Albrecht hatte dem Vater unsere Hochzeit mitgeteilt und Herzog Ernst befahl uns zu sich.«
»Befahl?«
»Nun – ja, er konnte wohl befehlen. Ich war schwanger und mir schwante Böses, aber die Demütigung, die ich gefürchtet hatte, blieb aus. Herzog Ernst gab mir freundlich die Hand und sagte, er begrüße mich als Eheweib seines Sohnes. Natürlich sah er meinen Zustand, und die geheime Unterredung zwischen ihm und Albrecht muß sehr heftig und von beiden Seiten zornig gewesen sein. Es ging – ach, es ist so dumm, daran zu denken – um das Kind, das ich erwartete, und das als eheliches Kind Rechtsansprüche auf die Nachfolge hatte.«
»Aber zu dir war Herzog Ernst freundlich?«
»Ich habe es geglaubt.«
»Ihr kehrtet nach Straubing zurück – in Frieden?«
»Ich habe es geglaubt.«
»Warum wiederholst du die Worte? Sie klingen so traurig, Agnes.«
»Ach, verzeihen Sie mir. Das kommt wohl daher, daß wir uns dem Ende nähern.«
»Ein Jahr lang warst du noch glücklich –«
»Ich war immer glücklich. Auch noch, als sie mich auf die Brücke führten. Ein Jahr noch – das meinten Sie, nicht wahr? – ahnten wir nichts. Ich bekam das Kind. Albrecht taufte es Sibylle. Es war gesund

und lieb. Im November 34 geschah dann der Zwischenfall auf dem Turnier in Regensburg.«
»Ich weiß. Albrecht wollte in die Schranken reiten, da wies man ihn zurück: er sei durch seine unebenbürtige Heirat nicht mehr ritterwürdig. War es so?«
Sie nickte.
»Wer hatte sich das ausgedacht? Ernst?«
»Befohlen kann es nur Herzog Ernst haben. Ach, lieber Herr, wenn mir doch nur einer gesagt hätte, ich sollte mit einem Sacktuch für immer in die weite Welt gehen! Albrecht hätte seinen Frieden gefunden. Aber nach Regensburg war es zu spät, sie hatten Albrecht entehrt.«
»Und was folgte?«
»Er war tief verletzt. Er wollte seinen Vater mit einem kleinen Heer zum Kampf stellen, besiegen und absetzen. Lauter schreckliche Gedanken. Ich hätte ihm so gern geholfen, aber wie? Ich war wie gelähmt. Gott möge mir verzeihen. Albrecht möge mir verzeihen. Mein Kindchen möge mir verzeihen.«
»Du brauchst keine Verzeihung, Agnes.«
»Meinen Sie? Sie meinen, ich habe gebüßt? Ach, mein sehr lieber Herr, als mich die Schergen seines Vaters gefangennahmen, war ich eigentlich nicht traurig. Albrecht war an diesem Tage in Landshut, und ich dankte Gott dafür. Es kam alles, wie es kommen mußte. Ach, dachte ich, so soll ich also mein Glück, so soll ich das Wunder büßen; so soll ich Albrecht befreien, ohne in den Wald gehen zu müssen. Das ist gut, dachte ich. Also werde ich sterben. Gut. Gut. Man las mir dumme Anklagen

vor, ich hörte sie kaum. Macht schnell, dachte ich, macht schnell, ehe Albrecht kommt. Sie führten mich auf die Brücke, banden mir Hände und Füße und zeigten auf das tiefe Wasser. Ich dachte noch einmal an meinen Liebsten und nickte.«

Sie weinte nicht. Sie lächelte.

Ich sah sie an und konnte nicht widerstehen, ihr noch eine Frage zu stellen, eine Frage, so brennend wie das mittelalterliche ›heiß Eisen‹. Ich zögerte lange, denn Schmerz bereiten will ich nicht einmal in Gedanken. Und dann fragte ich sie:

»Weißt du, Agnes, daß Albrecht nach deinem Tode sich mit dem Vater ausgesöhnt und noch einmal geheiratet hat?«

Kein Schatten ging über ihr Gesicht, sie strahlte wie die Liebe selbst.

»Ach, liebster Herr«, sagte sie, »Sie hätten mir nichts Schöneres sagen können. Albrecht ist wieder glücklich geworden? Ich danke Ihnen. Ich danke Ihnen. Ich bin erlöst.«

Mir war so elend zumute, daß ich die Augen schloß. Als ich wieder aufblickte, war Agnes verschwunden.

(»Guten Abend, Herr Fernau«)

Schweig still!
Vorüber ist der Rausch.
Die sanfte Liebe
zieht ins Herz, ins
zuckende. Es will
zur Ruhe kommen.
Und jage die Gedanken fort,
sie hängen zentnerschwer
an deinen Flügeln.
Wir sind allein,
vergiß die Welt.
Wir sind nicht hier,
wir sind nicht dort.
Wir kreisten um die Sonne
und kehren langsam zurück.
Wir sind noch auf der Reise.
Setz deinen Fuß
behutsam auf die Erde.
Sie ist sehr kalt und hart.

(Mein dummes Herz)

Wärme schenken, ist mein Schicksal. Das teile ich mit der Sonne.«

(Sappho)

Ein Leben ohne Liebe ist sehr schwer.

(Sprechen wir über Preußen)

Kurz vor Tisch kleidete Goethe sich um und machte sich auf den Weg zum Großherzog.
Carl August kam ihm unsicher entgegen. Er versuchte zu erraten, in welcher Verfassung der Freund war.
Offenbar in einigermaßen guter.
»Um es vorwegzunehmen«, begann der Großherzog, »können wir zusammen speisen, oder hast du etwas vor?«
»Nein, ich habe nichts vor.«
»Dann bleibst du, und wir haben Zeit.«
»Ich bin gekommen, um Euer Durchlaucht noch einmal zu danken.«
»Ich will keinen Dank und vor allem kein Durchlaucht hören. Wie geht es dir? Du hast gestern den Arzt rufen lassen?«
»Ja. Ich fühlte mich sehr schlecht. Zwanzig Jahre früher hätte mein Gemüt es leichter ertragen.«
Carl August nickte.
Da Goethe schwieg, fragte er: »Du willst nicht darüber sprechen?«

»Was gäbe es zu sagen?« antwortete Goethe fast leichtfertig. »Es ist eine Geschichte, die mir noch viel zu schaffen machen wird. Aber ich werde darüber hinauskommen. Iffland hätte ein charmantes Stück daraus fertigen können –«

»Sprich nicht so! Laß die Maskerade, alter Knabe.«

»... ein charmantes Stück: ein alter Onkel, der seine junge Nichte allzu heftig liebt.«

»Wir kennen die wahren Gründe der Absage nicht und ...«

»Ach, das sind lauter Scheingründe; so etwas ist rhetorisch recht hübsch und gut, aber es kann mir nicht helfen. Verloren bleibt verloren. Alle Einbildung kann mir die glückliche Vergangenheit nicht wiedergeben.«

»Aber es kann dir auch niemand das Erlebnis rauben. Ulrike ist verloren; aber ist sie, nur sie, das Erlebnis gewesen? War das Erlebnis nicht die Liebe an sich? Kann es nicht sein, daß deine Leidenschaft für das Mädchen nicht exklusiv war, und daß nicht dieses einzelne Menschenkind, sondern das gesteigerte Bedürfnis deiner Seele nach Mitteilung und Mitgefühl deinen Gemütszustand herbeigeführt hat?«

»Wird die Welt das sagen?«

»Gerade die, die sich berufen fühlen, seelische Regungen zu analysieren, könnten es sagen. Das jedoch sollte uns gleichgültig sein. Ich habe dir nur helfen wollen, deine Liebe als Erlebnis und weniger den Gegenstand deiner Liebe in Erinnerung zu pflegen.«

»Du sprichst sehr klug. Ich verstehe gut, was du

meinst. Mich hat gestern abend derselbe Gedanke angeflogen, und ich bin noch elender geworden.
Wenn ich nicht die Erinnerung an Ulrike pflegen kann, soll ich dann nur die Erinnerung an eine späte männliche Erregung pflegen? An einen Aufstand der Säfte, um es gemein zu sagen? Nein, dazu ist mir Ulrike zu kostbar.«
»Natürlich. Du weißt, wie ich es meinte.«
»Du meintest es gut. Meine Natur muß mir helfen, sonst kann es niemand.«
Goethe schwieg eine Weile, dann sagte er: »Dies sollte meine Abschiedsvisite sein. Ich fahre für einige Tage zu Rat Grüner nach Eger. Man packt bei mir schon.«
»Wieso packt man, wenn du zurückkommst?«
»Seit heute früh habe ich meinen Plan geändert. Ich wollte Stadelmann hier lassen und mit John reisen. Ich habe es mir überlegt. Ich fahre allein nach Eger. Meine Leute kommen nach, und dann fährt John mit der Post nach Karlsbad voraus und macht für uns Quartier.«
Der Großherzog war geradezu erschrocken.
»Nach Karlsbad? Du willst Ulrike nachreisen? Ja, was beschwörst du da herauf!«
»Nichts.«
»Na, ich danke! Ich welchem Licht wirst du stehen?«
»Eines Freundes.«
»Du hast doch nicht etwa immer noch Hoffnungen?«
»Keine.«

Der Großherzog schüttelte den Kopf. »Und was suchst du dort?«
»Die Wärme. Mich friert.«
Carl August schwieg. Dann sagte er:
»Du wirst danach um so mehr frieren. Warum willst du den Abschied wiederholen? Tu es nicht!«
»Ich kann nicht anders. Es zieht mich mit tausend Fasern zu ihr.«
»Um den Abschiedsschmerz noch einmal zu durchleben. Ist das richtig?«
»Zum Teufel, ja. Ich muß noch mehr herunter, noch mehr leiden, noch mehr gedemütigt werden, um wieder aufzuerstehen.«
»Was stimmt denn nun?« rief Carl August fast ärgerlich, »suchst du die Wärme oder suchst du die tiefere Verwundung?«
Goethe war den Tränen nahe.
»Ich weiß es nicht.«
Er erhob sich und reichte dem Großherzog die Hand.
»Wir sehen uns in Weimar wieder. Du wie immer, und ich wie immer. Leb wohl, Durchlaucht.«
»Halt dich gut, Exzellenz. Leb wohl.«

(War es schön in Marienbad)

Einfältig und wunderlich ist alles Glück,
und unsichtbar
hängt es immer am Leid.

(Mein dummes Herz)

Warum Liebende sich nicht betrügen.
Es läßt sich mathematisch beweisen: Die Formel für die Große Liebe ist

$$a = b$$

Der eine ohne den anderen ist nichts:

$$a - b = 0$$

Ziehen Sie von a auch nur ein Geringes ab, so verliert b automatisch dasselbe:

$$a - x = b - x$$

Fügen Sie dem anderen einen Schmerz zu, so erscheint er auf Ihrer Seite ebenfalls:

$$a + x = b + x$$

Also: Man kann sich nicht selbst betrügen. Verstehen Sie? Nein? Sie sind kein Mathematiker? Sie sind kein Liebender, daran liegt's.

(Ernst & Schabernack)

Ich wüßte keine gröbere Verletzung der Liebe, als ihr Lächeln nicht zu erwidern, wenn sie einem begegnet, oder sie, wenn sie auch nur ›vorübergeht‹, wenigstens durch Ziehen des Hutes zu grüßen.

(Die treue Dakerin)

Alkaios in Pyrrha
an Sappho in Mytilene.
Es ist Zeit vergangen, seit Du mir die Zeilen an Iranna schicktest. Wäre Iranna gut mit Apollon bekannt, würde sie ihn gewiß bitten, Dir einen seiner

schwarzen Pfeile in den Teil Deines Körpers zu schießen, der nur noch von Aphrodite selbst übertroffen wird.
Nun aber umwölkt sich auch meine Stirn. Was höre ich? Du versammelst junge Mädchen um Dich? Langweilst Du Dich? Liegen Dir nicht wie einst der Helena viele Paris zu Füßen? Oder sind eben sie es, die Dich langweilen? Veilchengelockte, reine, sanft lächelnde Sappho, jage sie fort! Soll ich, wie Odysseus, die Freier vertreiben? Soll ich Pittakos, diesen elenden Tyrannen, um die Erlaubnis bitten, wenigstens für einen Tag nach Mytilene kommen zu dürfen? Ich möchte Dich wiedersehen. Hier im Garten stehen viele Rosen. Mich zieht es immer zu einer hin, einer samtenen, dunklen, honigduftenden. Und wenn ich vorübergehe, streiche ich schnell mit der Hand über ihre Blütenblätter, heimlich, damit es niemand sieht, denn ich bin ja der Krieger Alkaios. Doch ich komme nicht mit Schwert und Schild zu Dir, sondern mit der Lyra, und wenn Du mich anschauen wirst, werde ich die Augen senken. Weißt Du, was Homer sagt, wenn ein Mann vor einer Frau, die so rein ist wie Du, die Lider senkt? Er sagt, daß seine Gedanken nicht rein seien. Und das ist wahr, Sappho. Du sollst es wissen.
Ich habe erfahren, daß mein Bruder jetzt in Sardes ist. Wir haben in Lydien noch Güter, die unsere Mutter besaß. Ich bin nicht arm, auch wenn der pöbelige Pittakos mir nur so viel zurückgegeben hat, wie man einem Bettler gibt. Ich möchte nach Lydien reisen und würde schon morgen aufbrechen,

wenn Du mir sagen wolltest, daß auch Du kommst. Oder verurteilst Du mich dazu, weiter durch den Garten zu gehen, um die dunkle Rose nur im Vorübergehen zu streicheln?
Es beginnt, Abend zu werden. Du wirst bei Deinen Mädchen sitzen und in die Sterne schauen, zwischen denen gerade das dickbackige Gesicht Selenes aufsteigt. Ich aber lege jetzt wieder die Rüstung um mein Herz, gehe zum Symposion und werde mich, Spottlieder singend, betrinken.
Dann wird Iranna zwei Sklaven schicken, die mich Schnarchenden nach Hause tragen. Das schreibe ich Dir, denn Du sollst nicht weich werden. Leb wohl.

Sappho aus Mytilene
an Alkaios in Pyrrha.
Glaubst Du, Du hättest mir etwas Neues gesagt? Ich habe doch Augen im Kopf! Schon früher, als ich noch ein Mädchen war, hast Du den Blick immer senken müssen. Es hat mich in meiner Brust gefreut, denn wir auf Lesbos kennen nicht so viele Fesseln der Gefühle wie Athen. So heißt es jedenfalls.
Ich muß Dich daran erinnern, daß ich das dreißigste Jahr längst überschritten habe. Aus meinem Schoß ist ein Kind gekommen, das selbst bald wieder von Hera gesegnet sein wird. Ich war nie schön und bin nicht von dem hohen Wuchs, der Dir gebührt. Mein Haar ist kein goldener Kranz, sondern dunkel wie das Meer in der Dämmerung.
Kennst Du die Verse von Alkman aus Sardes und

Mimnermos, die klagen, daß Aphrodite ihnen das Begehren genommen und Eros verboten habe, sie zu besuchen? Warum klagen sie? Früher hat das Begehren sie geplagt, jetzt nicht mehr. Nur die Erinnerung ist geblieben, und die ist doch schön? Sieh, Alkaios, auch ich werde nicht geplagt. Nicht, weil ich alt bin, denn das bin ich ja noch nicht. Nur, Eros besucht mich nicht mehr. Du wirst sagen, daß ich mich irre, denn Du kennst mich und weißt, daß ich immer Glut in meiner Brust trug. Nun gut, Alkaios, dann irre ich mich vielleicht für die Zukunft, aber nicht für heute und morgen.
Aphrodite ist mir die Göttin des Lebens und der Freude am Leben. Sie erweckt die Sehnsucht nach Schönheit, Heiterkeit, sie erweckt auch die Sehnsucht nach Liebe, nach Lieben und Geliebtwerden, aber, Alkaios, das ist nicht die Sehnsucht nach der Umarmung. Die Umarmung ist das viel weniger edle. Was drängt denn zur Umarmung? Der Körper, nicht die Seele. Wenn nun der Körper des Alkman und des Mimnermos nicht mehr drängt, worüber beklagen sie sich? Lieben, mit der Seele umfassen können sie doch! Sie können doch immer noch den Arm um eine Frau legen und sie mit Liebe umfangen. Wenn sie sagen, sie vermissen etwas, so sind sie wie ein Mann, der sich beklagt, daß er keinen Durst spürt. Was vermißt er? Den Durst? Wie töricht, Alkaios.
Sieh, ich habe keinen Durst. Aber Liebe habe ich sehr viel.
Dies schreibe ich Dir, was ich noch niemandem gesagt habe. Du meinst vielleicht, daß ich doch noch

einmal das Durstgefühl spüren werde. Ich werde mich nicht wehren.
Ich grüße Dich. Bleibe edel und gut.

(Sappho)

Manchmal passiert es einem: Man tritt durch die Tür und es ist Sonntag.

(Disteln für Hagen)

Ein netter Kerl ist ein Wesen, bei dem neunhundert Gramm ohne Beanstandung von irgendeiner Seite als volles Kilo gelten.

(Die jungen Männer)

Lieber Dad!
Ich habe seit einer Woche nichts von Dir gehört und würde mir Sorgen machen, wenn ich nicht wüßte, daß die Invasion der Fremden nach Italien begonnen und die Zahl der Ansichtskarten eine Milliarde erreicht hat. Ich nehme an, daß die italienische Post daher ihre alljährlichen Briefe-Verbrennungen vorverlegt hat. Von Florenz ist diese Sitte nicht verbürgt, wohl aber von Süditalien. Ein Kon-Student, gebürtig aus Kalabrien, hat mir einen Eid geschworen, selbst gesehen zu haben, wie man in einem Badeort einige Säcke mit An-

sichtskarten einfach im Hof anzündete. Ich fragte ihn, ob man vorher die Marken abgelöst habe. Diese Unterstellung empörte ihn, und er antwortete: Wir sind doch keine Diebe!

Aus meiner langen Vorrede hast Du, lieber Dad, sicherlich bereits den Argwohn geschöpft, daß jetzt etwas Wichtiges kommt, und zwar etwas, was zu erklären mir Schwierigkeiten macht. Die Sache ist die, daß ich mich verknallt habe. Ich stehe dem Ereignis ziemlich ratlos gegenüber, denn – Daddy, fasse Dich – zwei anderen geht es, wenn mich nicht alles täuscht, genauso. Sie vertreten die französische und die deutsche Nation. Wir sind also drei. Drei gegen das gesamte männliche Italien. Die Geschichte ist um so komplizierter, als es sich um meine Freunde Maurice und Hans handelt, die Du aus meinen Briefen bestens kennst.

Die erste, wenn auch nicht größte Peinlichkeit ist, daß die beiden den gleichen Geschmack haben wie ich als Brite. Was soll ich davon halten? Bin ich entartet, oder entwickelt sich der Kontinent mit Riesenschritten?

Das zweite, was zu bedenken wäre, ist, daß am Ende unsere Wasserballmannschaft auseinanderfallen wird, die wir eben erst nach einer Mißstimmung wieder zusammengeleimt haben. Das alles ist aber nichts im Vergleich zu einer dritten Peinlichkeit. Was tue ich, wenn ich dieses verdammte Mädchen nicht bekomme? Wenn sie sich in einem Anfall von Umnachtung einem anderen zuwendet? Muß ich mich dann nach Indien melden? Oder wo sind wir sonst noch unerwünscht?

Und nun, Daddy, erlaube, daß ich Dir Deine zukünftige Schwiegertochter vorstelle.
Sie ist neunzehn Jahre alt. Sie ist dunkel, 1,68 groß, und ohne Zweifel Gottes ursprüngliches Modell für die weibliche Menschheit gewesen. Ihre Zehen sind so frisch und tadellos geformt wie ihre langen braunen Finger. Ich erwähne das, weil es über ihre Makellosigkeit mehr sagt, als vieles andere. Das Schönste an ihr aber ist ihre Fröhlichkeit und ihr strahlendes Lächeln, für das sie nicht nur ihre roten Lippen und weißen Zähne, sondern auch ihre schwarzen Tausend-Watt-Augen hinzuzieht. Vater ist gestorben, er war Bankbeamter. Soviel ich weiß, hat er nie Schecks gefälscht. Das ist also in Ordnung, wenn auch nicht faszinierend. Die Mutter ist eine sehr jung und gut aussehende Vierzigerin, die von einem Bauernhof in der Nähe von Florenz stammt; genau gesagt aus Vinci, wo auch der weitaus bekanntere Leonardo da Vinci herkommt.
Sie heißt Gabriella. Ich finde den Namen hinreißend. Ich würde auch Agatha bei ihr hinreißend finden. Gewöhne Dich jedoch an Gabriella – ohne Abkürzung, bitte – Dad. Als ich vor zwei Jahren nach Florenz ging, um Deinen studentischen Spuren zu folgen, warntest Du mich vor den italienischen Frauen und nanntest sie die Heiligen Kühe Italiens. Ein absoluter Volltreffer, Dad! Italien ist voll von Bruthennen, die nur von Eierlegen und Hemdenbügeln träumen. Ihre Moral ist streng reglementiert und enthebt sie allen Denkens. Auf diese Weise haben sie alle Kräfte ihres Gehirns frei

für das Putzen ihrer Salons, das Einrollen der Teppiche während des Sommers und für das Ausfahren ihres Fiat-Cinquecento. Wenn sie wenigstens eine englische Marke fahren würden! Der Mann ist für sie in frühen Jahren ein gefährliches Geschlechtstier, später der Tankwart der Familie. Sein Berufsleben ist ihr nicht nur schleierhaft, sondern auch völlig wurst. Korrigiere mich, Daddy, falls ich mich irre. Eine Heirat zwischen einem Nordeuropäer und einer italienischen, derart gestrickten weiblichen Person kommt einer Heirat zwischen einem erwachsenen Mann und seiner zehnjährigen Tochter gleich. Oscar Wilde hätte es vielleicht Sodomie genannt. Alles richtig, und ich danke Dir für Deine mir seinerzeit übermittelte Erfahrung, Dad. Und nun stelle Dir vor, Du begegnetest in den Straßen Indiens inmitten der äsenden Heiligen Kühe einer Gazelle!

Ich sage nicht mehr. Seit Herbst vorigen Jahres kenne ich die Familie, seit unserer Rückkehr aus den Ferien sind wir (Maurice, Hans und ich) mehrmals in der Woche abends zu Besuch bei Carlo und damit bei ihr. Seit zehn Wochen rast der Tantalusbazillus in mir. Ich versuche, mich nicht zu verraten; sie weiß es also nicht. Ob sie etwas von den beiden anderen unleidlichen Burschen weiß, ist mir unbekannt. Carlo wacht über sie und hat stets ein stehendes Messer im Stiefel.

O Daddy, sie ist wert, Deine Tochter zu sein! Shelley und Byron wird sie noch lernen, richtig englisch allerdings nie. Das fällt jedoch nur außerhalb Englands auf. Und das werden wir verhindern; wir

werden sie in Mayfair einsperren, und sie wird die Blume unseres Serails sein.
So rede ich daher, Dad, und bin in Wahrheit in tausend Zweifeln. Anfangs genügte mir alles, um glücklich zu sein; aber inzwischen sollte sich etwas tun. So oder so, damned!
Herzlich Dein Leslie.

(Ein Frühling in Florenz)

Da rauch ich so mein Piepchen
und schaue auf mein Liebchen
und fröhne meinen Triebchen,
ich bin ein Tagediebchen.

(Ernst & Schabernack)

Die Liebe hat nichts gegen Bakterien. Und Faulheit ist ihr förderlich.

(Und sie schämeten sich nicht)

Es ist immer der falsche Jahrgang, der kühn ist.

(Disteln für Hagen)

Jungfräulichkeit ist in hohem Maße eine Sache der Nachfrage.

(Die treue Dakerin)

Das Wetter hielt sich wacker. Ein Tag wie der andere.
»Sonne?« fragte Bele und rieb sich die Augen.
»Dolle Sonne. Guten Morgen.«
»Bist du schon lange auf?«
»Zehn Minuten. Ich bin gerade aus der Waschschüssel aufgetaucht. Siehst du denn nicht, daß ich mich abtrockne?«
»Ich sehe gar nichts. Ich glaube, ich habe Tomaten auf den Augen. Bist d u das, was sich da bewegt?«
»Nein, das ist der Kaiser Wilhelm, mein Liebling.«
Bele dehnte und reckte sich. »Ach ja. Ich sehe deinen kurzen Arm, Kaiser Wilhelm.«
Hannes pendelte näher.
»Bele ...«
Aber Bele maunzte: »Schnecke ins Haus! Zieh dich jetzt sofort an! Und dann gehst du hinunter und zahlst die Rechnung.«
»Wozu?«
»Weil das in Hotels so üblich ist, wenn man abreist.«
»Und du?«
»Kümmere dich nicht um mich.«
»D e r Meinung auf dem S c h l a c h t f e l d warst du nicht«, deklamierte er.

»Auf welchem Schlachtfest?«
»Feld! Feld! Das war ein Zitat von Schiller.«
»Ach, Hannes, das ist zu schwer für mich am frühen Morgen.«
»Es ist neun Uhr!«
»Neun? Das ist gar nichts.« Doch dann richtete sie sich auf. »Neun? Hannes, dein Chronometer steht!«
»Unsinn. Nichts steht.«
Sie sah ihn mißtrauisch an. »Zieh dir die Schuhe an, los!«
»Jawohl!« Er bückte sich. Doch statt des Schuhes ergriff er ihr Bettuch. Bele merkte im letzten Moment, wie es sich spannte, und hielt es über ihrer Brust fest.
»Untersteh dich«, fauchte sie. Er zog. Sie umklammerte die Zipfel. »Wag es! Ich klingle!«
»Das kommt davon, wenn man im Bett ohne –«
»Das geht dich gar nichts an! Geh jetzt endlich hinunter, du lästiger, bocksbeiniger Wüstling.«
Er ließ die Decke los und zog sich friedfertig die Schuhe an.
»Bele –«
»Ja?«
»Ich möchte dir etwas sagen.«
»Sag es.«
»Ich liebe dich sehr, Bele.« Das kam aus der Schuhgegend herauf; sein Kopf war nicht zu sehen. Und dann griff Hannes kurz entschlossen in die Mottenkiste: »Du bist eine wunderbare Geliebte.«
»Du bist wohl verrückt! Wer hat denn jemals so et-

was Blödsinniges gehört. Und starre mich nicht an! Siehst du – verdammt – jetzt werde ich rot.«
Er, ungerührt: »Du bist süß, Bele.«
Sie schloß die Augen, ließ sich in die Kissen zurückfallen und zog die Decke über ihren Kopf.

(Weinsberg)

Eine lebenslängliche Geliebte wird unweigerlich zur alten Kriegskameradin.

(Wie es euch gefällt)

Lieber Alexander,
heute feierst Du Deinen 6. Geburtstag, der Ernst des Lebens ist vorbei, jetzt beginnt die Schule, in der Du zum erstenmal frei von allem Zwang der Erziehung Deine ganze reiche Persönlichkeit entfalten kannst.

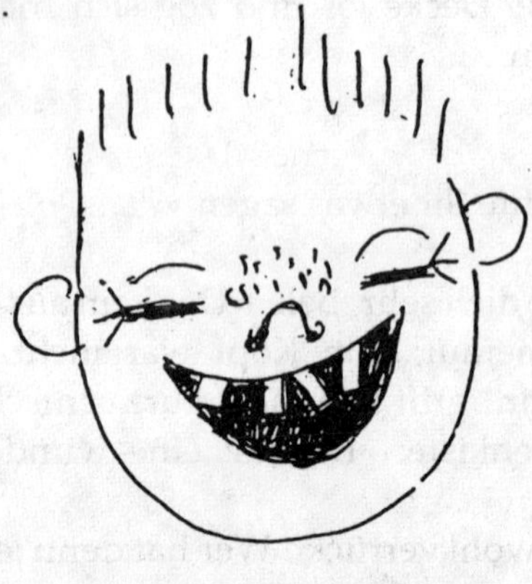

Wenn ich Dir hier wieder einmal schreibe, so deshalb, weil Du jetzt in dem Alter bist, in dem Du Dich für Frauen interessieren mußt. Ich habe gehört, daß ihr in der Schule erst mit neun Jahren in Liebesdingen aufgeklärt werdet, was ich für viel zu spät halte. Daher stelle ich diesen Brief unter das Thema »Ars amandi«. Bitte, glaube nicht, daß ich bei dem ersten Wort zwei Buchstaben vergessen habe! Nein, mein Sohn, es ist lateinisch und heißt auf deutsch: »Die Kunst, ein junges Reh zu tranchieren.«

Natürlich muß man dazu ein Verhältnis haben. Die Vorbedingung für ein schönes Verhältnis zu den Frauen ist, sie erst einmal zu begreifen. Jede Frau wünscht sich das; keine Scheu also! Schon Goethe hat gesagt: »Wo du hinfaßt, ist es interessant.« Das stimmt; wie meistens bei Goethe. Aber bedenke auch, daß einer Frau etwas fehlt, was wir Männer, oft in reichem Ausmaße, haben; rühre nicht gleich daran, warte ab. Du verstehst, was ich meine: die Logik.

Auch wird nicht jede Frau Dir liegen. Von hundert kaum achtzig. Damit mußt Du Dich abfinden. Versuche nicht, mit Gewalt in sie zu dringen. Den Zauberstab, dem sich jeder Sesam öffnet, gibt es nicht.

Du wirst, lieber Alexander, auf dem Wege zum Erfolg vielen Konkurrenten begegnen. Das ist lästig. Andererseits erstrahlt nach einem Sieg Deine Männlichkeit um so heller. Die Zahl der Skalpe macht den Häuptling.

In der Hauptsache sind es vier Typen, die Dir in die

Quere kommen werden. Um sie auszuschalten, prügle Dich in Gegenwart einer Dame nicht, sondern erledige alles geistig.
Da ist zum Beispiel diese Type:

Körperlich ist da wenig zu machen, wie schon seine Ohren zeigen. Versetze ihm den geistigen k.o., sage einfach: »Nanu? Du hier? Hat der Zoo heute Ausgang?«

Diese Ausgabe hier

ist geistig gefährlich, denn sie ist der Klassenprimus, der mit seinem Wissen protzen wird. Er könnte zum Beispiel ganz schweres Geschütz auffahren und behaupten, er habe Faust gelesen und kenne die Jungfrau von Orleans auswendig. Antworte ihm: »Ich nicht, ich habe bei ihr geschlafen.« Paß auf: Hier muß Deine Angebetete lachen, und Du hast gewonnen. Lacht sie aber nicht, so kennt sie den Witz, ist also vor 1900 geboren und damit nicht Dein Jahrgang.

Um den Schönling

brauchst Du Dir keine Sorge zu machen. Frauen lieben harte Burschen, und die sind nie schön. Wende Dich zu Deiner Dame und sage, indem Du über die Schulter mit dem Daumen auf den Schönling deutest: »Willst du mich nicht deiner Schwester vorstellen?«

Aus. Erledigt.

Wir kommen nun zum vierten Typ, der in zwei Gruppen zerfällt. Gemeinsam haben diese Kerle den Glauben, daß Uniformen stets großen Eindruck machen. Die einen schwören dabei auf die alten,

die anderen auf die modernen.

Jacke wie Hose, mein Junge. Beide wollen Helden sein, das ist die Sache. Du mußt Deiner Dame also vor Augen führen, daß sie Armleuchter sind.
Zum Beispiel:
Ihr wollt eure Dame besuchen. Leider blockiert ein bissiger Köter das Gartentor. Eure Angebetete steht am Fenster, macht aber keine Miene, die Bestie zurückzurufen.
»Na, vorwärts, General«, sagst Du laut.
Nichts rührt sich natürlich.
Das ist Dein großer Augenblick. Du ziehst einen starken Knochen hervor (man sollte immer einen bei sich haben) und hältst ihn dem Köter quer vor die Gitterstäbe hin.

Dann öffnest Du lässig die Gartentür und durchschreitest sie, nicht ohne dem General und dem Sheriff noch ein ›Good bye‹ zuzurufen.
Du trittst vor Deine Dame, verbeugst Dich noncha-

lant, greifst Dir graziös in den Mund und bietest Ihr Deinen Bonbon zum Lutschen an.
Was wirst Du sein?
Beneidet.
Und das ist schöner als geliebt. Und auch moderner. Herzlich Dein Joachim Fernau.

(Ernst & Schabernack)

Ansichten und Einsichten

»Runen schrieb auf dem Gesichte
Weltgeschichte, Weltgeschichte.«

Ich will Ihnen sagen, welches der einzige Sinn geschichtlicher Erkenntnis ist: Unser Leben, das Leben des Menschengeschlechtes, in weiten Zeiträumen zu sehen und die kurzsichtigen Wünsche des Augenblicks der größeren Erkenntnis entsagend unterzuordnen.

(Unveröffentlicht)

Wie tröstlich ist es doch zu wissen, daß die gesamte Menschheit im Bodensee Platz hat. Diese Sorge sind wir also los. Nun erhebt sich nur noch die Frage, wie wir sie hineinkriegen.

(Unveröffentlicht)

Das Finden der Wahrheit in der Geschichte ist kein Hollerithvorgang, sondern ein diagnostischer. Es ist nicht damit getan, Daten und Fakten zu sammeln, zu wissen und aneinanderzureihen. Das ist nichts, ohne Diagnose. Zahlen, Namen und Dokumente sind nur der Hautausschlag der Geschichte.

(Aus einem Vortrag)

In ganz Griechenland erschienen Abgeordnete des Perserkönigs, um an die Städte die Frage zu richten, ob sie sich freiwillig unterwerfen wollten. Das, meine Freunde, ist ein Augenblick, da die

Götter selbst den Atem anhalten. Hier tippt das Schicksal uns auf die Schulter und fragt uns, worin wir den Sinn des Lebens sehen.
Der Gedanken lange Kette marschiert auf. Zuerst kommen unsere alten Bekannten unter den Gedanken, aber dann kommen die anderen, die wir noch nie ganz durchdacht haben, es ist, als ob sie sich an den Händen gefaßt hielten und einer den anderen nachzöge – eine Kette ohne Ende. Da ist der Gedanke, daß wir nur einmal leben, da ist der Gedanke, daß Leben Kampf ist, da sind sie alle wieder: der Gedanke an unsere Kinder, der Gedanke an die Freiheit und der an die Schlauheit, an das »Krieg ist der Vater aller Dinge« und an das »Das Weiche ist das Härtere«, an die Vergangenheit und an die Zukunft, an das »Niemals« und an das »Warum«, an das egoistische Ich und an das aufopfernde Wir, an das In-Schönheit-Leben und das In-Schönheit-Sterben, an den Sinn der Tat und den Sinn der Unterlassung, an das Aufbäumen und an das Ducken, an die Fragwürdigkeit der Schande und an die Kraft der Ehre, an die Schrecken der Entscheidung und an die Erhabenheit einer Entscheidung, an den heiligen Zorn und an das heilige Leben. Kein Ende; hinter den letzten Gedanken kommen die ersten wieder herauf. Ein Kreis.
Die Kunst, meine Freunde, besteht darin, an irgendeinem Punkt die Kette mit einem Gefühl zu durchhauen. Mit einem Gefühl, das stärker ist denn alle Vernunft. Wenn wir es nicht mehr haben, werden wir verdammt sein in alle Ewigkeit.

(Rosen für Apoll)

Handreichen, verhandeln, ein ›gutes Gespräch‹ führen, Ko-Existenz. Wenn die Griechen überhaupt etwas von dieser unserer feinen Kunst gewußt hätten, hätten sie in ihrer ganzen Geschichte so einträchtig leben können wie die heutige Welt.

(Rosen für Apoll)

Haß kann etwas sehr Dummes, er kann auch etwas Lebensnotwendiges sein. Nur muß man wissen, was man unter »Leben« und »lebenswert« versteht.

(Cäsar läßt grüßen)

Herzen haben die Weltgeschichte mehr bewegt als Gehirne, und immer sind es die Herzen, nach denen unser eigenes fragen wird.

(Cäsar läßt grüßen)

Nichts ist schlimmer als falsche Fragestellungen in der Geschichte. Falsche Antworten werden bald korrigiert, falsche Fragestellungen in der Forschung fressen sich fest wie eine Bremse.

(Disteln für Hagen)

Die Weltgeschichte ist wie ein Reisebüro, es gibt Auskunft über Züge und Anschlüsse; die Fahrkarte mit dem Ziel lösen die Reisenden.

(Cäsar läßt grüßen)

Alle hundert Jahre wird eine Bockrunde im großen Skat des Völkerlebens gespielt. Es wird doppelt angeschrieben.

(»Deutschland, Deutschland über alles...«)

Wen die Götter vernichten wollen, den lassen sie etwas durchschauen.

(Rosen für Apoll)

Ist Ihnen wirklich noch nicht klar geworden, wie schnell die menschliche Seele in der kühlen Freiheit fröstelt und sich zurücksehnt nach dem geheimnisvollen Halbdunkel des Tümpels? Davon, meine Freunde, lebt die Welt!

(Und sie schämeten sich nicht)

Souverän: Das Wort hat eine rätselhafte Faszination. In der Natur gibt es den Begriff nicht. Gehorchen, befehlen und wieder gehorchen, unterordnen, überordnen, angleichen, ausgleichen, einsehen – das ist das Gesetz, das das Leben uns in Wahrheit vor Augen führt. Kein Wesen, kein Mensch, keine Gesellschaft ist im echten Sinne souverän. Und wenn sie es nicht im echten ist, wird der Begriff dubios. Er ist erfunden worden wie das Dynamit, und er hat auch dieselbe Wirkung.

(Cäsar läßt grüßen)

Die Benutzung des Wortes Freiheit geschieht fast immer in Form einer Parole, einer Fanfare. Sie hat eine gefährliche Faszination. Es sind meistens Verführer, die sie benutzen, und Dummköpfe, die sie inhalieren.

(Halleluja)

Es kommt einem der schwere Verdacht, daß der Mensch durchaus nicht immer von allem ›frei‹ sein will, sondern nur von Dingen, die ihm nicht in den Kram passen. Daraus ergibt sich eine Erkenntnis, die von allen Hirnlosen mit großem Bedauern vernommen werden wird, nämlich die Erkenntnis, daß das Wort ›Freiheit‹ zwar etwas aussagt, aber verschweigt, wovon. Es ist ein Wort wie ›Wetter‹. Gefällt Ihnen Wetter? Das kommt darauf an, nicht wahr? Eben.

(Halleluja)

Wir leben in einer Zeit, die das beständige Gerede über Freiheit zum Ersatzglück der Menschen gemacht hat. Tatsächlich ist unsere geistige Freiheit so erbärmlich, wie nur noch in wenigen Epochen.

(Die jungen Männer)

Freiheit, das Wort ist heilig, wie immer es auch mißbraucht werden mag.

(Cäsar läßt grüßen)

1886 stellten die Amerikaner der Freiheit zu Ehren vor der Hafeneinfahrt von New York eine Riesenstatue auf, die ihnen Frankreich geschenkt hatte und die, da die Franzosen Scherzbolde sind, innen hohl ist.

(Halleluja)

Der Kampf war beendet, Griechenland frei.
»Frei« – das Wort ist erst hier geboren worden. Wie oft hatte man es vorher im Munde geführt, ohne zu wissen, wofür es eigentlich stand. Man hatte es benutzt für Kinkerlitzchen, für Wünsche, für Befriedigungen, für persönliche Vorstellungen, für Ungebundenheit, für mehr Macht, mehr Lust, mehr Recht, mehr Zeit, für lauter »Mehrs«, mehr Liebe, mehr Geld: Was für ein Irrtum war das ge-

wesen! Es kratzte das Gold nicht einmal an der Oberfläche an.
Nach den Perserkriegen wußten die Griechen, was »frei« ist. Und wenn wir es wissen, dann auch von ihnen. Nicht Arminius und Vercingetorix, Johanna von Orleans und Prinz Eugen stehen vor unseren Augen auf, obwohl das unsere Welt ist, sondern das Bild Griechenlands, wehender Helmbüsche, kämpfender Hopliten und sterbender Leonidasse.
Die Not ist das Tor, durch das allein man zur Freiheit geht. Das unerbittliche Entweder-Oder, und nicht ein blasser Wunsch nach Besser oder nach Mehr ist der Aufbruch zur Freiheit. Den Griechen, ihren großen Geistern jedenfalls, ist mit den Perserkriegen ein starkes Gefühl der Dankbarkeit aufgegangen. Sie hatten es zuvor kaum besessen.
»Der Krieg ist der Vater aller Dinge«, schrieb Heraklit, »und aller Dinge König«. Aber der Satz geht weiter! »Die einen erweist er als Götter, die anderen als Menschen. Die einen macht er zu Sklaven, die anderen zu Freien.« Was wäre Griechenland ohne die Perserkriege? Sie erst offenbarten das Geheimnis, das um das Wort Freiheit ist. Freiheit kommt nirgends von selbst, sie ist nur da, wo sie gerufen wird.

(Rosen für Apoll)

Können wir die alten Zeiten eigentlich ganz verstehen? So viel Angst und so viel Mut! Oder bleiben sich die Menschen in den Extremen gleich?

(Sprechen wir über Preußen)

Was ist »Freiheit«? Freiheit ist die körperliche und moralische Selbstbestimmung im Rahmen einer von der Schicksalsgemeinschaft gutgeheißenen Verfassung.

(Cäsar läßt grüßen)

Leid? Tränen? Die Geschichte ist eine schöne Bestie.

(Sprechen wir über Preußen)

Nicht das Auf und Ab der Historie ist ein Grund, daß einem der Puls schneller schlägt, sondern das plötzliche Aufweichen der Substanz, der jähe und nicht mehr rückgängig zu machende Zerfall des Herzgewebes, das ist das Schlimme!

(Cäsar läßt grüßen)

Das begreifen die wenigsten Menschen, daß die Zeit auch für Völker vergeht. Auch wenn man die jugendlichen Kleider weiterträgt, altert man leider. Und wenn man daran etwas erkennen will, dann dies, daß Völker wie Menschen mit Anstand alt und grau werden sollen.

(Rosen für Apoll)

Die berühmte Virtus! Das Wort, in das nachträglich so viel hineingeheimnist worden ist! Die Schulübersetzung lautet »Tugend«. Tugend ist ein typischer Gummibegriff der Penne, feminin, blutleer, ärgerlich. Man sprach von »Stolz«, nicht schlecht, aber ein Begriff, in dem viel Negatives steckt. Man sprach von »Mannhaftigkeit«, ein schreckliches Wortgebilde, es klingt nach Belobigung durch Vorgesetzte. Man sprach von »Heldentum«, das ist ganz bestimmt falsch, Heldentum war eine F o l g e der Virtus. Man sprach von »Unanfechtbarkeit«; die Römer waren Menschen, also anfechtbar. Dennoch steckt etwas Richtiges darin.

Aber das Wort ist gar nicht so geheimnisvoll. Es läßt sich aus der römischen Geschichte eliminieren, wie es sich aus der englischen eliminieren ließe, und zwar aus der Zivilgeschichte viel besser als aus der heroischen. Es umfaßt zweierlei: Die Selbstdisziplin und die ständige Identifizierung mit dem Staat. In zwei monologische Sätze übersetzt: »Ich möchte mich ungern vor mir selbst schämen« und »Wer, wenn nicht ich, ist Rom«.

(Cäsar läßt grüßen)

Seit Shakespeares Coriolan wissen alle Abonnenten eines Stadttheaters, was ein Volkstribun ist: ein aufgeregter Mann, der inmitten von Volk auf einer Kiste steht, seine Toga mit der Faust vor die Brust preßt und »Niemals!« ruft, eventuell auch »Immer!«. Das Bild ist falsch: Es hat damals noch keine Kisten gegeben.

(Cäsar läßt grüßen)

Es stimmt zwar die Erkenntnis, daß ein »Mensch im Alltag« zu allen Zeiten ein »Mensch im Alltag« ist und sich ungezwungen benimmt, nur gehen die Ansichten über den Begriff »ungezwungen« auseinander. Wer die Toga vor dem Körper zusammenfalten muß, kann die Hände nicht in die Hosentaschen stecken. Er bekommt einen anderen Gang. Latschende, kauende, sich juckende, pfeifende, spuckende Jünglinge mit Armen, die infolge ihrer rachitischen Senkbrust bis zu den Knien durchhängen, wären in Rom damals eine Sensation gewesen.

(Cäsar läßt grüßen)

Rom bekam seine dritten Zähne; dabei war es gleichgültig, ob von den letzten echten zuerst die linken oder die rechten ausfielen. Die einen wie die anderen waren unnütz.

(Cäsar läßt grüßen)

Der Glanz der guten Abstammung ist nicht totzukriegen; er ist faszinierend sogar noch als Beigabe des Konträren.

(Cäsar läßt grüßen)

»Zu Hofe gehn!« Schönster aller Träume, wunderlichster Beitrag zur menschlichen Soziologie.
Diese seltsame Erscheinung – bis auf den heutigen Tag wichtigster Transfer des Danks des Vaterlandes – basiert auf einer medizinisch erstaunlichen Voraussetzung, nämlich auf der Fähigkeit des Geehrten zur Schmerzwollust, einer Eigenschaft, die allein imstande ist, die Situation so zu verkennen, daß aus dem Gebenden ein Nehmender wird.
Der wirkliche Nobelmann hat diese Fähigkeit nicht. Er geht daher auch nicht »zu Hofe«, beziehungsweise er stellt ihn selbst dar. Allerdings sollte jedermann, der daraufhin seine eigene Person prüft, zu keiner vorschnell freudigen Klassifizierung für sich kommen: Auch der Prolet, und zwar gerade der der niedrigsten Stufe, verachtet das Zuhofegehen und kennt die Demutswollust nicht.

(Disteln für Hagen)

Was für ein Moloch ist unser aller Mutter, das Volk!

(Cäsar läßt grüßen)

Es ist klar, daß man nicht an den Verstand der Menge appellieren muß, sondern an jene Giftdrüse, die zusammen mit der Chrysantheme am Frack das Menschengeschlecht von den Tieren unterscheidet: an das Ressentiment.

(Cäsar läßt grüßen)

Noch niemals hat man in der Welt verhindern können, daß ein geistig Unterlegener sich in der Rolle des Unterdrückten sieht. Dummköpfe haben immer eine Wut auf die anderen.

(Cäsar läßt grüßen)

Plebs darf mit dem Turnus der Mahlzeiten, ohne schwere physische Schäden davonzutragen, nicht aussetzen.

(Rosen für Apoll)

Parteiisch sein, heißt weiter nichts, als eine Liebe gestehen. Es gibt nichts Schöneres, auch für den Historiker. Ich gestehe sie, nachdem ich zuvor die reine Wahrheit gestanden habe.

(Unveröffentlicht)

Ultimaten sind immer gut, sie zwingen den anderen, klein beizugeben oder mit den Fäusten loszugehen.

(Halleluja)

Kriege haben ihre Ursachen seltener in den Gegensätzen als in der Übereinstimmung anderer.

(Sprechen wir über Preußen)

Schmerzen und Tränen machen keine Geschichte. Vergessen Sie's. Die Göttin Clio ist kalt wie eine Hundeschnauze.

(Halleluja)

Vor dem sogenannten »Dritten Punischen Krieg« stand schon das Altertum wie vor einem Rätsel, und der heutigen Geschichtsforschung und Deutung ergeht es genauso. Niemand versteht diesen bestialischen Wutausbruch Roms und diesen höllischen Haß. Karthago war mittellos, nichts lockte. Es war bescheiden, nichts reizte. Es war gehorsam bis zur Erniedrigung. Es besaß keine Zukunft, die drohte. Es war ein Nichts. Von der Generation des Hannibal-Krieges lebte in Rom kaum noch einer. Alles war schon längst Hörensagen; es mußte ver-

jährt sein, wenn das Wort verjährt überhaupt einen Sinn haben soll.
Man vermutet jetzt allgemein, daß die Erklärung auf psychologischem Gebiet liegt.
Die Römer hielten bewußt etwas wach in Ermangelung von Ergiebigerem: Sie hegten und pflegten die Wahnvorstellung vom Erbfeind und vor allem von der untilgbaren Schuld Karthagos, zuerst als Trauma der alten Kämpfer des Widerstandes, dann im unbewußten Bann eines werdenden Mythos, und schließlich um zu überdecken, was sie selbst inzwischen alles getan hatten. Es mußte stets einen größeren Verbrecher geben, als sie es in den Augen von irgend jemand vielleicht waren. Hannibal wurde das, was er damals, 201, gar nicht gewesen war: Der Inbegriff des Weltzerstörers; und wenn die Völker jetzt litten, so war das seine Erbschaft.
Das Dogma ging leicht ein, es war ein Alibi für die »richtige Gesinnung«, und es war eine Welle, auf der man reiten konnte; eine Woge, die trug.

(Cäsar läßt grüßen)

Die Menschen haben, je blinder sie sind, einen umso größeren Bedarf an Lügen, die sie ihre Netzhauttrübung vergessen lassen. Schöne Lügen vereinfachen ihnen die schwer erkennbare Welt und geben ihnen das Gefühl, herrlich scharf zu sehen.

(Cäsar läßt grüßen)

Im Rückwärtsblicken erscheinen die meisten Wege in der Weltgeschichte als zweigleisige Möglichkeiten, die es in Wahrheit niemals waren.

(Rosen für Apoll)

Die Geschichte Deutschlands, das waren immer die Gedanken und Entschlüsse in unserer Brust. Noch nie war es unser Bizeps.

(»Deutschland, Deutschland über alles«)

Als die Wahlen herankamen, stellte seine Partei ihn in die Ecke. Weil er so vieles recht gemacht hatte, hatte er es vielen nicht recht gemacht. Gibt es das? Das gibt es nicht nur, daß ist der Lauf der Welt!

(Halleluja)

Ich habe mir nie Illusionen über das Gehirn der Menschheit gemacht. Ich weiß, daß man durchaus zum Mond fliegen kann, ohne zu wissen, wer Hölderlin ist, und ich weiß, daß der Mensch die Computer-Erfindung zu machen imstande war, ohne seiner geradezu furchterregenden Blindheit und Ratlosigkeit Herr zu werden. Mit einem Wort: Ich weiß, daß der Einzelne bewundernswert sein kann und das Menschengeschlecht ein Brechmittel ist.

(Sprechen wir über Preußen)

Wären die Quitzows brave Leute gewesen, so würde kein Hahn mehr nach ihnen krähen; da sie aber Strolche von Format waren, sind sie unsterblich geworden. Auch skandalöses Betragen macht berühmt, wie wir alle wissen.

(Sprechen wir über Preußen)

Die »Großen« sehen nicht immer wie »Große« aus, das tun viel öfter Kleine.

(Sprechen wir über Preußen)

»Auch ich habe eine Weile gebraucht, ehe ich begriff, daß die Masse eher einem Lumpen verzeiht als einem lebendigen Vorwurf.«

(»Guten Abend, Herr Fernau«)

Es ist ein wunderlicher Zug der menschlichen Psyche, wie schnell ein Dolch bei der Hand ist gegen einen, der guten Glaubens fehlgeht, und wie langmütig die Masse gegen Bösewichte bleibt, wenn sie nur spektakulär und unbegreiflich sind.

(Cäsar läßt grüßen)

Verschwörer müssen, wenn sie erstklassige Verschwörer sind, die Röte, die ihnen fortwährend ins Gesicht steigt, für den Glanz der Morgenröte halten.

(Disteln für Hagen)

Es gibt Zeitenwenden, wo es die Revolutionäre sind, die die Ewiggestrigen werden.

(Cäsar läßt grüßen)

Berufsrevolutionäre werden Ihnen bestätigen, daß ein Schuß immer gut ist. Ein Schuß ist das einfachste Mittel, auch die harmloseste Lage zu verschärfen.

(Sprechen wir über Preußen)

Pflasteraufreißen ist erfahrungsgemäß kein Akt, der auf Verzweiflung basiert, sondern auf Lust am Anarchischen, auf Lust an der Machtprobe.

(Cäsar läßt grüßen)

Es gibt in der Geschichte so manche glaubenlose Epoche, die sich im politischen Wahnsinn einen Ersatz für religiösen Wahnsinn schafft.

(Cäsar läßt grüßen)

Die Politik ist ein übles Geschäft, sie verdirbt angeblich den Charakter.
Wirklich?
Ich fürchte, charakterlose Politik wird immer von Leuten gemacht, die schon keinen Charakter mitbringen. Die wahre Politik aber erlöst ein Volk aus Schwierigkeiten. Diese Politik kann so perfide sein, wie sie will, sie verdirbt keinen Charakter. Der Politiker vergibt sich nichts.

(Sprechen wir über Preußen)

Eine Krone ohne Glanz ist noch ärgerlicher als eine Krone an sich schon.

(Cäsar läßt grüßen)

So ist das eben leider bei einer feudalistischen Gesellschaftsordnung: jedermann arbeitet, mit Ausnahme der Privilegierten. Damals kannte man das kommunistische Prinzip noch nicht: Jedermann arbeitet, mit Ausnahme der Privilegierten.

(Halleluja)

Der Wahrheit ergeht es wie manchen Viren, sie wird erst sichtbar, wenn man sie färbt.

(Aus einem Vortrag)

Gibt es in der Geschichte ein »mußte«? Ich liebe das Mystische nicht, aber ich bin aus Demut beeindruckbar. Ich liebe auch den Gedanken an Kismet nicht, aber ich habe zu oft gestaunt, wenn aus der Tiefe der Zeit Verborgenes ans Tageslicht stieg, wenn das Weizenkorn, das wir im Pharaonengrab fanden, nach viertausend Jahren in der Sonne aufbrach und wuchs. Das Wagner-Wort »Im Zwange der Welt weben die Nornen, sie können nichts wenden noch wandeln«, ist so unheimlich, so zwingend, so wahrheitsschwanger.

(Sprechen wir über Preußen)

Ihr Majestäten! Wo seid Ihr? Ich sehe nur eine, Friedrich II., an der Front, die anderen sitzen zu Hause. Ludwig XV. amüsiert sich, Elisabeth trinkt, Maria Theresia betet. Für sie ist der Kampf um Schlesien zur Entlastung ihres Gewissens ein katholischer Religionskampf geworden. Das klingt besser. Das hat auch bei den Ungarn gezündet. Ja, die Ungarn machen auch mit. Schlesien! Schlesien! (Apropos, wo liegt das?)
Heute, Ihre Majestäten, ist Schlesien polnisch. Das Schicksal hat alles annulliert, was damals geschah. Alles Blut ist umsonst geflossen, alles Elend, alles Leid umsonst gelitten. Wie weit also muß man vorausschauen, um nicht sinnlose Opfer zu bringen? Fünfzig Jahre? Zweihundert Jahre? Tritt dann nicht die Resignation über die Sinnlosigkeit der Wünsche ein? Kommt man dann nicht mit einem Schla-

ge zur Raison? Wird man dann nicht bescheidener und friedfertiger? Sich vorzustellen, daß das Schicksal einen Affen aus uns gemacht haben wird? Aus unserem Ehrgeiz, unserer Hitzigkeit, unserer Wut, unseren unseligen Trieben?
Ist es nicht so?
Ich weiß nicht, ob es so ist. Vielleicht.
Verschwunden wäre dann aber auch alles Streben. Verschwunden der Patriotismus, die Charakterprobe, der Mut, der Glaube, die Hoffnung, alles das, was lebenswert ist, alles, was den Menschen so menschlich macht: das Irren.

(Sprechen wir über Preußen)

Geniale Menschen sind immer lästig. Sie sind penetrant, weil sie von der völlig falschen Voraussetzung ausgehen, daß sie Zeitgenossen ihrer Zeitgenossen seien. Das ist selbstverständlich ein großer Irrtum. Sie sind überhaupt keine Zeitgenossen! Und auch nachfolgende Generationen würden sie nicht akzeptieren, wenn sie noch lebten.

(Rosen für Apoll)

Erst wenn ich mich selbst genau erkannt habe und weiß, wobei mein Herz lacht und wobei es weint, erst dann kann ich vor die Geschichte treten und ihr das klassische schöne alte Wort anbieten: Zwischen uns sei Wahrheit.

(Aus einem Vortrag)

Wenn der Motor abgestellt ist, ist das Ticken der Uhr das lauteste Geräusch.
Mit Regelmäßigkeit, mögen die Abstände noch so groß sein, kommt im Leben der Völker diese Zeit. Wenn der Held die Stiefel von den Füßen schießt und sich auf das Sofa zurückwirft, dann gleicht er den Göttern gewiß nicht weniger als im Augenblick seiner Größe. Denn es ist der »siebente Tag« der Bibel, der Tag, an dem er, gleich dem Schöpfer, sich zurücksinken läßt und ruht – der Deutsche, nachdem er noch schnell die Stiefel geradegestellt und die Schnürsenkel nach innen geschlagen hat. Das Pausenzeichen der Historie tickt.
Aus einem unerfindlichen Grunde nennt die Welt diese Zeiten spießig und philiströs. Es sind die Makartstrausszeiten, die Gründerzeiten, die Biedermeier-Zeiten der Völker. Verlacht und verhöhnt, sobald sie rückblickend erkannt werden.
Was will die Welt eigentlich? Der Held liegt im Trockendock: Soll er wieder auslaufen, soll die Flamme wieder aufzischen, das Feuer wieder ausbrechen? Es gibt nur dieses Entweder-Oder, es gibt kein Zwischending. Ein Held ersinnt entweder Bomben oder Gartenzwerge.
In Wahrheit wissen wir über das Ausreifen solcher Zwischenzeiten gar nichts; noch jedesmal wurden sie abgebrochen, endeten sie vorzeitig und gewaltsam. Soweit wir sie aber kennen, diese seltsamen »Leberecht-Hühnchen-Zeiten« der Menschheit, haben sie das Wunderbarste, das Schönste hervorgebracht, was sich denken läßt: den komplementären Aufstand des Geistes.

Als 1793 in Frankreich »was los« war und die Bombe der Revolution platzte – was geschah da in der Malerei, in der Dichtung, in der Musik? Eine Eruption? Nichts dergleichen. Erst die »Spießerzeit« war es, in der der Impressionismus geboren wurde, es waren »Spießerzeiten«, in denen der Expressionismus erblühte, stets war die verachtete »Spießerzeit« die große Mutter, die milchreiche, geduldige, ahnungslose, dümmliche Amme.
Ein Land, das seinen »siebenten Tag« feiert, sollte nicht verlacht, es sollte zum Naturschutzgebiet erklärt werden.

(Disteln für Hagen)

Geschichte wird offenbar erst durch Bewegung sichtbar. Daher haben zum Beispiel die Schweizer auch keine Geschichte mehr. Aber sie tragen es wie andere Leute den Verlust des Blinddarms.

(Cäsar läßt grüßen)

Die Geschichte lehrt, daß von der Größe eines Reiches oder von Eroberungen das Glück der Bürger nicht abhängt. Aber die Geschichte lehrt auch, daß wer A gesagt hat, auch B sagen muß, sonst frißt ihn die Katz.

(Cäsar läßt grüßen)

Kein Verhandeln. Siegen oder untergehen! Eine schändliche Durchhalteparole, wie heutzutage jedermann weiß. Allerdings sieht so etwas stets anders aus, wenn das Durchhalten glückt, wie schon Churchill bewiesen hat. Dann ist es nicht schändlich, dann ist es bewunderungswürdig.

(Cäsar läßt grüßen)

Befreier! Das Wort, das Eroberern so gut schmeckt!

(Rosen für Apoll)

Die Römer waren nach dem einträglichen Sieg über Pyrrhos in der gleichen Stimmung wie 1945 die Alliierten, als sie verkündeten, jetzt müsse mal Schluß sein mit den ewigen Ansprüchen hin, Ansprüchen her und mit dem Nichtverwindenkönnen des Geschehenen. Der gegenwärtige Zustand sei ein geeigneter Neubeginn für ein friedfertiges Völkerzusammenleben. Dieser Wunsch ist der Herzenswunsch aller erfolgreichen Bankräuber.

(Cäsar läßt grüßen)

Man weiß doch, daß man als Besatzungsmacht besser lebt denn als heimgekehrter Held.

(Rosen für Apoll)

Ein Krieg ist nie beendet, wenn nach einem Sieg unerklärliche Stille herrscht. Das sicherste Zeichen, daß ein Krieg zu Ende ist, besteht darin, daß der Plebs des besiegten Volkes auf die Straße rennt, mit Taschentüchern winkt und den verschwitzten Siegern die letzte vom Munde abgesparte Flasche Bier darreicht.

(Halleluja)

Friedensdiktate sind für die Sieger etwas Schönes. Eine köstliche Zeit! Da werden die Wunschzettel ausgeschrieben wie vor Weihnachten. Aber sie haben eine unangenehme Eigenschaft: Sie decken für die Nachwelt endgültig auf, für welche Ziele der Krieg geführt wurde.

(»Deutschland, Deutschland über alles«)

Hexenprozesse haben keine glaubwürdigen Formulierungen.

(Rosen für Apoll)

Ein Unbelehrbarer ist ein Mann, der nicht einsieht, daß er durch eine Siegermacht vor irgendetwas befreit oder vor irgendetwas geschützt werden muß.

(Cäsar läßt grüßen)

Es ist merkwürdig, daß gerade Politiker, die doch sonst alles so leicht schlucken können, sich das nicht vorstellen können: Briten gegen Briten, Deutsche gegen Deutsche, Söhne gegen Väter – glauben wir es immer noch nicht? Weil sie gemeinsamen Blutes sind? Gemeinsamer Sprache, gemeinsamer Eltern? Es sind starke Bande, kein Zweifel. Aber Völker, die in Ideen leben, gerade starke Völker, die ihren Instinkten mißtrauen, die mehr Furcht vor Lachen und Weinen als vor dem Denken haben, Völker, die einen Arminius und Hagen von Tronje, einen König Arthur und Archibald Douglas haben, fühlen ihr Blut nicht so stark. In ihren Adern fließen Wille und Ideen. Ihnen sind sie treu wie niemandem sonst – bis sie sie wechseln. Im Bruderkrieg schießen sie nicht auf Blut, sie schießen auf die andere Idee.

(Halleluja)

Was die schnelle Rache manchmal sät! Wem sage ich das! Ohne die Verfolgung der Loyalisten würden die USA heute bis zum Nordpol reichen. Ohne die Überschwemmung durch die Loyalisten wäre Canada französisch geworden. Mit einem französischen, reichen Canada hätte Frankreich vielleicht den Bankrott abwehren können. Ohne den Bankrott wäre die Französische Revolution vielleicht nicht gekommen. Ohne die Revolution ganz sicher kein Napoleon. Ohne Napoleon ein anderes Europa.

Nun ja, wer fragt noch danach, heute, da die Abnabelung von der Geschichte als chic gilt!

(Halleluja)

Ich weiß, daß die Menschen mißlungene Geschöpfe des Universums sind, daß der Geist der Widersacher der Seele ist, daß wir erbärmliche Töter und Vernichter sind, schlimmer als ein Raubtier. Aber endgültig unheimlich wird der Mensch erst dann, wenn er die Taten ohne Wahn, ohne Rausch, ohne Fahne, ohne Glauben, sogar ohne Haß begeht.

(Halleluja)

Jeder wünschte einen geschichtlichen Auftrag nur durch sich selbst verwirklicht zu sehen. Dieses ›ja‹ mit dem Nachsatz ›Aber nicht du, sondern ich‹ ist eine tödliche Einstellung in der Politik. Panhellenismus ja, aber nicht du, sondern ich. Paneuropa ja, aber nicht du, sondern ich.

(Rosen für Apoll)

In dem Ausmaß, wie Athen nun immer mehr aufweichen sollte, verhärtete Sparta – das januusköpfige Schicksal der Menschheit. Die Komplementärfarben des Abendrots.

(Rosen für Apoll)

Es ist das Zeichen aller treulosen Regierungen, die Zeit für sich arbeiten zu lassen.

(Wie es euch gefällt)

Politische Kümmelblättler.

(Cäsar läßt grüßen)

Alte despotische Männer fühlen sich unter Nullen wohl.

(Rosen für Apoll)

Die Wahrung des Staatsrechts, in dessen Schoß das Strafrecht ja nur geborgen liegen kann, ist eine diktatorische Forderung für die, in deren Obhut es gelegt wurde. Ein Staatsmann, der an dieser Forderung vorübergeht, begeht »Fahrerflucht«.

(Cäsar läßt grüßen)

Ich pfeife auf reine, beste Herzen, die so labil und weltfremd sind, daß sie ein Spielball robuster Schufte werden.

(Halleluja)

Wissen ist bekanntlich Macht, aber Nichtwissen erleichtert oft das Leben. Der zweite Teil des Satzes ist der berühmte »american way of life«.

(Halleluja)

Eine Zeit, die aus Unbehagen nicht mehr zurückblicken will, eine Zeit, die entschlossen ist, sich nur von der Gegenwart zu nähren, nur vom Genuß ohne Entsagung und Mühe, nur von Freude ohne die Trauer, wird ein kariöses Gebiß bekommen und bald nicht mehr beißen können.

(Ernst & Schabernack)

Die goldenen Schüsseln, meine Freunde! Die goldenen Schüsseln! Es ist der Lauf der Welt: Vor den Untergang haben die Götter die goldenen Schüsseln, nicht die Kohlrüben gesetzt!

(Rosen für Apoll)

Mit Recht könnte der Bundesbürger fragen: Wieso muß ein Volk eine Idee haben, wir haben ja auch keine? Und in der Tat würden Kulturgüter wie Zervelatwurst und bezahlter Urlaub als Daueridee vollkommen genügen, wenn es nicht immer irgendwo junge Völker gäbe, die sich daraus nichts machen, ja sogar diesen Dingen gegenüber ganz ehrfurchtslos sind und nur darauf warten, über den Zaun steigen zu können. (Um dann ebenfalls beim bezahlten Urlaub zu enden; aber das wissen sie noch nicht.)

(Rosen für Apoll)

Die Vergangenheit ist für die Menge per Saldo immer eins von beiden: ein Witz oder eine Heldensage. Die Gegenwart ist immer ein »Problem«.

(Und sie schämeten sich nicht)

Die Geschichte kennt nicht Gut und Böse, sie spricht nie davon. Wir sind es, die das tun. Die Geschichte wagt es nicht. Sie hat zuviel gesehen.

(»Deutschland, Deutschland über alles…«)

Über Götter, Gott und Glauben

»Denn es gab immer schon das Unerklärliche, das Unbegreifliche, das Unvorstellbare; Moses nennt es ›Gott‹.«

Was für ein Gedanke, unter einem Allmächtigen zu leben, von dem man weiß, daß er lachen und singen kann!

(Rosen für Apoll)

Homer hat das Wunder vollbracht, das alle anderen Religionen so gern vollbringen möchten: den Menschen zum Ebenbild Gottes zu machen. Die Griechen waren das einzige Volk, das in diesem unsagbar stolzen Bewußtsein leben durfte. Er war es, dem die Griechen verdankten, daß sie inmitten von Schuld und Tragik unschuldig wie die Tiere blieben und niemals den Begriff Sünde kannten. Ihre Sprache hatte nicht einmal ein Wort dafür. Als Homer ihnen diesen Glauben stiftete, vollbrachte er eine geistige Tat, die so gewaltig ist, daß er, wenn er es bewußt getan hat, das Herz eines Erlösers gehabt haben muß. Er hat die Frage nach dem Sinn der Schöpfung, unseren heutigen furchtbaren, nagenden Zweifel, für die Griechen aus der Welt geschafft! Merken Sie wohl auf: Er hat die Frage nicht etwa beantwortet, er hat sie verhindert, er hat sie mit der Wurzel ausgerissen. Seine Götter haben die Menschen n i c h t geschaffen, um sie in quälerische Versuchung und sinnlose Erbsünde zu stoßen. Sie gönnen ihnen das gleiche Leben wie sich selbst. Homers Götter sind mächtig und unsterblich, nur dies unterscheidet sie von den Menschen, sonst nichts. Denn das »Gesetz der Welt« liegt nicht in den Göttern, auch nicht in Zeus. Es liegt als Kraftfeld unsichtbar mitten unter ihnen. Es liegt in keiner Hand, es ist die Summe, der Schwerpunkt, um den sie sich alle drehen, die Menschen im Wirbel, die Unsterblichen in langsamer Gravität. Homer war es, der dem klassischen Griechenland die Begriffe Gut und Böse gegeben hat. Aber nicht als Ethik, sondern als Ästhetik! Sehen Sie die Kühnheit, das Strahlende dieser Idee? Das Unerhörte des Maßstabes? Die Götter zu verehren, ist nicht »fromm« – es ist klug. Das Gute ist nicht »moralisch«, es ist schön. Die Wahrheit ist schön, die Treue ist schön, die Tapferkeit ist schön, alles das ist voller Schönheit, voller Eleganz, voller Harmonie, voller Kunst. Mord, Diebstahl, Betrug sind häßlich, unästhetisch, Disharmonie, Abwesenheit von Schönheit, verlorene, entgangene Genüsse. Verlogen – ehrlich, treulos – aufopfernd, faul – ehrgeizig, zänkisch – tolerant, das war eine Frage der Wahl, der Ästhetik, des Schönheitssinnes, der persönlichen Kultur, des Feinschmeckertums. Kein anderes Volk hat so viel gelogen wie die Griechen; sie trugen es nicht als Sünde, sie trugen es wie schmutzige Fingernägel. Jetzt wird auch klar, wie sich die Dinge einmal überraschend verkehren können: Die gigantischen Lügen des Odysseus gegenüber Polyphem zum Beispiel können herrliche Kunstwerke sein, Leistungen von höchster Schönheit verglichen mit dem plumpen und unästhetischen Belogenen, und Homer ist nur konsequent, wenn er Athene bewundernd ausrufen läßt, dies zu übertreffen würde selbst Göttern schwerfallen!

Das ist ein Wort, wofür ihr jeder Grieche Rosen zu Füßen gelegt hätte.
Homer hat den Griechen die Qual der »Letzten Fragen« erspart. Erst in der späteren Zeit wurde ihre Religion komplizierter, dunkler, mystischer.
E i n e Qual aber hat ihnen Homer nicht ersparen und abnehmen können: Die Unabwendbarkeit und Endgültigkeit des Todes. Der Gedanke an die Sterblichkeit war die wahre Tragik der griechischen Seele. Sie haben die Götter glühend beneidet. Dafür hat ihnen Homer einen Triumph über sie gegeben, einen entschädigenden Gedanken von einmaliger Tröstlichkeit und Weisheit: Götter haben kein Schicksal – Und da können sie einem ja wohl wirklich leid tun!

(Rosen für Apoll)

Die Ilias beginnt wörtlich folgendermaßen:

Singe den Zorn, o Göttin, des Peleiaden Achilleus,
ihn, der entbrannt den Achäern unnennbaren Jammer erregte
und viele tapfere Seelen der Heldensöhne zum Hades
sendete, aber sie selbst zum Raub den Hunden hinlegte
und den Vögeln umher; so ward Zeus' Wille vollendet:
Seit dem Tag, als erst durch bitteren Zank sich entzweiten

Atreus' Sohn, der Herrscher des Volks, und der edle Achilleus.

Verstehen Sie ein Wort? Achilleus ist Achill, Peleiade bedeutet Sohn des Peleus, mit Achäern sind die Griechen gemeint, Hades ist die Unterwelt der Toten, Zeus ist der oberste Gott, Atreus' Sohn ist entweder Agamemnon oder Menelaos, er hatte zwei. Aber verstehen Sie ein Wort? Und dennoch ist bereits der Anfang der Ilias herrlich. Sie brauchen nur zu wissen, wer Achill ist; er ist der Strahlende, der Silbergepanzerte, der Herrlichste von allen, der Siegfried der Griechen; und dieser leuchtende junge Held ist von rasendem Zorn erfüllt, das genügt. Das ist für jeden Griechen alarmierend, das ist eine Wonne! Zorn, Wut, Krach, Unrecht, Empörung, Worte hin Worte her, ein Speerwurf, Apoll läuft aus dem Olymp von der einen Seite herbei, Pallas Athene, die schwerbewaffnete jungfräuliche Göttin klirrt von der anderen Seite heran – das ist für den Griechen ein Genuß wie für uns ein aus dem Fenster beobachteter knallender Verkehrsunfall mit schwerem Blechschaden. Dafür erbittet Homer von der Muse die rechten Worte. Das können wir nachfühlen.

Die Muse hilft ihm auch sofort; sie verhindert, daß er uns langatmig erklärt, wo wir uns befinden und wer gegen wen kämpft (denn das weiß in Griechenland jedes Kind: seit zehn Jahren liegen die Griechen, ein Heer von erlesenen Helden, unter Führung von Agamemnon vor der Festung Troja, in der die geraubte Helena steckt). Homer beginnt: Eine Wanderjolle landet am Gestade, ein rüstiger

Mann, der sich Chryses, Priester des Apoll nennt, entsteigt ihr und läßt sich vor Agamemnon, König von Mykene und obersten Kriegsherrn des griechischen Heeres, führen. Er fordert von ihm seine Tochter zurück, die Agamemnon beim Anmarsch en passant geraubt hat. »Ich weiß«, sagt der gramgebeugte Priestervater, »als berufsmäßiger Seher, daß die Götter euch beschieden haben, Troja zu erobern und glücklich heimzukehren; darum sei milde und erfülle meine Bitte«. Agamemnon besinnt sich kurz, dann lehnt er in Gedanken an die schönen wollenen Leibchen, die ihm die Chryses-Tochter strickt, ab. Halten Sie das bitte nicht für Fernausche Diktion, Homer läßt Agamemnon wörtlich sagen:

Daß ich niemals, o Greis, mehr bei unseren Schiffen dich treffe!
Weder jetzt noch hier zaudernd, noch wiederkehrend in Zukunft!
Kaum wohl dürfte der Stab und der Lorbeer Apolls dir dann helfen!
Jene geb ich dir nicht, bis einst das Alter ihr nahet,
wenn sie in meinem Palast in Mykene, fern ihrer Heimat,
mir als Weberin dient und meines Bettes Genossin!
Gehe denn, reize mich nicht, daß wohlbehalten du heimkehrst!

Priester Chryses zieht sich erschrocken zurück. Außer Reichweite fleht er Apoll an, seine Tränen zu vergelten. Und der sonst so lichte, strahlende

Gott hängt sich Bogen und Köcher um und steigt herab, »düster wie Nachtgraun«, sagt Homer. Er setzt sich auf eines der entfernteren Schiffe und schießt Pestpfeile unter die Griechen, unter Mensch und Tier. Die hohen Tiere natürlich schont er noch, denn sonst wäre die Ilias zu Ende. Man bedrängt Agamemnon, der unter den vielen anwesenden Fürsten, »Königen« und Königssöhnen nur der Primus inter pares, nicht der Gebieter ist, Chryses die Tochter zurückzugeben. Das kommt Agamemnon hart an. Er gesteht, daß sie ihm lieber ist als Klytämnestra (Klytämnestra ist seine Frau im fernen Mykene) und bittet, ihm aus der gemeinsamen Kasse eine Entschädigung zu geben.

Hier begegnen wir zum erstenmal einem altgriechischen Charakterzug von märchenhaftem Ausmaß: der Beutegier. Es sind jene historischen Mykener, Tirynser und Amykläer, die Kreta ausgeraubt haben. Bei Homer, der selbst noch der frühgriechischen Epoche angehört, betritt niemand ein Zimmer, ohne sich sofort umzuschauen, was es Schönes gibt.

Agamemnons Ansinnen aber ist selbst Achill zu viel. »Du Habgierigster aller«, schreit er ihn an, fährt dann aber ruhiger fort:

Gut, wir ersetzen sie dreifach und vierfach, wenn uns einmal Zeus
Gönnen wird, der Troer befestigte Stadt zu verwüsten.

Befriedigt von so viel Unvernunft lesen wir weiter und sind vollständig verwirrt über den Ton, in dem Agamemnon antwortet. Er ist mißtrauisch, mißgünstig, höhnisch. Man sieht, wie er die Mundwinkel herabzieht und die Augen zusammenkneift, wenn er Achill mit »du tapferer, du gottgleicher« anredet und dann fortfährt, er möge ihn doch nicht beschwatzen und betrügen. Hier setzt ein unbeschreiblicher Tumult ein. Ohne Zweifel standen die Trojaner dicht gedrängt auf den Mauern, um zuzuhören, und im Olymp verfolgte man besorgt die Entwicklung dieser Affäre, wie Homer später ausdrücklich betont. In dem Streit Agamemnon-Achill folgt eine Ungeheuerlichkeit der anderen mit wahrhaft wollüstiger Zügellosigkeit, wörtliche Sätze wie:

Agamemnon: Weigert Ihr mir das Geschenk, so komme ich selber und nehm es.

Achill: Ach, du mit Unverschämtheit Geputzter, Vorteilbesessener,
immer die schwerste Last des tobenden Schlachtengetümmels
trag ich mit meinem Arm; doch kommt zur Teilung es endlich,
dein ist das größte Geschenk, und ich?
Heim mit den Schiffen jetzt fahr ich.

Agamemnon: Fliehe nur, wenn dein Herz dir's gebeut! Nie werd ich dich anflehn!

Achill: Du schamloser Mensch, du ehrvergessener!

Agamemnon: Mehr als verhaßt bist du mir. Und

dein eigenes Ehrengeschenk, die
rosige Tochter des Brises, ich hol'
sie mir aus deinem Zelt.

Das ist zuviel für Achill. Es zerwühlt ihm die Brust. Homer sagt »zottige Brust« in dem richtigen Gefühl, daß das die Vorstellung von dem vor zitternder Wut wankenden und schwankenden Bären erwecke. Achill packt den Schwertgriff, und Homer nennt diesen Augenblick sehr schön die Entscheidung, ob er Schwert und Scheide, die jetzt noch eins seien, trennen solle.

Da greift eine Hand in seinen braunen Haarschopf; er fährt herum und sieht (nur er allein) Pallas Athene, die Göttin. Was geschieht? Versteinert er? Stürzt er nieder? Verbrennt er? Schlägt er die Hände vor die Augen?

Er? Der Sohn des Peleus, selbst Enkel einer Nymphe und des Zeus? Warum sollte er? Die Götter können fürchterlich sein, gewiß, aber ist er ein Dreck? Er fragt die Göttin brummig, ob sie gekommen sei, sich seine Schande anzusehen? (Eigentlich ist Athene seine Tante, und er fragt sie auch ganz in dem Stil ›Es geschieht meiner Mutter ganz recht, daß ich mir die Finger erfriere, warum gibt sie mir keine Handschuhe‹.) Athene gebietet ihm in mildem Tone, nachzugeben, und tut nun ihrerseits das, was ihr Schützling gegenüber Agamemnon getan hat: sie verspricht ihm für später dreifachen Lohn und Ruhm. Und Achill prolongiert den Wechsel, weil – wie er sagt –

wer dem Gebot der Götter gehorcht, den hören
sie wieder.

Lesen Sie diese Stelle nicht falsch, sie heißt nicht: Wer Gott erkennt, den wird Gott wiedererkennen; sie heißt: Hast du ein Geschenk für mich, hab ich ein Geschenk für dich.
Achill gehorcht, aber das ändert nichts an seinen Gefühlen für Agamemnon. Gleich die ersten Worte, mit denen er ihn anredet, lauten wieder:

Trunkenbold mit dem hündischen Blick und dem Mute des Hirsches!

Er überläßt Agamemnon seine Sklavin Briseis, aber er schwört, nie mehr einen Schwertstreich in diesem Kriege zu tun, nie mehr für den Sieg eine Hand zu rühren.
Alle Dichter der Erde würden ihn jetzt erhobenen Hauptes abgehen lassen. Bewundern Sie Homer, belächeln Sie ihn, aber genießen Sie ihn: Er läßt Achill sich dort, wo er stand, auf den Erdboden setzen!
Stärker ist die Fermate nicht möglich! Aufreizenderes als ein Sitzstreik ist nicht denkbar. Agamemnon tobt, Achill sitzt. Alles, was nun geschieht (und es geschieht Schreckliches), ereignet sich unter den Augen des untätig Dasitzenden.
Die Tochter des Priesters Chryses wird freigelassen und mit ihrem Vater heimgeschickt. Man opfert Apoll ein Sühnemahl, der schwarze Bogenschütze verwandelt sich wieder in den lichten Gott und steigt zum Olymp zurück.
Jetzt läßt Agamemnon die »rosige Briseis« aus dem Zelt des Achill holen. Die beiden Boten treten vor den am Boden sitzenden Helden und wagen vor Ehrfurcht nicht zu gestehen, was sie herführt.

Nahet euch! spricht Achill sie gütig an, *ihr nicht seid mit Schuld beladen, nur Agamemnon,*
der euch beide gesandt hat um Briseis, die rosige Sklavin.
Auf denn, führe heraus das Mägdelein, edler Patroklos.

(Patroklos, sein Jugendfreund und Kampfgefährte, jung, schön, zart, schwärmerisch, gezeichnet wie ein Geliebter; jedoch steht im Homer nirgends eine Andeutung davon.)

Dann fährt Achill fort, zur toten Mutter sprechend, indem er zu ihr, die einst eine Nereide war, in die dunkle Tiefe des Meeres hinabschaut:

Mutter! Siehe, des Atreus Sohn hat mich entehrt!
Also sprach er betränt.

(Achill weint!)

Ihn vernahm die gütige Mutter,
sitzend dort in den Gründen des Meeres, in der lichtlosen Tiefe.
Eilenden Schwunges entstieg sie der finsteren Flut wie ein Nebel;
Und nun setzte sie nahe sich hin vor den Tränenbenetzten,
streichelte ihn mit der Hand und sagte …

Der Held ist wieder zum Kind geworden, das von der Mutter getröstet wird. Dazu gehört, wie bei allen Müttern auf der ganzen Welt, daß sie ihn fragt, warum er denn weine. Sie ist zwar als geborene Nereide eine Halbgöttin und weiß als solche, was geschehen ist, aber sie fragt, wie es sich für eine Mutter gehört. Und Achill (*Ach, Mutter, du weißt das alles; was soll ich es dir noch erzählen*)

fängt noch einmal von vorn an und schluchzt ihr seinen Schmerz in fünfzig Versen vor.
Achills Mutter ist entschlossen, den Griechen einen Denkzettel erteilen zu lassen; sie läuft zu Zeus und erbettelt von ihm, daß er den Trojanern solange den Sieg schenkt, bis Agamemnon ihrem Sohn Abbitte geleistet hat.
Jetzt bekommen wir einen prächtigen Einblick in das olympische Leben. Genau wie auf Erden geht ein großes Hin und Her los, ein langes Für und Wider; Apoll, dem seinerzeit das Paris-Urteil viel Spaß gemacht hat, ist sowieso auf seiten Trojas; Athene, die ernste, jungfräuliche, erinnert sich, wie sie damals mit Hera einem Schulmädchen gleich vor Paris stehen und erleben mußte, daß er Aphrodite den Apfel reichte. Sie hält zu den Griechen. Wie sie da alle im Olymp herumstehen und auf das Erscheinen von Zeus harren, sind Kräfte versammelt, die die Welt aus den Angeln heben könnten. Dennoch treten sie geduldig von einem Bein aufs andere und warten. Endlich tritt der »Herrscher im Donnergewölk«, der »Wolkenversammler«, der »Ordner der Welt«, der Kronos-Sohn Zeus ein. Er geht – denn jetzt soll gespeist werden – zu seinem erhöhten Sitz, und sofort redet ihn seine Frau Hera an, genau in der Art, in der Frauen zu sprechen pflegen, die einflußreich und mächtig, aber der Gunst des Ehemannes nicht mehr ganz sicher sind: vorsichtig-forsch.

Wer hat, Schlauer, mit dir schon wieder heimlich einmal geratschlagt?

Merkwürdig, wie es dich freut, von mir hinweg dich entfernend,
heimlich ersonnenen Plan zu genehmigen! Hast du doch niemals
mir willfährigen Geistes ein Wort gesagt, was du denkest!

Würdest du mich freundlicherweise in Ruhe lassen, brummt Zeus, worauf Hera hoheitsvoll blickt und genau wie ein Menschenkind tiefbeleidigt den Vorwurf zurückweist:

Welch ein Wort, Kronion, Schrecklicher, hast du geredet!
Nie doch hab ich zuvor gefragt oder je mich erkundigt!
Gänzlich in Ruhe doch kannst du beschließen, was stets dir genehm ist.
Doch ich sorge mich eben und …

Vertraute Worte aus einer Zeit vor dreitausend Jahren. Die Antwort von Zeus würde heute jeder Psychologe genauso formulieren:

Immer hast du deine Vermutungen, immer belauerst du mich!
Doch nicht dient es dir im geringsten, sondern
entfernter wirst du im Herzen mir stets, was du noch einmal bereun wirst.

Hera erschrickt und schweigt. Die Stimmung ist gedrückt. Alle stochern lustlos in den Speisen herum. Da steht Hephästos auf, der hinkende Gott des Feuers, der »kunstfertige«, der Schmied göttlicher Waffen, der häßliche, ewig verlachte Sohn der Hera, oft betrogener Gatte der Liebesgöttin Aphrodite. Er reicht seiner Mutter einen großen Becher

Nektar und tröstet sie. Dann rennt er mit der vollen Kanne, hinkend, schwatzend, lachend, scherzend zu Zeus, zu Apoll, zu Athene, zu Ares, zu allen, immer wieder einschenkend (»rechts herum« betont Homer) und Späße machend, und bald sind die Himmlischen wieder so sorglos fröhlich, daß

unermeßliches Lachen erscholl aus dem Munde der Götter,
wenn sie bloß sahn, wie Hephästos in emsigem Hinken umherging.

Das ist das berühmte Homerische Gelächter!

Das Homerische Gelächter erschallt noch ein paarmal, niemals ist der Anlaß erhabener. Es tut mir leid, Ihnen nicht mehr bieten zu können. Daß es so berühmt wurde, daran sind die Studienräte schuld und die Maler des vorigen Jahrhunderts, die das Thema oft gemalt haben.

In Wahrheit ist diese Szene jedoch ungeheuerlich! Homer ist der Mann, der zum ersten Mal in der Welt seinen Gott schallend lachen läßt! Damit schuf er den Griechen ein für allemal ihren fröhlichen Himmel.

(Rosen für Apoll)

»**M**anchmal weine ich der Zeit nach, als Hellas noch existierte, als es noch fröhliche Gebete und fröhliche Sünden gab. Hätten wir doch damals gelebt, Monsieur! Sehen Sie: Gott, an den ich in meinem Gelübde als Katholikin glaube, hat es schon damals gegeben, ich meine den richtigen Gott; un-

beschadet, ob wir wollten, oder nicht. Wir hätten also nichts verpaßt. Wir hätten, ohne es zu wissen, unter Gott gelebt, aber mit Zeus gelacht.
Der richtige Gott lacht leider nicht.
Ist es eine Sünde, das zu sagen, Monsieur? Ist es eine Beleidigung Gottes? Ist Heiterkeit etwas Unseriöses? Verträgt sie sich nicht mit einem Schöpfer? Ist sie etwas Nur-Menschliches?
Haben wir dann etwas, was Gott nicht hat? Nicht kann? Ist es eine große Sünde, so zu fragen?«

(Die treue Dakerin)

»Es gibt nur zwei Möglichkeiten, eine Sünde zu begehen. Erstens auf der Basis eines Unrechts gegenüber der Natur (wozu auch die Mitmenschen zählen). Zweitens auf der Basis einer Untreue gegen sich selbst.
Etwas anderes gibt es nicht, weder klein noch groß, merken Sie sich das! ›Große‹ Sünde! Ich finde keine Worte!«

(Die treue Dakerin)

»Gott richtet nur zweierlei: Die Lieblosigkeit und die Gemeinheit.«

(Die Gretchenfrage)

Es gibt nichts Tödlicheres als Vollkommenheit und nichts menschlich Unergiebigeres als Heilige.

(Disteln für Hagen)

»Was nützen uns denn die großen Denker? Unserer Seele, glaube ich, sehr wenig. Sehen Sie: Ich war immer ein gottgläubiger Mann. Aber ich war früher kein guter Christ, denn ich war unruhig, ohne Gelassenheit, voller Fragen, voller Ungewißheit, voller Drängen und Bohren, voller Suchen, voller Zweifel. Ich hatte keine Ahnung, in welchem Glück und in welcher Ruhe das Herz leben kann. Wenn das einfältigste Kind die großen Denker und Forscher bei der Hand nimmt, sie vor den Tod führt und an sie die alten, ewigen Fragen nach dem Warum, Woher und Wohin richtet, so müssen sie schweigen.
Ich bin zur Besinnung gekommen. Ich habe es erreicht, mich nicht mehr quälen zu müssen, nicht mehr grübeln zu müssen, nicht mehr zweifeln zu müssen. Dazu gehört ein gläubiges und dankbares Herz. Es gehört auch ein einfaches Herz dazu, ja, ich erlaube Ihnen sogar zu sagen: ein kindliches Herz. Je kindlicher, desto besser.«

(Die Gretchenfrage)

»Wenn es einen Himmel gibt –«

»Ja, warum soll es denn keinen Himmel geben? Ach, da grübeln sich die Menschen das schwierigste Zeug zusammen und an das Einfachste können sie nicht glauben. Ich – sehe doch den Mond, die Sonne, die Sterne, die Blumen, das Feuer – das sind doch alles Wunder! Es ist so leicht, zu glauben, und es ist so schön. Da reiht sich eins ans andere, das wird wie ein Palast, in den man bloß einzutreten braucht. Sag ruhig, daß das kindlich ist; das muß so sein.«

»Wenn es einen Himmel gibt, Tantchen, dann wirst du hineinkommen.«

»Ach, ich hoffe es. Dann werde ich auf dich herunterschauen und sehen, wie es dir geht. Dann kann ich auch mit dem lieben Gott sprechen. Dazu muß ich nur schnell genug sterben.«

»Du wirst, wenn du im Himmel bist, von uns Lebenden nichts mehr wissen wollen.«

»O doch! Ich würde sogar gern einmal zu euch herunterkommen. Nur würdest du dich wohl sehr fürchten, glaube ich.«

»Nein, Tantchen. Wenn du wiederkämst und mich ansprächst, hätte ich keine Furcht, ganz gewiß nicht.«

»Ich will dir dreierlei versprechen, Kind. Ich verspreche dir, vom lieben Gott die Verzeihung für – du weißt schon – zu erbitten. Dann will ich Gott bitten, dich noch glücklich zu machen. Und als drittes werde ich Gott um die Erlaubnis bitten, ein einziges Mal noch zu dir zurückzukehren oder wenigstens ein Zeichen geben zu dürfen. Ich würde mich zu erkennen geben, du würdest schon wissen, daß ich es bin. Ist dir das so recht?« schloß sie ganz eifrig.

»Ja«, sagte Martha, »und grüße den lieben Gott schön und sag ihm, daß ich nicht böse bin.«

»Du bist nicht böse, du bist gut, Martha!«

»Das meinte ich nicht, Tantchen. Ich meinte, du sollst ihm sagen, daß ich auf ihn nicht böse bin.«

(Ein wunderbares Leben)

»Ich sage nicht: glaube! Ich sage nur, versuche, zu dem Gefühl – verstehst du, G e f ü h l zu kommen, es gäbe einen Gott, es gäbe einen Allmächtigen, der dich sieht. Du wirst fröhlicher werden.«

(Die Gretchenfrage)

»Ich lebe doch ›gottgefällig‹, nicht wahr? Kann er mich verwerfen, auch wenn ich nicht an ihn glaube?«

(Die Gretchenfrage)

»Gott ist nicht katholisch. Er gehört keiner Kirche an.«

(Die Gretchenfrage)

Die Sicherheit, mit der die Menschen behaupten, Eingang zur Religion gefunden zu haben, ist entwaffnend; noch erstaunlicher ist die Art, wie sie mit ihr verkehren. Wir wollen von den Wenigen absehen, die sich noch quälen. Aber für die Menge ist die belanglose Unverbindlichkeit des »Glaubens« nichts Bedrückendes. Die vollkommene Umschreibung der Situation hat ein Amerikaner geliefert, der als liebenswürdiges Idol unserer Zeit gilt, der Schlagersänger Frank Sinatra. Er sagte: »Ich bin für alles, was einem über die Nacht hinweghilft, ob es nun ein Gebet, ein Schlafmittel oder eine Flasche Whisky ist.«

Die Menschen haben mit der Religion das getan, was sie mit der uralten Erfindung, dem Wagenrad, getan haben: Sie haben sie luftgepolstert. Es rüttelt nun nichts mehr. Man kann dahingleiten und merkt es kaum.

(Der Gottesbeweis)

Auf die große Frage, mit der wir in diese Welt geboren wurden und mit der wir die Erde einmal verlassen werden, kann uns nichts und niemand eine Antwort und den Frieden bringen, als unsere eigene Brust. Es ist sinnlos, die ›Hebel und Zangen‹ der Wissenschaftler und Forscher zu Rate zu ziehen. Nur das kann uns den Frieden bringen, was wir auch ohne Wissen begreifen. Wir sind alle jener Reisende der Bibel, der, hilflos am Wege liegend, sich nichts vom Priester und nichts vom Leviten erhoffen durfte. Ein Samariter aber, da er ihn sah, ging zu ihm, verband ihm seine Wunden und goß darein Öl und Wein.

(Der Gottesbeweis)

Es ist eine große Gnade, nicht zu erschrecken, wenn man das Abendrot sieht.

(Cäsar läßt grüßen)

Der Fink saß still da und blickte den Menschen unverwandt an. Seine Brust hob und senkte sich im Schlag seines Herzens.

»Ich sehe«, fuhr der alte Mann fort, »wie dein winziges Herz schlägt. Es fühlt Freude und Schrecken, genau wie meines; ich weiß. Aber was ich nicht weiß: Machst du dir Gedanken über die Zukunft? Nein? Denkst du nie an den Tod? Dann denkst du auch nie darüber nach, was nach dem Tod kommen wird? Du lebst also in den Tag hinein, wie schön! Aber wenn du krank oder schwach wirst, spürst du dann das Nahen des Endes?

Ja?

Und? Und?

Ergibst du dich dann? Spürst du dann irgend etwas von einem allmächtigen Schöpfer?

Antworte mir doch dieses einzige Mal, ich möchte so brennend gern hinter das Geheimnis deiner Seele kommen!

Ich frage mich nämlich, kleiner Freund, ob das Gottsuchen und das Ewigkeitssuchen bei uns Menschen nicht aus einem ganz miesen, suspekten Grunde kommt und nicht aus der Sehnsucht. Nimm mal an, wir würden so kurz, so von Tag zu Tag und von Zukunftsgedanken unbedrückt leben wie du, jeder Minute, jedem Sonnenstrahl hingegeben – würden wir dann auch noch über Gott nachgrübeln? Oder nimm an, wir Menschen wären unsterblich – würden wir uns auch dann noch um den Schöpfer scheren?
Du juckst dich, und ich möchte mich auch gern hinter dem Ohr kratzen.
Wenn ich es tue, fliegst du weg; ich muß aber noch mit dir reden.
Ja, das ist eine böse Frage, die ich da stellte, nicht? Ich fürchte, ich kenne die Antwort. Keine Zeit haben wie eine Eintagsfliege oder keine Angst haben wie ein Unsterblicher – und Gott ist erledigt.

(Die Gretchenfrage)

Wenn die Wälder zu wandern beginnen
und die Berge rollen
und die Wolken auf die Erde sinken,
wenn es Nacht in der Welt wird
und die Erde aus ihrem Bauch zu leuchten anfängt
und die Sphärentöne schwellen und schwellen,
und die Menschen von innen zu bersten drohen
und widerrufen,
dann will ich noch singen
von Kormoranen über den Teichen,
vom Mond im Fensterkreuz,
von den langen Nächten der Liebe.
Dann wird Gott die Hand heben
und lauschen
und an meinem Munde hängen
und vergessen, was er wollte.
Das werdet ihr daran erkennen,
daß die Wolken wieder zu ziehen beginnen.

(Mein dummes Herz)

»Irgendwo wird der Sinn allen Lebens und der Sinn allen Seins liegen. Warum fragst du, wo? Warum brauchst du das zur Erfüllung deines Lebens?
Gibt es einen Allmächtigen – vertraue.
Gibt es etwas anderes, was wir uns nicht vorstellen können – vertraue!
Die Schöpfung fragt nicht. Kein Vogel, kein Falter, kein Baum, kein Grashalm jagt Gott nach. Keine Wolke, keine Woge hält sich damit auf. Sie ist, wie sie sein muß, und weiß sich im Schoß des Universums.
Jage auch du Gott nicht nach. Gibt es eine Allmacht, so wird das letzte, was sie von den Irdischen erwartet, sein, daß wir ihr nachjagen. Wie klein das wäre!«

(Die Gretchenfrage)

Jenseits von Gut und Böse, von Wahr und Falsch, jenseits von Lohn und Strafe, von Glück und Grauen, jenseits von allem, was der Mensch sich vorstellen kann, wird sich die Fortsetzung der Existenz unserer Seele vollziehen. Fragen nach dem Wie, nach dem Wozu und Warum sind sinnlos. Es sind verächtliche Fragen; sie kommen noch einmal aus unserem Bauch. Mit unserem Glück und der Ruhe unseres Herzens haben sie nichts zu tun.
Wir besitzen von »draußen« keine Fingerzeige, die wir nicht in uns trügen, keine Zeichen, keine Signale. Einflüsse aus jener Welt in die irdische, genauer: Schicksalseinflüsse mit offensichtlicher Ur-

sachelosigkeit, aber sichtlicher Beharrlichkeit können wir nicht deuten. Vorhanden sind sie sicher. Ihr Auftreten hängt vielleicht mit der Kraft der Seele zusammen, ihr Sinn ist dunkel.
Dieses Wenige, was wir wissen, und das Wenige, was wir ahnen, ist das Äußerste, was wir glauben dürfen.
Ist es wenig?
Bedeutet es mehr, wahnsinnige, im wahrsten Sinne des Wortes, wahn-sinnige Fragen zu stellen und sich an Antworten zu klammern, wie man sie Kindern gibt, die sich im Dunkeln fürchten? Haben wir denn alle keine Würde mehr? Wollen wir über den Bergen, zu denen wir unsere Augen aufheben, noch einmal unsere erbärmlichen Vorstellungen wiederholt sehen? Soll das Verklärte darin bestehen, daß niemand mehr klaut, defloriert und flucht? Ist nicht in jedem Blatt, das zur Erde zurückfällt, in jedem Vogel, der die Augen schließt, mehr Anstand, mehr Schönheit und mehr Vertrauen?
Wer ruhiger stirbt, weil er glaubt, ein großer Manitu werde ihn nach dem Tode die ewige Büffeljagd fortsetzen lassen, ist ein Kind oder ein Ungeheuer. So stirbt nicht einmal ein Tiger.
Nein.
Wenn Johannes XXIII. in seiner letzten Stunde die Hände Gottes entgegengestreckt sah – was ich glaube –, so widerfuhr ihm die gnädige Illusion, die er verdiente, denn er besaß das Herz eines Kindes. Wir jedoch, Gefährten der großen Reise, wir, die wir den Schoß der Märchen und Mythen ver-

lassen mußten, weil wir nicht anders können, wenn wir nicht lügen wollen – wir werden einmal nicht weniger in Frieden sterben als jener Papst, obwohl wir nicht Hände sehen können, die sich uns entgegenstrecken.

Aber ich werde mich – so hoffe ich – eine Sekunde lang erinnern, wie meine Seele in den Träumen flog, und werde ruhig sein in dem Gedanken: noch ein Atemzug, dann wird sie fliegen, fliegen und sich für immer von dieser Erde lösen.

Wohin –

Ja, wohin? Wo der Sinn der Welt ruht, den wir nicht kennen.

(Der Gottesbeweis)

Über Staat und andere politische Begriffe

»Ich bin ja ungern ein Spielverderber, aber ich werde nicht umhinkönnen, darüber zu sprechen.«

Darf ich Sie, meine Freunde, beiseite nehmen und in einem Eckchen, wo uns niemand hört, fragen, was Sie vom Staat halten? Ich persönlich denke seit meinem neunundzwanzigsten Lebensjahr über das Wesen des Staates nach. Damals hing ich der Theorie der »erweiterten« Familie an, der sogenannten Patriarchatstheorie. Es leuchtete mir ein, daß sich ein Staat bildet, wenn sich das Prinzip des Familienlebens zu einer großen Gemeinschaft, sozusagen einer Genossenschaft unzähliger Familien ausdehnt. Ich dachte da (als Humanist gleich an die Quelle gehend) an Hellas und konnte mir Athen sehr gut als Zusammenschluß von Familien, als Interessengemeinschaft vorstellen. Bei einigem Nachdenken jedoch kamen mir Zweifel, ob die »Polis«, der Stadtstaat, wie die Gräzisten ihn nennen, wirklich ein Staat gewesen ist. Eine souveräne Gemeinde ist sicher noch kein Staat. San Marino, falls Ihnen das von Ihren Urlaubsfahrten an die Adria ein Begriff ist, nennt sich gewiß zu Unrecht Staat. Vielleicht, so bohrte ich weiter, hatten die altgriechischen Stadtstaaten viel eher den Charakter von Enklaven?

Der Gedanke gefiel mir außerordentlich. Mich störte auch nicht, daß Enklaven, wie das Wort ja besagt, eingeschlossen sein müssen. Athen war in nichts eingeschlossen, Theben war in nichts eingeschlossen, sehr richtig. Sie *waren* nicht, sie *hatten* sich eingeschlossen zwischen lauter Ihresgleichen. Sie lebten wie in einer Enklave. Viele von ihnen hatten die gleichen Gesetze und Sitten, viele die gleichen Lebensbedingungen, viele waren versippt, alle des gleichen Blutes und des gleichen Glaubens; sie hatten diesen und jenen Bund geschlossen, aber etwas haben sie wie die Pest vermieden: sich zu einem Staat, einem griechischen Staat zu vereinen. Ich glaube, sie hielten ihn wie die frühen Amerikaner für Schwindel. Alexander der Große bewies es ihnen dann auch.

Staat ist also ganz sicher einst kein Vorstellungszwang gewesen. Wie sind wir mit unserem Denken da nur hineingerutscht?

Menschen, die sich den Luxus leisten, auch heute noch nachzudenken, sind alle zu der Erkenntnis gekommen, daß »Staat« keine Form ist, die die Natur verlangt, sondern eine Erfindung, etwas Künstliches, was vielleicht einmal »Bündnisaufgaben« hatte (Recht, Fürsorge, Schutz), aber längst ein selbstherrlicher, allmächtiger Homunkulus geworden ist. Carl Burckhardt hat den Staat »ein schönes, aber unheimliches, dem Einzelnen innerlich fremdes Ungeheuer« genannt. Meinecke sprach ihm einen höheren übergeordneten Sinn völlig ab. Es gibt nichts, was nicht die kleine Gemeinschaft lösen könnte und in Wahrheit auch löst und trägt. Nichts – außer dem Krieg.

Solange ich zurückdenken kann, ist auch für mich »der Staat« immer ein fremdes Ungeheuer gewesen. Politik, Hunger, Politik, Krieg, Inflation, Vertreibung, Politik, Krieg, Verrohung, Verarmung, verlorene Jahre, gestohlene Jugend – »der Staat« hat mich nie gekannt, nie angesehen; ich habe ihn nur kennengelernt, wenn er wie ein von der Sauf-

tour heimkehrender Vater mich entdeckte und prügelte.
Ich erschrecke Sie? Jetzt schon? Reißen Sie sich zusammen, befreien Sie sich von der Illusion, daß irgend jemand auf der Welt allein durch den Staat in Frieden und Glück leben kann. Fallen Sie nicht auf die Lüge herein, daß Vaterland gleich Staat sei.
Darf ich jetzt weitersprechen?
Nach dem Kriege las ich Rousseau und Locke. Ich erfuhr, daß sie den Staat einen »Vertrag« nannten und die Entstehung eines Staates auf »freiwillige, vertragsmäßige Unterwerfung des Bürgers unter eine Staatsgewalt« zurückführten. Und hier gingen mir die Augen auf.
Hat der moderne Mensch wirklich den Wunsch, sich zu »unterwerfen« für ein bißchen Schutz, ein bißchen einheitliches Recht und ein bißchen breiter fundierte Wohlfahrt? Ja? Dann ist das Ducken, das Kriechen in einen Staat die Bankrotterklärung des Menschen als soziales Individuum.
Ist es das? Wahrhaftig, ich glaube es heute.
Der Staat als Institution hat die Welt erobert. Die Erdoberfläche ist mit Staat wie mit Flechten überzogen. Wo ist noch k e i n Staat? Niemand kann mehr in k e i n e m Staat leben oder leben wollen. Er kann staatenlos sein, das heißt, ohne die Rechte eines Staatsbürgers, aber wo er auch hingeht, so weit ihn die Füße tragen, überall ist Staat.
Mit welchem göttlichen Recht? Als der Staat sich ein Territorium zulegte und sich damit identifizierte, hatte er seine Unschuld verloren.
Ich weiß, im heutigen Leben (vier Milliarden Men-

schen) geht es nicht mehr ohne Staat und nicht mehr ohne Loyalität zum Staat, aber das ändert nichts daran, daß wir erbärmliche Wichte sind.

(Halleluja)

Da es das Wesen einer Ideologie ist, sich nicht am Leben auszurichten, ist der Staat das einzige Instrument, mit Hilfe dessen man das Leben nach der Ideologie ausrichten kann.

(Halleluja)

Ich sagte Ihnen bereits, daß Ideologen sich nie am Leben, auch nicht an einem paradiesischen, ausrichten, sondern stets das Leben an der Ideologie. Drum werden sie niemals fertig, bevor wir als Ruinen oder als Ameisenstaat enden.

(Halleluja)

Unentwegt in einem Zustand, mag er auch tadellos sein, zu leben, ist kein Zustand. Jeder moderne Mensch wird Ihnen bestätigen, daß es ganz unsinnig ist, sich so etwas zu wünschen. Wer angesichts eines Zustandes, gleichviel welches, nicht sofort von dem Pflichtgefühl gepackt wird, ihn zu ändern, ist kein Mensch des Fortschritts.

(Und sie schämeten sich nicht)

Fortschritt! Welch ein Stichwort, Freunde! Drei Minuten, nur drei Minuten gönnen Sie mir!
Der Wahn vom »Fortschritt« ist, philosophisch gesehen, ein Denkzwang, der aus einer seelischen Erkrankung kommt. Er tritt epidemisch auf, und zwar immer dann, wenn die Lebenskraft eines Volkes sich zu erschöpfen beginnt. Man findet ihn bei jedem Kulturkreis, jedem Volk, jeder Rasse.
Dieser Denkzwang ist eine Ersatz-Erscheinung. Die Gehirne der Massenmenschen, die sich, ohne Wachstum oder Erweiterung, sprunghaft emanzipiert haben, verkraften ihr plötzliches Empfinden für große Dimensionen, für Weite, Zeit und Entwicklung nicht; sie verlieren den Halt, sie verlieren das, woran sie sich halten konnten, sie werden halt-los. In dem Wort steckt sehr richtig schon die Bewegung. Sie haben den »Sinn im Kleinen« verloren und sehen keinen im Größeren; sie vermuten nur, daß er irgendwo steckt, daß irgendwo in der Zukunft, irgendwo anders das Ziel, das Lohnende, das Befriedigende ist. Man muß also vorwärts schreiten!
Der wahre Inhalt des Fortschritts ist Wechsel. Mit einer Qualitätssteigerung hat er nichts zu tun, nichts mit einer Höherentwicklung, wie man sie fälschlich immer mit dem Wort Fortschritt verbindet! Auch ein Imkreisedrehen wird von der erkrankten Seele durchaus als Fortschritt empfunden – blicken Sie um sich, und Sie haben den Beweis vor Augen.
Die kranke Seele konsumiert die Bewegung, den Wechsel wie eine Droge! Zustände, die zuvor von

Dauer waren und auch von Dauer sein sollten, werden jetzt am laufenden Band »verbraucht«. Der Fortschrittler ist – vergessen Sie diesen Satz niemals mehr – ein Verbraucher! Mit nichts anderem hat er zu tun. Und damit sind wir bei einer entscheidenden Erkenntnis: Fortschritt ist Umsatz. Und zwar nicht etwa »eine Art Umsatz«, sondern er ist das Prinzip des Umsatzes schlechthin. Sie werden sich fragen, wie ich das Wort Umsatz meine: genau so, wie der Kaufmann. Es ist identisch mit dem merkantilen Begriff.
Daher, meine Freunde, ist die Wirtschaft auch der Mäzen des »Fortschritts«. (Und der Todfeind des biblischen Paradieses).

(Rosen für Apoll)

Warum fliegen wir auf den Mond? Wir reden von Erkenntnissen und Fortschritt, während wir im gleichen Atemzug die für das Leben der Menschheit tödlichste Sünde, die totale Vergiftung der Erde, gelassen auf uns nehmen. Wir reden von Wissenschaft, von Eroberung des Weltalls und von kühnem Forschergeist, der uns »befreien« wird – wovon? Lauter Flausen und dummes Gequatsche. Die einzig richtige Antwort ist die von Schopenhauer: Der Mensch ist vollkommen verstrickt in seinen Willen.
So ist es. Manchmal kann man ein Nahziel erkennen. Ein Fernziel nie. Wissen S i e eines?

(Halleluja)

Im Zustand des Fortschrittswahns wird die Massenseele tyrannisch. Sie verlangt, daß sich ihr jedermann im Fortschrittsglauben anschließt. Es ist jedoch nichts als die Angst vor dem Alleinstehen, der angstvolle Wunsch der wurzellos gewordenen Massenseele nach Bestätigung. Vielleicht mehr: der Wunsch, Vergleichsmöglichkeiten zu vernichten.

(Rosen für Apoll)

Es ist für den von Natur aus begehrlichen Menschen ja auch hart, sich mit dem Gedanken vertraut zu machen, daß jeder Fortschritt verweichlicht, und daß die Natur alles Verweichlichte früher oder später vernichtet.

(Cäsar läßt grüßen)

Es gibt zum Lobe und zur Verteidigung der Demokratie drei landläufige Antworten, die je nach dem Intelligenzgrad wie aus der Pistole geschossen kommen.

Da ist zuerst die Antwort, die der französische Gelehrte und Philosoph des 17. Jahrhunderts, Descartes, anbietet: »Der gesunde Menschenverstand ist diejenige Sache in der Welt, die am besten verteilt ist.«

Er glaubt also, daß jeder Mensch in den grundsätzlichen Lebensfragen ein gewisses Maß an gesundem, gutem Urteil hat.

Dem widerspricht der Augenschein an allen Ecken und Enden. Die Welt, die ja aus nichts anderem als aus lauter Descartesschen Menschenkindern besteht, befindet sich zum überwiegenden Teil in völliger Unordnung, vom Staat bis zur Familie herunter.

Descartes gibt zu, daß er einschränkend nur diejenigen meint, die unverbildet sind und ein gesundes Empfinden haben. Damit hebt er aber seine allgemeine Behauptung leider auf und macht sie wertlos. Denn daß Menschen mit gesundem Urteil ein gesundes Urteil haben, ist keine großartige Erkenntnis.

Der große Philosoph des alten Griechenlands, Aristoteles, hat dagegen in seiner Schrift ›Politik‹ gesagt: Da es für die Demokratie wesentlich ist, daß völlige Gleichberechtigung herrscht, und da es hierbei allein auf die Zahl, die Quantität, und nicht mehr auf die Qualität ankommt, ist die Folge, daß die Beschränkten und Unwissenden mehr Stimmen zusammenbringen als die Kritischen und Erfahrenen. Heute kommt noch die ungeheure Macht der Massenmedien hinzu, die durch Manipulieren von Nachrichten, ja allein schon durch geschicktes Präsentieren von »photogenen« Gesichtern die Masse dirigieren können. Das gefundene Fressen für sie sind die Denkfaulen und die rührend Gutgläubigen.

Die zweite Antwort, die möglich und sehr beliebt ist, vermeidet, die Mehrzahl der Menschen für klug und uneigennützig zu halten. Sie argumentiert so: »Jeder ist dort, wo der Wille des Volkes strikt verwirklicht wird, wenigstens seines eigenen Glückes Schmied. Das Recht, seines Glückes Schmied zu sein, hat jeder Mensch.«

Diese Antwort hat auf den flüchtigen Hörer noch nie ihre Wirkung verfehlt. In Wahrheit ist sie jämmerlich.

Da ist zunächst die Behauptung, daß ein strikt verwirklichter Volkswille jedem die Befriedigung gebe, seines Glückes Schmied zu sein. Daran stimmt nichts. Wenn der Wille von 51 Prozent Bürgern durchdringt, ist es für die übrigen 49 Prozent ein sehr schwacher Trost, daß sie auch mitstimmen durften. Sie waren anderer, eventuell gänzlich entgegengesetzter Meinung. Ihr Wille, wie das Glück zu schmieden sei, wurde also n i c h t verwirklicht. Da man im Leben nicht zwei entgegengesetzte Meinungen gleichzeitig durchsetzen kann, steht die Demokratie wie jede andere Regierungsform vor der Notwendigkeit, den Willen eines großen Teils des Volkes zu ignorieren.

Nun wollen wir uns den zweiten Teil der Antwort ansehen. Da wurde behauptet, jeder habe das Recht, seines Glückes Schmied zu sein.
Es ist klar, daß das nie zu verwirklichen ist. Keineswegs schmiedet jeder nur für sich selbst wie in einem Ein-Mann-Staat zu Neandertalers Zeiten. Er schmiedet automatisch am Glück, vor allem am Unglück, aller anderen mit. Wenn erwiesen ist, daß einer ein sehr schlechter, geradezu selbstmörderischer Schmied ist, dann wäre es nicht nur unmoralisch, es wäre auch geradezu gesellschaftsfeindlich, ihm das Recht zum Schmieden zuzugestehen. Die Antwort ist nicht mehr als eine flache Redensart.
Die dritte nun ist die weitaus vorsichtigste:
»Alle Bedenken gegen Quantität über Qualität mögen zutreffen, aber zwei Vorteile der Demokratie lassen sich nicht leugnen: nämlich, daß bei keiner anderen Regierungsform die Opposition sich so furchtlos melden kann, und ferner, daß das Volk als Ganzes weniger leichtfertig mit Menschenleben umspringt und weniger besessen handelt, als es einzelne Machthaber oder Gruppen tun."
Ich glaube, den ersten Teil der Antwort können wir vom Tisch fegen, seit uns »Demokratien« vorgeführt haben, wie sie furchtlose Opponenten an die Wand stellen oder ins Irrenhaus stecken.
Aber der zweite Teil, der, den Sie wahrscheinlich benicken, ist weitaus interessanter.
Im Jahre 399 vor unserer Zeitrechnung, als Athen »Demokratie« war, wurde einer seiner größten Söhne vor ein Volksgericht gestellt und angeklagt: Sokrates.

Ah – werden Sie sagen, ich erinnere mich.
Ja, Sie erinnern sich natürlich. Eines Morgens im Frühsommer jenes Jahres strömten die Athener zusammen, um das Urteil zu fällen. Jedermann wußte, daß die Anklage: »Verderbung der Jugend« nicht stimmte, aber das Volk hatte Sokrates' spöttische Moralpredigten und Wortverdrehungen einfach satt und war wütend.
Sokrates hielt – schon im Bewußtsein, daß es vergeblich sein würde – eine Verteidigungsrede, die zu dem liebenswertesten gehört, was uns die Weltliteratur überliefert hat. Jedoch, das Volk wollte nicht. Mit dreißig Stimmen Mehrheit von fünfhundertundeins verurteilte es Sokrates zum Tode. Die »Opposition« wollte ihn retten. Es war in der Stadt ein offenes Geheimnis, daß die Gefängnistüren nachts aufstanden. Aber Sokrates war ein konsequenter Demokrat, er blieb und trank den Giftbecher.
Das ist eine sehr lehrreiche Geschichte. Keiner der geistig führenden Männer Athens hätte dieses Urteil gefällt. Keiner von ihnen wäre so intolerant, so von Leidenschaften verhetzt gewesen. Jedoch: Quantität ging vor Qualität. Wir wollen uns ganz besonders im klaren sein über einen tragischen Zug: Das Offenlassen der Gefängnistüren nach dem Urteilsspruch. Das hatte nichts mehr mit Oppositionsrecht zu tun, sondern war dem Buchstaben und dem Geist nach ein Vergehen an der Demokratie. Denn die Mehrheit macht mit ihrem Beschluß nicht einen »Vorschlag«, sondern ein Diktat.

Das war es, was Sokrates zu seiner letzten bescheidenen Frage benutzte: Ist die Demokratie nicht auch eine Diktatur? Welches Recht haben dreißig Stimmen, ihn zum Tode zu verurteilen, wenn sich das Volk in 471 Stimmen nicht im klaren ist?

Den Unsinnigkeiten und Schandtaten von Alleinherrschern steht eine ebenso lange Kette von Unsinnigkeiten und Schandtaten der Volksmassen gegenüber.

Vierhundert Jahre nach Sokrates schlug das Volk der Juden Jesus Christus ans Kreuz. Der römische Prokurator Pontius Pilatus war gewillt gewesen, ihn zu retten. Vergeblich. Das Volk zog den Raubmörder Barabbas vor.

Achtzehnhundert Jahre nach Christus war die Menge um keinen Deut zuverlässiger. Die Französische Revolution, die in der Geschichtsschreibung als glorreicher Beginn der modernen Volksbefreiung gefeiert wird, ist im einzelnen ein furchtbares Beispiel rasender Leidenschaften der verhetzten Massen. Die Revolution hat sich nicht nur an den Quälgeistern und Blutsaugern, dem König und dem verkommenen Adel gerächt, sondern lief blind Amok. Die Wenigsten wissen heute noch, daß von den vielen Zehntausenden von Ermordeten nur jeder zehnte ein Adliger oder »Volksfeind« war. Die anderen Opfer, die unter der Guillotine starben, waren einfache Bürger, kleine Leute, Bauern, Volk.

Soll ich die Beispiele fortsetzen? Die Weltgeschichte ist bis auf den heutigen Tag voll von Dokumenten über das totale Versagen des Volksempfindens.

(Halleluja)

Volk ist kurzsichtig, alte Geschichte.

(Halleluja)

Auch die demokratischste Demokratie hat Heldisches nötig, um nicht einzuschlafen – und seien es »Helden der Arbeit«.

(Cäsar läßt grüßen)

Es ist merkwürdig, daß Kaiser, Könige und Päpste im »Wir« sprechen und die Masse im »Ich«. Wie man das Wort »Wir« etymologisch auch drehen und wenden mag, es bleibt eben die Mehrzahlform, und das ist die Ironie daran. Sinngemäß sollte die Masse »Wir« und der Individualist »Ich« sagen. Daß es genau umgekehrt ist, muß seinen Grund in dem Versuch einer magischen Beschwörung haben. Das »Wir« der großen Einzelgänger ist der »Schreckputz«, wie wir Ornithologen zu sagen pflegen, der Blähhals, mit dem sie die Masse einschüchtern wollen, denn sie ist ihr Gegner. Das »Ich« der Masse aber ist der fromme Wunsch, ein Individuum zu sein. Die Vertuschung der Ichlosigkeit.

Ganz schlaue Menschen sprechen daher, wenn sie auf dem Weg über das emanzipierte Volk an die Macht kommen wollen, weder in der einen, noch in der anderen Form: Sie sagen nicht »Ich bin der Meinung« oder »Wir erwarten«, sondern »Das Volk ist der Meinung und erwartet«. Wer diese einfache Regel nicht kennt, kann in einer Spätzeit nicht hoffen, sich zu halten.

(Rosen für Apoll)

Man kann das Volk nicht unbegrenzt politisch strapazieren, ohne daß es sich eines Tages ödet und das Ruder abgibt.

(Cäsar läßt grüßen)

Ich muß Sie mit einer Figur bekanntmachen, die vom Frühjahr 428 an für die nächsten Jahre das Ruder in Athen an sich riß.
In Geschichtsbüchern wird er gewöhnlich Gerber genannt, »der Gerber Kleon«. Das hätte ihn übrigens nicht gestört, aber mich stört es: Er war Besitzer einer großen Gerberei, und es ist überflüssig, ihn falsch abzustempeln. Innerlich war er ein Prolet. Infolgedessen ergießt sich über ihn der ganze Hohn und die ganze Verachtung der Historiker. Daß er schon zu seinen Lebzeiten von Aristophanes karikiert und von Thukidides mit milder Ironie behandelt wurde, scheint die Spötter aller Zeiten

in ihren Lachsalven über den Rüpel und Dummkopf Kleon zu bestätigen.
Ich muß Ihnen gestehen, daß ich auf diesen Moment gewartet habe! Hören Sie zu:
Kleon war ein Mann »aus dem Volke«; mit Kleon tritt endlich »das Volk« in Reinkultur auf. Mir scheint: Es steht ausgerechnet denen, die fortwährend die Augen nach der »Volksherrschaft« verdrehen, schlecht an, den Repräsentanten des Plebs wegen seiner plebejischen Eigenschaften abzulehnen und zu verhöhnen. Es sind doch jene gesunden Eigenschaften und urwüchsigen Formen, vor denen sonst alle Demagogenherzen wie Butter schmelzen! Denn so ist es ja doch wohl nicht, daß die Volksherrschaft nur zum Gebrauch für verkrachte Akademiker und Funktionäre erfunden wurde? Meine Herren, sie war wörtlich gemeint! Und wir wünschen, daß den Volksherrschafts-Aposteln der Herr Kleon nicht nur dann gut riecht, wenn er vor ihnen unten in der Menge steht, sondern auch, wenn er nun mit bei Tische sitzt! Ich allerdings, ich könnte es mir erlauben zu sagen, daß er ein Brechmittel war – ich habe ja auch angeblich ein hochmütiges potsdamsches Herz.
Aber denken Sie an, ich finde Kleon bewundernswert! Sein kleiner abgekauter Finger ist mir lieber als die ganze manikürte Hand der Alkmaioniden.
Kleon war angeblich ein »Demagoge reinsten Wassers«. Wie töricht! Der Begriff »Demagoge« setzt doch voraus, daß jemand trotz besseren Wissens und Gewissens die Leidenschaften und niederen Regungen der Masse mißbraucht. Kleon aber trug

vollkommen ehrlich seine eigenen niederen Regungen vor, sie deckten sich mit denen der Masse. Er hielt sie auch nicht für niedrig, er hielt sie für prima. Daher sein Mut zur Konsequenz. Er war brutal – das ist der Masse, wenn sie wütend ist, ein logischer Genuß; er war undiszipliniert – natürlich, sonst wäre er ja kein Prolet gewesen. Plebs hält sich nicht im Zaum, er reißt sich nur zusammen, wenn etwas weh tut. Ist das neu?

Er war mutig, er war klug. Und was ich jetzt sage, ist sicherlich Ketzerei: Ich halte ihn für klüger als Perikles. Ich führe als Beweis gerade das an, was ihm charakterlich immer zur Last gelegt wird: Er war zuerst g e g e n den Krieg, der ja Perikles' Krieg war, und ab 429 f ü r den Krieg. Das war richtig!

Ja, er war ein Prolet. Er war die Quittung für die Nullen, die ein alter Mann, der zu lange und zu monoton regiert hatte, hinterließ.

(Rosen für Apoll)

Wenn eine überragende Persönlichkeit sich der Massenherrschaft zur Verfügung stellt, so ist die Situation eigentlich schon verfälscht. Angenehmer für die regierende Masse ist freilich, wenn sie Persönlichkeiten verschleißen kann!

(Rosen für Apoll)

Das Volk ist keinen Schuß Pulver wert, aber herrlich. Und dieses »aber herrlich«, das ist's!
Alle Großen fallen darauf herein.

(Rosen für Apoll)

Es ist eine Eigentümlichkeit der »Linken«, ihre Ideen stets streng von Personen und deren Unzulänglichkeiten zu trennen. Auch die katholische Kirche als Ideologie verwahrt sich ja energisch gegen ihre Verantwortlichkeit für eine Gestalt wie Alexander VI. oder Torquemada. »Rechts« dagegen ist nicht im Besitz dieser Annehmlichkeit. »Rechts« wird angeblich immer »verkörpert durch ...«. Nun ist das tatsächlich nicht so gänzlich falsch. »Rechts« hat nicht ein so evidentes Programm wie »links«. Rechtssicherheit, Ordnungsprinzip, Qualität vor Quantität, Erfahrung vor Jugend, Schamhaftigkeit vor Zügellosigkeit, Leistung vor Anspruch – das sind alles keine zündenden Blitze; das muß tatsächlich verkörpert werden. Und wenn jemand kommt, es verkörpert und durchsetzt – was hat er dann schon geboten? – dann ist es sofort weiter nichts mehr als die famose, sichere Basis für einen »Fortschritt«, der nun unbedingt in die Wege geleitet werden muß, weil ein Zustand ohne Veränderung »unweigerlich« ein Rückschritt ist. Verändern aber ist nun mal die Domäne der Linken. Solange Adam und Eva ihren Zustand für akzeptabel hielten und konservierten, waren sie »rechts«. Als sie ihre Ansicht änderten, waren sie »links«. Der Erfolg ist bekannt.

(Cäsar läßt grüßen)

Früher – aber das ist schon lange her – habe ich immer geglaubt, es sei nicht nur anständig, sondern Pflicht, seine Lebensanschauung zuerst in seinem eigenen Leben zu verwirklichen und vorzuführen. Inzwischen weiß ich, daß meine Ansicht – weil außerordentlich unbequem – ganz albern ist. Auch bei Simone de Beauvoir, Sartres alter Freundin, finde ich meinen Irrtum bestätigt: »Manche Sittenrichter machen mir meinen Wohlstand zum Vorwurf; wohlgemerkt, nur die Vertreter der Rechten. Nie nimmt man in Linkskreisen einem Linken sein Vermögen übel, selbst wenn er Milliardär ist.«

Verzeihen Sie, Madame, »einem Linken«, sagten Sie? Und einem »Rechten«? Oder einem »Mittleren«? Und noch eine Frage: Wie kommt der Linke zu einer Milliarde, für die Sie sogar Beispiele anführen? Ferner schreiben Sie ein paar Zeilen weiter: »Das Privatleben ist der marxistischen Ideologie völlig gleichgültig«. Das erstaunt mich, Madame. Ich persönlich zog bisher immer einen Menschen mit noch so falscher Ideologie einem Manne vor, der als private Existenz ein Schwein ist. Ich zog bisher immer einen Menschen, der seine Lebensanschauung bei sich selbst verwirklicht, einem Mann mit Lippenbekenntnis vor.

Madame, es ist begreiflich, daß Sie in Ihrer Situation so schreiben. Nur wäre es klug gewesen, einen Nachsatz zu unterdrücken, den ich am Ende Ihrer Lebensbeichte lese und den ich für den bewundernswertesten Ihres ganzen Buches halte: »Das peinliche Gefühl, das sich bei mir eingeschlichen hat, ist nicht verschwunden.«

Nehmen Sie es nicht schwer, Madame; Hauptsache, die Ideologie stimmt.

(Cäsar läßt grüßen)

»Ihr sollt den Einzelnen lieben! Das ist schwerer, weil es kontrollierbar ist. Diese verdammten Volksbeglücker, die angeblich die ganze Welt lieben und den Nachbarn verkommen lassen. Ist es nicht so?«

(»Guten Abend, Herr Fernau«)

So wenig schwer es ist, der Masse einzuimpfen, daß die Vergangenheit geringer als ein alter Hut sei, so wenig schwer ist es auch, die Jugend das Gegenteil zu lehren.
Ich sagte, es sei nicht schwer. Aber es ist eine teuflische Sache; sie setzt voraus, daß man Vergleiche nicht zu scheuen braucht. Erklärt man »Vaterland« für komisch und Liebe für eine Variante von Harndrang, dann ist man der Sorge enthoben, als Amöbe entlarvt zu werden. Setzt man die Ideale wieder ein, so werden sie an einem selbst sogleich zu erbarmungslosen Maßstäben.

(Cäsar läßt grüßen)

Lucius Cornelius, aus der verarmten Linie der Sulla, war ein äußerst disziplinierter Mann, gänzlich uneigennützig, ohne Eitelkeit, weil ohne Illusionen über die Menschen. Er war als Offizier fleißig wie Napoleon, stets auf das Genaueste präpariert, schnell im Entschluß und von gefährlicher Schärfe. Er war gebildet, sprach natürlich griechisch, war mit den Philosophen des alten Hellas vertraut und aß eine Scheibe trockenes Brot mit der Grandezza, als wäre es ein Stück Pfauenpastete.

Das alles mag im Urteil der heutigen Zeit noch hingehen, aber er hatte einen für uns nicht mehr verzeihlichen Fehler: Er fand die damalige politische und moralische Entwicklung zum Kotzen. Und da hört es nun wirklich auf! Mit dieser Ansicht befinden wir uns in bester Gesellschaft; auch die Plebs von Rom hatte an diesem Mann keinen Gefallen. Nie ging er über den Fischmarkt und versprach höhere Löhne, nie grüßte er einen Straßenfeger zuerst, sondern immer umgekehrt, nie nahm er das Wort Volkstribun in den Mund, ohne einen Hustenanfall zu bekommen. Andererseits sahen ihn die Upper tens nie bei einem Gelage und nie in der schönen Brüderlichkeit einer Besoffenheit. Dabei konnte dieser Mensch durchaus lachen und fröhlich sein.

Was so furchtbar störte, war seine Anschauung, daß es den gesunden Menschenverstand der Masse nicht gäbe, daß die Heiligsprechung der Quantität vor der Qualität gegen jede Vernunft sei, und daß der Fortschrittswahn bisher nur Mist geboren habe. Der Mann – wir wollen es mal beim Namen nennen – war einfach ein Konservativer.

(Cäsar läßt grüßen)

Sie fragen, ob Sulla mein Ideal sei?
So dürfen Sie nicht fragen. Es gibt kein »Wer«-Ideal, weil jeder »Wer« ge-timed sein muß; es gibt nur ein »Was«-Ideal.
Mein Ideal ist ein Sulla in einem Staat, der keinen Sulla nötig hat.

(Cäsar läßt grüßen)

Das Studium eines vorbildlichen Regenten wie Peisistratos holt aus dem tiefsten Brunnenschacht unseres Wissens eine aus der Welt absichtlich verstoßene Erkenntnis herauf, die Erkenntnis nämlich, daß ein Mensch von den Eigenschaften des Peisistratos Diktator sein m u ß, daß er n u r als Tyrann herbeigefleht werden darf. Ist er der Unerhörte, der Kluge, der Gute, so kann jeder Macht-Mitanspruch eines anderen die Qualität der Herrschaft nur mindern. Der Einwand, daß es solche Menschen nicht gibt, ist eine uralte Lüge. Wir stoßen auf sie schon zu einer Zeit, als noch niemand böse Erfahrungen geltend machen konnte.
Man sollte einmal untersuchen, ob die Magie des Wortes ›Freiheit‹ und die Schreckwirkung des Wortes ›Tyrann‹ nicht wirklich atavistische Erinne-

rungen sind. Wenn es eine ›unbewältigte Vergangenheit‹ für das Menschengeschlecht gibt – h i e r liegt sie. Und ich würde sagen, sie stammt aus der Crô-Magnon-Zeit.

(Rosen für Apoll)

Das Bild Caesars hat viele Wandlungen durchgemacht. Seine Zeitgenossen sahen in ihm einen Mann, der an die Macht kommen wollte und an die Macht kam. Die Umstände, so glaubte man, ließen nur eine Form zu: die Diktatur. Er schlidderte in sie hinein. Seine beiden Biographen, Sueton und Plutarch, sehen ihn wie einen Feldherrn des Lebens, als allgemein gültiges »Wer wagt, gewinnt«. Wenn das stimmen würde, könnten wir die Akten über ihn schließen. Kaiser Augustus, der schon im Jahre 40 (noch als General!) überraschend den Titel »Imperator Caesar« annahm, wußte es besser. Er sah in ihm einen von der Entwicklung quergeschriebenen Sichtwechsel.
Petrarca, und nach ihm die ganze Renaissance, betrachtete Caesar zum erstenmal als »Genie«. Genie war für jene Epoche Tornado, wehender Mantel, Götterzorn, Titanenschicksal. Auch Columbus wäre für Petrarca ein Genie gewesen, und in dessen Kopf spielte sich wirklich nichts ab.
Erst im 19. Jahrhundert gab man dem Geniebegriff einen tieferen Inhalt. Hegel hielt Caesar für das bewußte Genie, den überschauenden Geist der Geschichte. Sie haben natürlich bemerkt, daß alle die-

se Auffassungen eine Voraussetzung haben: die Billigung der Tat Caesars. Der große Historiker Mommsen war der erste, der das Kriterium »gut« oder »schlecht« beiseite schob und an den Kern der Frage heranging, was Caesar wollte und was er von der Weltgeschichte richtig erkannte. Mommsen glaubte, daß Caesar ohne persönliche Wünsche war; daß er Zuckungen der Demokratie richtig als Todeszuckungen eines verfallenden Körpers erkannte; daß er an den Beispielen der späthellenistischen Welt eine Wiedergeburt im Königtum als natürliche Entwicklung bewiesen glaubte; und daß er bewußt auf eine demokratische Monarchie zusteuerte.

Dem widerspricht vieles. Caesar hat die römische Königswürde ausdrücklich abgelehnt, und die Beispiele eines hellenistischen Königtums waren gerade zu seiner Zeit entmutigend schlecht.

Die Gegenwart, vertreten hauptsächlich durch die junge Generation, hat – wie Kinder sind – die Frage nach »gut« und »schlecht« wieder aufgegriffen. Dabei fällt ihr das feurige Urteil nicht schwer: schlecht. Ein Eindringen in die Materie erübrigt sich damit. Aber auch ergraute Historiker zeigen die typischen Verkehrsunfall-Reaktionen: sie nennen Caesar einen Faschisten. Das Erstaunliche an dieser Platitüde ist, daß sie stimmt. Und das wollen wir uns doch einmal genauer ansehen.

In Caesars Kindheit und Jugend fallen: der Bundesgenossenkrieg gegen Rom, der »Börsenkrach« des Jahres 90, der Aufruhr der Proletarier, der Bürgerkrieg des Marius, die Schreckensherrschaft des

Cinna, die Hinrichtungen durch Sulla, der erneute Umsturz nach Sullas Tode, der Monsterprozeß gegen Verres, der Sklavenaufstand des Spartakus, die Seeräubereinfälle, die Lebensmittelverknappung, die Inflation, die Verschwörung des Catilina. Er hatte also alle Scheußlichkeiten eines Volkes im Delirium und eines hilflosen Staates erlebt. Natürlich – man kann Rechtsunsicherheit, tägliche Verbrechen, Mord, Aufruhr, Inflation und Straßenschlachten gewohnt werden, oft genügt eine Generation, um diese Dinge für die gegebenen Begleiterscheinungen des Lebens hinzunehmen. Dann ist man ein angenehmer Zeitgenosse und wird »Realist« genannt. Als unrealistisch gilt, wer diese Dinge, die gern das Attribut »vielschichtig« annehmen, entkompliziert und verflucht. Der spätere Caesar hat gezeigt, daß er diese Zustände verfluchte; der junge Caesar schwieg. Er beobachtete die Älteren und ihre Versuche, und er war ein kühler Beobachter. Er sah, wie es Pompeius erging und löschte auf jeden Fall erst einmal seine Laterne.

Von dem Augenblick an, als er sich über das Amt des Prokonsuls eine Militärmacht schuf, muß er (sonst hätte sein Streben keinen Sinn gehabt) der Meinung gewesen sein, daß ein Mann wie er an die Macht zu kommen habe. Gewiß nicht aus jenen undefinierbaren allgemeinen Machtgelüsten, die keiner Begründung bedürfen; sondern um die Macht zu einem bestimmten Zweck zu benutzen. Die geheime Vorbereitung seines Ausbrechens von links war ein Meisterwerk. Das zweite Meisterwerk: daß er dann keine Fahne hißte.

Das war seine reine Wahrheit: er hatte keine Fahne. Wer einen Trick dahinter sucht, irrt sich. Der späte Caesar hat bewiesen, daß er keine Ideologie, nicht einmal den Schatten eines »Partei«-Programms besaß. Mit der bestechenden Primitivität eines Faschisten betrachtete er sich als einen der wenigen Nichtkranken und seine Gedanken über Wert und Unwert der Dinge als Kriterium. Für einen solchen Mann gibt es in Zeiten der Fäulnis nur eine Alternative: Gärtner werden oder die Macht ergreifen.
Er wollte nicht eine gewisse Macht, er wollte die alleinige, unumschränkte Macht. Er war sich darüber klar, daß er sich zuvor mit j e d e m Gegner, mit jedem männlichen Tier in der Herde auseinanderzusetzen hatte. Er war bereit; er scheute sich nicht, er brauchte reinen Tisch.
Er stützte sich in dem Moment, als er an die Macht kam, politisch auf niemanden, auf keine Partei, auf keine Gruppe, weder auf die Plebs noch auf den Senat; über beide hatte er gleichermaßen den Stab gebrochen. »Gesunde« würden sich finden.
Er war ein Ein-Mann-Unternehmen, eine Ein-Mann-Bewegung. Das blieb er im Grunde bis an sein Ende. Und noch etwas ist typisch: Er stand völlig ratlos vor der Frage der Nachfolgerschaft. Da er davon ausging, der Eine, der Einzige, zu sein, lag ein zweiter »Einziger« gänzlich außerhalb seiner Vorstellung. Er hatte keinen Sohn, er hatte politisch keine »Kinder«, er ist ratlos geblieben. Vielleicht ist das auch die Erklärung für den Fatalismus, mit dem er in den Tod ging.

(Cäsar läßt grüßen)

Kapitalismus in des Wortes wahrer Bedeutung ist nicht, wie man Schwachköpfen einpaukt, die Ansammlung von Reichtum bei wenigen oder die Ausnutzung der Armen durch die Reichen oder die Trennung von Unternehmen und Arbeit. Das sind verwaschene Ideen, die aus dem Bauch kommen. Es gibt nur e i n e gültige Definition von Kapitalismus: Kapitalismus ist keine Wirtschafts- oder Gesellschaftsstruktur, Kapitalismus ist die Übernahme der Regierung durch die Hochfinanz. Er ist zugleich immer das Ende der reinen Politik. Superreiche und Bettelarme hat es stets gegeben. Das kann an der Charakterschwäche der Menschheit liegen, an mangelndem Rechtsempfinden, eventuell auch an zu rapidem Gefälle der Intelligenz. Den Reichen »Kapitalismus« vorzuwerfen, ist der landläufige Irrtum. Reichtum, der in Form von Brillanten im Safe liegt, ist harmlos, wenn auch vielleicht verächtlich. Ist aber der Superreichtum im Sozialprodukt verankert, das heißt, ist das Volk in die Zwangslage manövriert worden, für den Superreichtum in einem Circulus vitiosus zu arbeiten, so ist das Stadium erreicht, in dem der Superreichtum aus Selbsterhaltungstrieb die Staatssouveränität selbst verkörpern und das Regieren übernehmen muß, um die Politik mit seinen Interessen gleichzuschalten. Dann werden Kabinette zu Schattenkabinetten und die Wirtschaftspolitik zur alleinigen Politik. Im Kapitalismus ist das Geld nicht mehr Gutschein, sondern Schuldschein der Masse an dem Superreichtum.

(Halleluja)

Zehn große Familien und der Rest Sklaven: welchen Konzernpräsidenten würde das heute schrecken? Haha, das wäre ein Fressen, meine Herren, was? Das Leben als Lohnbuchhaltung und Bachs Kunst der Fuge auf der Registrierkasse – sind das Aspekte?

(Rosen für Apoll)

Marktlücke: Kennen Sie dieses verfluchte Wort aus der Haifisch-Sprache?

(Halleluja)

Gewiß, die Adresse für Staatsgeschäfte ist für die westliche Welt immer noch Washington, aber es ist eine Deckadresse für Provinzler. Eingeweihte richten ihre Briefe gleich nach New York.

(Halleluja)

Heiter bis übermütig

»Das Leben ist schön, wenn
man es nicht zergrübeln
muß.«

So ein Frühling!
So schön im Fensterkreuz
das erste Blau des Sees!
Die Bäume wedeln
mit den rosa Öhrchen
und strampeln mächtig
mit den Wurzeln in der Erde.
Der letzte Schnee am Himmel –
morgen werden sie wohl kommen,
über die Berge herüber,
mit neuen Liedern in der Kehle.
Ist alles bereit?
Fehlt nichts?
Die grünen Wolken, die weißen Wiesen?
Ach, laßt mich doch in Ruhe,
ich bin ganz durcheinander.

(Mein dummes Herz)

Ein Wintertag mit knirschendem Schnee, ein Frühlingstag mit einem Blütenzweig, ein Sommertag mit Spatzen, die in der Mittagssonne im Staub der Landstraße baden: Das sind Bilder, die das Schicksal von Zeit zu Zeit aus der Schublade kramt, aus seiner alten Schublade, voll von Kleinkram des Glücks noch aus der kurzen Zeit des Paradieses.

(Die Gretchenfrage)

Wenn ich des Morgens im Schnee
die Spuren der spielenden Hasen
finde, dann ist mir, als läse
ich einen lustigen Brief.

(Mein dummes Herz)

Die Maisonne kann schon sehr heiß sein. Dann dampft, wie im Hochsommer, die Toskana im schweren Licht. Die Äcker haben eine grauviolette

Farbe und bereiten sich auf das Ausruhen vor, auf den Sommerschlaf. Auch das Gras ist schon müde. Die bizarren Ölbäume nehmen das Silberflimmern von Weiden an, und die niedrigen Weinstöcke mit ihren langen Armen, die wie Schnüre über den Chiantihügeln liegen, zeichnen dicke Schatten auf die Erde.

Gehe, Fremder, wenn du Pan besuchen willst, zu den Hügeln hinauf, wo die Olivenhaine in verfallenden, träumenden Terrassen von Mauer zu Mauer steigen; wo die letzten Bauern hinter weißen Rindern pflügen; wo die Wiesen voller wilder Gladiolen, Schwertlilien und Rosmarin stehen und man nichts mehr vom Lärm der Stadt hört. Sie liegt wie ein ausgeglühter Ziegelstein im Tal, wie ein Fleck, wo in einem silbergrünen Garten der blanke Stein herauswächst. Florenz ist eine steinerne Stadt, man sieht es von hier oben deutlich. Der Arno ist ein dünnes Bändchen, kaum mehr als ein Schleifchen, das man mit zwei Fingern aufziehen könnte.

Hunderte von grünen Eidechsen bevölkern die Bäume, und manchmal surren Schwärme von grüngoldenen Rosenkäfern vorüber, auf der Wanderschaft; denn Rosen wachsen überall, es ist das Land der Rosen, Lilien und Oliven. Zu Mittag, nach dem Läuten der Dorfglocken, wenn Stadt und Land für kurze Zeit in Schlaf verfallen und auch die Tiere im Schatten liegen und die Augen schließen, dann ist die Stunde des Pan. Dann stelzt er auf seinen Bocksfüßen über die Hügel, tritt hinter einem Feigenbaum hervor, aus einem Ginsterstrauch heraus oder liegt hinter einem Felsblock und bläst auf der Flöte monoton die Melodie, die Debussy ihm gestohlen hat, c - b - a - as - g - ges - g - a - c - d - g. Auch schnarchen kann man ihn hören, wenn er unter einem Olivenbaum liegt. Mitunter ist er ganz nahe. Das merkt man daran, daß man die Welt vergißt und wunschlos wird.

(Ein Frühling in Florenz)

Ein Windstoß –
die Ähren verneigen sich;
die Eilpost mit dem großen Philosophen
fuhr vorbei.
Im Schilf sitzt Pan,
der Herr des Sommers;
er lacht und schickt
ihm einen Rülpser nach.

(Mein dummes Herz)

Kleine freche Krixelkraxelhieroglyphen
hatten Spatzen morgens in den Sand geschrieben.
Erste Zeile lautet, wenn ich mich nicht täusche:
Wer dies liest, ist dumm.

(Mein dummes Herz)

Es gibt Mairegen über Florenz, die sind vom lieben Gott als Scherz angelegt.
Es ist Mittag. Die Luft ist warm und schwer, der Himmel blau. Von der Sandbank des Ruderclubs am Ponte Vecchio legen ein paar Rennboote ab und zischen Arno abwärts davon. Fremde lehnen über die Ufermauer und schauen ihnen nach. In ihrem Rücken, oben im Uffizien-Umgang, stehen die Fenster offen, und auf der Brüstung hocken wie schwarze Tauben die Photoapparate der Touristen, die eine Pause zwischen Correggio und Michelangelo einlegen. Sie halten die Kameras wie auf einem Schießstand »stehend aufgelegt« und zielen mit Blende 8 und 1/200 in Richtung Via dei Bardi und Schloß Belvedere.
Unter den Ufer-Arkaden hocken Maler vor ihren spinnenbeinigen Staffeleien und pinseln die alte Brücke. Am anderen Ufer bimmelt das Glöckchen der evangelischen Kapelle zwölfmal. Bei Alfredo sull'Arno werden die Kellner mobil, ziehen die Sonnenblenden hoch und stellen Blumen auf die weißgedeckten Tische; gleich werden die Amerikaner kommen. Auch die Buca Orafo, der Keller unter dem finsteren Hausbogen der Volta de' Girolami, öffnet die Tür, vor der schon ein Grüppchen von Advokaten und Ärzten, Bankiers und Commendatori wartet. Carpe diem! Einen Monat später werden die Fremden auch diesen Keller entdeckt haben. Ah, wie kühl das Gewölbe nach einem ganzen Vormittag in der Corte d'Appello. Immer noch der Bankraub-Prozeß, Procuratore? Ja, immer noch, Ingegnere, und wenn er noch lange dauert,

hat mich der Verteidiger überzeugt, daß i c h der Schuldige bin. Bei diesem Maientag! Wie geht es der Signora? Ärger mit dem Ältesten; Sie wissen ja, zerschlagt die Gesellschaft, rettet die Eskimos. Bei diesem Maientag!

Über dem Kastell Torre del Gallo auf den Höhen nach Süden pirscht sich ein dunkles Wölkchen heran. Es ist nicht größer als ein Sonnenschirm. Und tatsächlich verschwindet die Sonne auch hinter ihm. Kaum hat das Wölkchen die Hügel überstiegen, da macht es sich's bequem; es wird wie zwei Sonnenschirme, wie drei, wie vier, und wenn es des Arno ansichtig wird, eilt es freudig herbei, senkt sich ein bißchen tiefer und kippt, während ringsum die Sonne glüht, ein ganzes Staubecken von Wasser auf die Innenstadt aus. Es gießt in Strömen, es sind nicht Tropfen, es sind Schnüre, die herunterkommen. Zwei Vaterunser lang. Natürlich ist niemand darauf gefaßt. In Sekundenschnelle kleben die dünnen Sommerfähnchen der Mädchen wie Cellophan einer Allsichtpackung an den Körpern. Damen stülpen ihre Krokodiltaschen oder die Tragtüten von Luisa Spagnoli über den Kopf, und die Herren ziehen die Jacketts im Genick hoch; alles preßt sich in die Hauseingänge.

Zwei Vaterunser lang. Dann belebt die Straße sich wieder. Die humorvolle Wolke segelt Fiesole zu. Am blanken Himmel strahlt die Sonne.

(Ein Frühling in Florenz)

»Das Leben ist schön, nicht, Hannes?«
»Doll«, nickte er und, nachdem er es noch einmal schweigend überdacht hatte, wiederholte er: »Eine dolle Erfindung!«

(Weinsberg)

Man muß einmal eine Reihe von Menschen fragen, was ein Garten ist, und man wird staunen, wieviel dummes Zeug da geantwortet wird. Der Rechtsanwalt sagt: »Ein Garten ist ein in öffentlicher Hand oder im Privatbesitz befindliches, mit Flora aller Art versehenes, eng umgrenztes Terrain.« Der Hauswirt sagt: »Der Garten ist derjenige Teil des Hauses, dessen Betreten den Mietern verboten ist.« Meyer's Lexikon schreibt: »Garten, umfriedetes Stück Land, auf dem Gewächse zu materiellem oder ästhetischem Genuß gezogen werden.«
Alle diese Antworten sind klare Beweise, daß die Leute nichts vom Garten verstehen. Es gibt nur eine einzige richtige Antwort auf die Frage, was ein Garten ist. Diese Antwort kann keine Frau geben, denn für sie hat Garten zuviel mit Petersilie zu tun, sondern nur ein Mann. Die Antwort besteht darin, daß man den Frager zuerst erstaunt anschaut, dann lächelt, dann die Pfeife aus der Hosentasche zieht, sie mit Tabak füllt, ihn mit dem Zeigefinger feststopft, ein Streichholz anreißt, es über die Pfeife hält, ein paar tiefe, gleichmäßige Züge macht und dann langsam sagt: »Ein Garten, mein Lieber,

ein Garten – tja – haben Sie meinen eigentlich schon mal gesehen? Ich habe da ein paar Cleome spinosa, von denen ich Ihnen an Eides Statt versichere, daß ich sie nicht gezogen habe, schon gar nicht etwa im Glasbeet. Ich habe gar kein Glasbeet. Nein, sie kam Ende Mai, sie war einfach da. Sie kennen doch die Cleome spinosa? Natürlich kennen Sie sie; das Merkwürdige ist, daß meine Cleome einen einwandfreien, unverkennbaren Stich ins Blaue hat. Was sagen Sie dazu?«

Einem Menschen, der dazu nichts zu sagen hat, braucht man auch nicht zu erklären, was ein Garten ist. Er begreift's ja doch nicht.

Die meisten Leute sind der irrigen Meinung, daß ein Garten dazu da ist, fünf Liegestühle aufzunehmen, in denen man mit seiner Frau und drei Bekannten sitzt und eine Bowle trinkt, während die Kinderchen zwischen den Beeten Blinde Kuh spielen. Das ist falsch. Und zwar alles. Erstens einmal ist ein Garten nicht für Bekannte da. Man kann sie gelegentlich, trotzig schweigend, durchführen, aber sie haben dort nicht zu bleiben. Adam und Eva waren im Paradies auch allein. Ja, eigentlich gehört der Garten nur Adam. Natürlich kann man nicht verhindern, daß die Frau am anderen Ende irgendwo Unkraut jätet, aber der echte Genießer – derjenige, dem das Schicksal zu Recht einen Garten geschenkt hat –, der nimmt ihre Existenz gar nicht zur Kenntnis. In seinem Garten hat der Mann unbedingt mit seinen Gedanken einmal allein zu bleiben. In einem Garten quasselt man nicht. Erlaubt sind außer Anweisungen an die Frau nur Äußerungen wie: »Hm, hm, hm« oder »Schau, schau« oder »Na, das werden wir gleich haben«. Einen Begleiter, sei es auch die eigene Frau, der hier fragen würde: »Was?«, darf man mit Recht einen Schwätzer nennen.

Man sagt auch nicht, jemand ist im Garten, sondern jemand hält sich im Garten auf. Man beachte diesen feinen Wortinhalt: er hält sich auf, während er sonst bittet: »Halten Sie mich nicht auf!« Ferner drückt das Wort aus, daß der Betreffende sich in weiter, unerreichbarer, festlicher, ferienhafter Ferne befindet. So etwa, wie man sagt: »Mein Mann ist nicht hier, er hält sich in Venedig auf.«

Nun zum Zweiten: die Bowle. Natürlich kann man im Garten eine Bowle trinken. Aber es muß nicht sein. Vernünftige Menschen lassen den Bowlenduft nicht mit dem Blumenduft konkurrieren. Das ist unfair. Gegen die Bowle und gegen die Blumen. Bowle trinkt sich ausgezeichnet um einen runden Tisch in der Stube. Der gröbste Irrtum aber ist, die grüne Matte eines Gartens als eine Hängematte für Faulenzer anzusehen. Sehen Sie, das eben gibt dem kleinen Hausgarten die turmhohe Überlegenheit über das langweilige biblische Paradies: im Garten darf man arbeiten. Es ist der einzige Platz auf Erden, wo man »arbeiten darf«, anstatt daß man »arbeiten muß«. Ein Mensch, der nicht spürt, wie schön das ist, verdient keinen Garten.

(Brötchenarbeit)

Handgemachtes Glück ist am bekömmlichsten.

(Sprechen wir über Preußen)

Sie stiefelten kreuz und quer in den Ruinen der »Weibertreu« herum und kamen als letztes an den runden Turm, das heißt, an das, was von ihm übrig war.

»Aha!« sagte Hannes, »das ist der runde Turm. Was war das mal?«

»Das war die Küche«, stellte Bele fest, »hier liegen ja noch die Eierschalen.«

Sie betraten den Turm, und am Ende des kurzen, niedrigen Ganges öffnete sich ihnen etwas, was für Friedrich Schiller noch zum täglichen Brot gehörte, für Hannes und Bele nicht: eine Rotunde. In dem kreisrunden Raum, dem der Zahn der Zeit die Decke abgenagt hatte, fand sich in der Wand Nische an Nische. Man hat nicht oft Gelegenheit, eine Rotunde zu betreten. Wer es tut, beginnt sofort, sich zu drehen. Hannes drehte sich, und Bele machte es nach.

»Das ist«, sagte Hannes staunend, »das ist das Ideal einer Weinkneipe.«

»Genau, Hannes, genau! Ich würde ja sagen, daß in Rotunden meistens Theoderiche liegen, aber die vielen in die Wand gekratzten Namen deuten ...«

»Es könnte auch«, sann er, »eine öffentliche Fernsprechstelle der Burgherrin Adelheid gewesen sein. Hier steht zum Beispiel: Schubart 1770.«

Bele nickte.

Sie trat in eine Nische und betastete die tiefen, verwitterten Gravüren. Dann schien sie den Hörer abzunehmen und mit dem Finger in eine Wählscheibe zu fahren.
»Halloh? Ist dort einssiebensiebennull? Kann ich bitte mal Herrn Schubert sprechen? Ach, Herr Schubert, guten Tag, hier ist Bele. Sie kennen mich sicher, ich bin die, die den Abonnementplatz in der achten Reihe hat und immer so doll klatscht, wenn Ihr Forellen-Quintett gespielt wird …«
»Bele, der Mann heißt Schubart, mit a!«
»Wie kommt das? Mit a? Wer ist denn da überhaupt in der Leitung? Ach, der Irrtum tut mir leid, Herr Schubart! Die Jugend! Wissen Sie: Die Jugend hat keine Büldung mehr, sie ist verroht. Verstehen Sie? Ich glaubte, Sie hätten das Forellenquintett geschrieben. Ich esse für mein Leben gern Forellen. Geschrieben aber, Herr Schubart, geschrieben haben Sie doch sicher auch was? Aber was?«
»Schubart ist ein Dichter, Bele.«
Ein Dichter? Ah, mir schwant! Sie sind der Verfasser des Wandsbeker Boten – nein? Mein Freund Hannes schüttelt den Kopf. Doch als Halbstarker weiß er das vielleicht nicht so genau. Er studiert Statik. Nein, nicht Statistik. Statik! Sehen Sie! Das wissen Sie nun nicht! Ja, ja, die eine Zeit lernt dies, die andere das. Ich laufe die hundert Meter in 13,1. Wieviel hat Ihre Frau Gemahlin dafür benötigt, als sie achtzehn war?«
Hannes: »Wie steht's denn mit Klavierspielen, mein Fräulein?«
»Nein, Klavierspielen kann ich leider nicht, aber

Debattenschrift. Und ich habe keine Bleichsucht und niemals Migräne, Herr Schubert.«

»Schubart. Mit a.«

»O ja, Herr Schubart mit a, ich hätte Sie gern etwas gefragt, aber es ist mir ein wenig peinlich: Könnten Sie mir wohl freundlicherweise sagen, wer eigentlich der so oft erwähnte Justinus Kerner ist? Sicher auch ein Dichter. Ja? Dacht' ich's mir doch! Und wann hat er gelebt?«

Sie wartete.

»Hannes!«

»Ja?«

»Vorwärts! Wann hat er gelebt?«

»Keine Ahnung. In der Drehe von Uhland und diesen Leuten. Komm jetzt aus der Nische raus."

Sie hängte ordnungsliebend das Telefon ein.

»Es müssen damals ungeheure Dichtermassen gelebt haben!« sagte sie. Sie begann die Wand entlang zu kreisen und las von der Mauer ab: »Berthold Auerbach, Hackländer, Lenau, Uhland, Schiller, schau, schau!, Dingelstedt, Rückert, Rahel Varnhagen – ist das eine Dame?«

»Keine Ahnung.«

»Achim von Arnim, C. Brentano, Anastasius Grün, hier steht tatsächlich Anastasius Grün – wer ist Anastasius Grün, Hannes?«

»Keine Ahnung.«

»Siehst du, Hannes, so vergeht der Ruhm – und die Liebe – und die Erinnerung – und überhaupt der ganze Schnee. Sehr, sehr traurig, das muß ich schon sagen. Für meine Großmama würde das alles wie ein Poesiealbum sein, für meine Mutti ein

Friedhof, und für mich ist es nun bloß noch ein Telefonbuch. Mein Gott, wer alles hier gesessen hat; das muß eine wahre Völkerwanderung zu Justinus Kerner und seiner Burg gewesen sein! Hauff, Geibel, Alexis, Tieck – kennst du Tieck, Hannes?«

»Natürlich kenne ich Tieck.“

„Ich bewundere dich. Freiligrath, Robert Meyer ...«

»Energiegesetz.«

»Hannes, du wirst mir unheimlich, Der auch? Ist es auch bestimmt euer Meyer?«

»Klar.«

»Mit Ypsilon?«

»Klar.«

»Und e?«

»Nun laß mal das e, Bele. Ich habe eiskalte Füße.«

Ihr Redeschwall stoppte.

»Ich habe eiskalte Füße«, wiederholte er und trat von einem Bein aufs andere.

Sie betrachtete ihn aufmerksam.

»Hannes ...«

»Ja?«

»Du mußt doch mal, Hannes!«

»Das macht die Kühle in diesem verdammten Loch.«

»Merkwürdig.«

»Was ist daran merkwürdig?«

»Ich hab' mal einen Afrikafilm gesehen, aus einem Tierschutzpark. Du erinnerst mich daran. Der Sprecher hat gesagt, das täten die Tiere, um ein Zeichen für ihre Nebenbuhler zu hinterlassen, daß das ihr Gebiet sei.«

»Du kannst in diesem Eisschrank bleiben, ich gehe

ins Kellergeschoß, um es zu signieren.« Er machte sich auf den Weg.

Als er nach einer Weile pfiff, folgte sie ihm. Er erwartete sie am Ausgang des Turmes, Hände in den Hosentaschen und schielend.

»Ekelhafter Kerl« sagte sie. Dabei sah sie aus wie die Sonntagsbeilage zum Menschengeschlecht.

»Bele –«

»Was ist los?«

»Du bist ein doller Schnappschuß deines Alten. Ich bin irrsinnig froh.«

»Quatsch.«

Aber ihre Gesichtszüge softeten sich. Sie faßte seine Hand, und beide schlenderten unter dem Geschwätz der Meisen und Grünlinge quer durch die Burg dem Ausgang zu.

(Weinsberg)

Leben! Herrliches Wort!

(Sprechen wir über Preußen)

Die drei Freunde hatten zwei oder drei Stunden gearbeitet, als die Überraschung kam. Sie polterte die Treppe herauf und dann an die Tür. Nachdem Maurice »Merde« gesagt hatte, stand er auf und öffnete.

Auch ohne das »Papa!« hätten Leslie und Hans sofort gewußt, daß der Herr, der da in Hemdsärmeln an der Tür stand und, einen Finger im Aufhänger, mit dem Pepita-Jackett baumelte, Monsieur Briand senior war. Er trug eine helle Hose, geflochtene weiße Schuhe, einen Panama im Nacken, war so groß wie Maurice, sah so aus wie Maurice und hatte dieselben feuchten Augen. Er konnte kein Wort Italienisch, aber er sprach sein Pariserisch so deutlich, daß ihn sogar Hans und Leslie teilweise errieten.

Er trat ein, klopfte seinem Sohn auf die Schultern, schüttelte den beiden anderen die Hände und erklärte vergnügt, wie er nach Florenz gekommen sei. Mit der Bahn – er legte die Ellbogen an, und es fehlte nicht viel, so hätte er »sch- sch-sch-sch« gemacht –, zu Fuß hierher – er krabbelte mit Zeige- und Mittelfinger vorwärts. Morgen – er schlug mit der Rechten einen 24-Stunden-Bogen – fahre er weiter nach Rom – obwohl das Wort schwer mißzuverstehen war, deutete er auch noch in die Richtung, in der er es fälschlicherweise vermutete – zu einem Kongreß. Hier erreichte seine Darstellungskunst den Höhepunkt, indem er die Fäuste auf ein imaginäres Rednerpult stützte und lautlos mit den Lippen ein Maschinengewehr nachahmte. Dann setzte er sich und verlangte Cognac.

Es war keiner da.

»Was? Du hast keinen Cognac, du Unglückswurm?« rief er. »Hole welchen!»

»Hab Erbarmen, Mann!« stöhnte Maurice, »woher denn? Und sechs Treppen rauf und runter!«

»Ich bin am Ende!« versicherte Monsieur Briand

und deutete es durch Niederfallenlassen der Arme an. »Dann gebt mir meinetwegen dieses Gift, das ich im Zug getrunken habe.«

»Was war das?«

»Ich weiß nicht mehr, wie es hieß, denn mir schwanden sofort die Sinne. Ich glaube ›Strychnin royal‹.«

»Du bringst mich an den Rand der Verzweiflung, alter Herr. Du wirst mich doch nicht noch wirklich hinunterjagen?«

»Das werden wir aber heute abend nachholen, Bursche.« Er hob den Kopf und schnupperte: »Wo hast du sie versteckt?«

»Wen?«

»Das Mädchen.«

»Mädchen?«

»Hier riecht es nach Mädchen!«

»Ausgesprochene nasale Fehlleistung, alter Herr!«

Der alte Herr (48) lachte. »Unmöglich. Es liegt ein Girl in der Luft, der Geruch von Schenkeln.«

Maurice begann zu schwitzen. »Er will wissen«, sagte er schwach zu Hans und Leslie, »wo wir unsere Freundinnen haben.«

»Amica? Amica, amore, etcetera, was redest du da verräterisch zu deinen Freunden?«

»Er ist sonst ganz normal«, stöhnte Maurice, »aber vor euch scheint er den Bilderbuch-Pariser mimen zu wollen.«

Leslie erbot sich hinunterzugehen und Cognac zu holen. Maurice übersetzte; aber Monsieur Briand hatte jetzt die Idee, alles auf den Abend zu verschieben.

»Morgen muß ich weiter nach Rom«, sagte er und deutete wieder in Richtung Bozen, »heute abend aber will ich Florentiner Nächte erleben ...«

»Ausgerechnet!« warf Maurice dazwischen. »In Paris spielt er abends Billard!«

»... Florentiner Nächte, Musik, Striptease und Strychnin! Ihr bringt eure Kinderchen mit«, er spreizte die Hände an den Hüften, offenbar als Miniröckchen, »und ich miete mir ein Taxi.«

»Erzeuger!« seufzte Maurice, »wir sind ehrbares Volk, nimm's wörtlich. Freundinnen! Geliebte! In Florenz! Mann, du hast Vorstellungen!«

»Und was ist mit dieser Kleinen, von der du mir geschrieben hast? Ich dachte, die betest du an? Wie hieß sie doch gleich?«

»Egal«, sagte Maurice, »laß diese Geschichte, Papa, das brauchen die anderen nicht zu wissen. Nenne bloß keinen Namen.«

»Ist sie nicht deine Geliebte?«

»Keine Spur.«

»Du wirst doch nicht aus der Art schlagen, mein Sohn? Das sieht ja alles ganz finster aus! Ihr muffelt! Ihr seid ja drauf und dran, euch einzuspinnen! Alle drei, wie? Keller? Connor? Wie?«

»Was ist los?« fragte Leslie.

»Er fragt, warum wir keinen Harem haben.«

»Weiß er kein anderes Thema?«

»Ich werde ihn fragen. Weißt du, Papa, kein anderes Thema?«

»Connor, Menschenskind! Ich bin von Berufs wegen als Chefredakteur verpflichtet, mich täglich mit anderen Themen zu befassen«, er begann, theoretisch Schreibmaschine zu tippen, »jetzt will ich mich mal erholen. Im Ernst, Maurice, ihr verbauert, ihr hängt irgendwelchen Dornröschenträumen nach; ich muß euch da mal rausreißen, aber kräftig. Connor, Keller, Maurice! Es gibt nur e i n e n Frühling in eurem Leben, nur e i n m a l blüht der Mai etcetera, etcetera, übrigens haben wir gerade Mai, symbolisch geradezu! Genießt ihn, nehmt mit, was ihr bekommen könnt! Seid ihr vierzehn Jahre alt oder vierundzwanzig? Laßt den Traum von der Einzigen sausen, Kinder! Es gibt rundgerechnet zehntausend Einzige auf der Welt! Mein Himmel, wenn ich noch einmal so jung wäre wie ihr!«

»Was sagt er?«

Maurice übersetzte, und Leslie resignierte.

»Weißt du«, sagte Hans, »ich möchte nicht unhöflich gegen deinen Vater sein, aber man könnte ihn sehr leicht fragen, warum seine Ehe dann gescheitert ist, wenn er alles so genau weiß.«

»Ich werde den Deibel ihn fragen. Er warnt uns ja gerade davor!«

»Ach, das ist langweilig, Maurice. Geht mal allein in den Striptease!«

Maurice wiederholte es französisch. Sein Vater war empört.

»Ausgeschlossen! Sie alle sind meine Gäste! Maurice, wohin gehen wir?«

Maurice kannte erstaunlicherweise mehrere Clubs. Dem Namen nach. Er empfahl den Coccodrillo blu, das Blaue Krokodil. »Müssen wir uns da umziehen, Monsieur Briand?«

Jetzt begann auch Leslie schon, sich pantomimisch an- und auszuziehen.
Herr Briand musterte ihn kurz. Dann entschied er: »Krawatte!« und machte eine Geste, als wollte er sich strangulieren.

(Ein Frühling in Florenz)

Das »gute Gespräch« besteht darin, durch zwei oder mehrere monologische Wechselreden der Lösung eines Problems aus dem Wege zu gehen.

(Disteln für Hagen)

Wo es im Garten des Geistes so hoch herging, wo so viele dem Staate nützliche Pflanzen hochschossen, konnte es gar nicht anders sein, als daß auch das Unkraut sich hervorwagte: die Dichtung.

(Cäsar läßt grüßen)

Über das Thema »Anziehen oder Ausziehen?« und den Vorrang der beiden bekannten Tätigkeiten ist von bedeutender Feder noch nie geschrieben worden. Grimms Märchen »Von einem, der auszog, das Fürchten zu lernen« könnte man ja nur dann dazu rechnen, wenn es hieße: »Von einem, der s i c h auszog, das Fürchten zu lernen.« Schade, daß Grimm es nicht so nannte, es hätte das

Thema auf interessante Gebiete erweitert. Wir werden auf die merkwürdige Tatsache des Fürchtens beim Ausziehen noch zurückkommen.

*

Die Frage des Vorrangs von Anziehen oder Ausziehen berührt eines der wunderbarsten Geheimnisse der Welt. Sie berührt jenes Rätsel, das die Physiker die »Umkehrbarkeit gewisser Vorgänge« nennen.
Nun ist mir natürlich bewußt, daß ich mit der Erwähnung des Wortes »Physiker« eine Gefahr sondergleichen heraufbeschworen habe. Wenn das Wort Physik fällt, reißt der Gedankenfaden, der sich so locker von »Geheimnis« zu »Rätsel« spann, bei den meisten Menschen jählings ab, sie erschrecken, sie hören es knallen und sehen verschiedene unverständliche Dinge, vorwiegend Kurzschlüsse. Dem ist hier jedoch nicht so; vielmehr liegt die Sache so schlüssig, daß Kurzschlüsse vollkommen ausgeschlossen sind. Was wir zum Verständnis brauchen, ist ein Sektglas und etwas blutstillende Watte. Je feiner das Sektglas, desto besser; je besser die blutstillende Watte, desto feiner.
Beginnen wir!
Nehmen Sie das Sektglas zwischen beide Hände! Und nun drücken Sie die Hände mit einem Ruck zusammen! Wie Sie sehen, hat sich das Sektglas in überraschender Weise verändert. Wenn Sie nun die Hände erwartungsvoll wieder öffnen, so sehen Sie – was?

Unerfreuliches.
Das ist außerordentlich interessant. Es ist nicht nur interessant, es ist rätselhaft; und ich will Ihnen, sobald Sie das Blut gestillt haben, auch sagen, warum. Macht man zum Beispiel einen anderen Versuch: preßt man einen Schwamm zusammen und öffnet die Hände wieder, so nimmt der Schwamm sofort seine alte Gestalt, seinen früheren Zustand an. Es gibt also Dinge, die sich zurückverwandeln. Dies genau nennt die Physik einen umkehrbaren Vorgang. Die Sache mit dem Sektglas ist, wie Sie nun persönlich bezeugen können, keiner.
Rein philosophisch gesehen liegen die Dinge so: Das Sektglas ist offensichtlich uninteressiert an einer Rückkehr in seine alte Gestalt, es kennt anscheinend keinen Zustand, den es bevorzugt.
Der Schwamm dagegen scheint auf das Höchste daran interessiert, in seinen ursprünglichen Zustand immer wieder zurückzukehren.
Vorrang – Urzustand – merken Sie? Wir haben die Kurve trotz überhöhter Geschwindigkeit geschafft!
Die Frage nach dem Vorrang von Anziehen oder Ausziehen ist also, wie wir eben gesehen haben, letztlich eine Frage nach dem Urzustand des Menschen.
Eine Frage, so werden Sie sagen, die sich leicht beantworten läßt, seit wir wissen, daß die Bibel doch recht hat: Im 1. Buch Moses steht es. Adam und Eva waren nackt.
Ich wüßte keine erfreulichere Nachricht. Wahrhaftig! Jedoch, ruhig Blut. Es gilt jetzt festzustellen: Er-

stens, ob die Bibel sich nicht doch geirrt hat, denn daß der Mensch nackt war, ist total unglaubwürdig – und zweitens, ob der Mensch denn überhaupt eines jener Dinge ist, die sich wie ein Schwamm benehmen. Menschenkenner werden hier mit »ja« antworten, aber wir wollen es ja wissenschaftlich beweisen.

*

Untersuchen wir den Punkt eins.
Wie war das damals im Paradies: Eine Dame und ein Herr, angeblich nackt, campten in einem zoologischen Garten, wie lange? Sagen wir fünfzig oder hundert Jahre; bis sie eines Tages das taten, was seitdem als einer der schönsten Genüsse des Lebens gilt: Sie sündigten. Und zwar gründlich.
Ich frage: Ist das glaubwürdig?
Nein, es ist unglaubwürdig. Es ist geradezu lachhaft. So wenig es für einen Blinden einen Grund gibt, sich als Exzeß einmal eine Sonnenfinsternis zu wünschen, genau so wenig glaubhaft ist es, daß der ewig nackte Adam explodiert sein soll, bloß weil die ewig nackte Eva ihm eines Tages eines ihrer Äpfelchen in die Hand legte. Wir wollen uns doch darüber im klaren sein, daß eine Handlung, wie sie Adam allem Anschein nach an Eva dann vorgenommen hat, eines auslösenden Momentes bedarf. Dieser Moment fehlt absolut bei einem Zustand, wie ihn das Buch Moses schildert.
Ein Vergleich macht das sofort deutlich:
Stellen Sie sich vor, Ihre Frau träte des Sonntags morgens an Ihr Bett, hielte Ihnen eine Schüssel mit

Kartoffelsalat und Wiener Würstchen hin und teilte Ihnen mit, daß es dies zum Mittagessen gäbe. Beim Rasieren im Badezimmer erscheint sie schon wieder mit den Würstchen, um sie Ihnen zu zeigen. Dann stehen die Wiener auf dem Kaffeetisch: »Das, Liebling, gibt's heute Mittag, freust du dich?« Beim Erheben vom Frühstück folgt Ihre Frau Ihnen mit der Schüssel und dem Hinweis, daß es dies zu Mittag gäbe. Sie hat auch in der Kirche die Würstchen bei sich, um sie Ihnen zu zeigen, und wenn Sie auf dem Heimweg nach dem Hausschlüssel in die Tasche greifen, haben Sie ein Würstchen in der Hand.

Genügt das? Adieu, Appetit!

Alle Erfahrungen und alle modernen Experimente kommen zu dem gleichen Ergebnis. Unvergessen ist der instinktlose Versuch mit dem »Oben ohne«, den man kürzlich anstellte und der nichts anderes bezweckte, als uns im übertragenen Sinne fortgesetzt einen Wurstzipfel zu avisieren. Was will man uns da stehlen! Nichts Geringeres als den Auslöser-Effekt! Den Starkstrom-Schlag!

Die erotische Elektrizität, die dann herrschen würde, hätte höchstens jene Stärke, die in einem Kamm entsteht, den man am Ärmel reibt. Sie reicht bekanntlich gerade, daß einem die Haare zu Berge stehen. Ein moderner Geigerzähler würde keine einzige Geige anzeigen.

Bei dem Begriff Elektrizität, die in dem Sündenfall eine so entscheidende Rolle gespielt hat, sollten wir einen Augenblick verbleiben.

Sie ist ja etwas Rätselhaftes. Ihre mildeste Form

sind die eingeschlafenen Füße. Schon die alten Ägypter kannten sie, sie konnten sie aber nicht nutzbar machen. Die Römer glaubten, aufgrund ihres ganz modern ausgebildeten Bürobeamtentums größere Chancen zu haben; es gelang ihnen aber auch nicht. Diese Quelle ist bis heute ungenutzt.

Das ist schade, denn gar so häufig kommt Elektrizität in der Natur nicht vor. Die Physik nennt nur noch zwei Arten: die sogenannte atmosphärische und die sogenannte tierische Elektrizität. Mit der ersten ist der Blitz gemeint, mit der zweiten die Erotik. Es ist jenes »Knistern«, das wir alle schon beobachtet haben. Wodurch dieses »Knistern« zwischen zwei Menschen entsteht, ist bis auf den heutigen Tag ungeklärt. Das Meyersche Lexikon sagt: »Die Elektrizität wird durch das Aneinanderreiben geeigneter Körper geweckt.« Das ist richtig. Heute – nach langjährigen wissenschaftlichen Beobachtungen – weiß man, daß unscheinbarste Anlässe genügen können: Ein Blick, eine Stimme, ein Mercedes.

Streng wissenschaftlich ist damit das Buch Moses widerlegt. Wir wollen festhalten, was sich herausgestellt hat: Adam und Eva waren *nicht* nackt.

*

Wenn sie aber nicht nackt waren, was waren sie dann?

Sie waren bekleidet. Dieser Schluß mag die heutigen Logiker überraschen, dennoch ist er richtig. Na ja, ich sage so hin »die heutigen Logiker«, ich bitte um Entschuldigung, ich habe natürlich keine Ahnung, ob es sie gibt. Ich wüßte auch, ehrlich gesagt, nicht wozu. Logik ist ja eigentlich eine Bremse, und jeder moderne Autofahrer weiß, wie wenig flüssig es sich mit angezogener Handbremse fährt und wie weit man hinter den anderen zurückbleibt. Bei einer wissenschaftlichen Arbeit wie dieser ist Logik jedoch entschuldbar.

Der geneigte Leser kann sich nach unseren Beweisführungen nun ein lebhaftes Bild von Adam und Eva machen. Beide waren bekleidet, jeder von ihnen besaß nicht ein, nein, er besaß zwei Kleidungsstücke, wie Moses ausdrücklich erwähnt, wenn er auch in seiner bekannten Zerstreutheit die Textilfrage irrtümlich hinter den Sündenfall legt. In Vers 3/21 heißt es: »Und der Herr machte Adam und seinem Weibe Röcke von Fellen und kleidete sie.« Röcke! Auch für Adam! Also klipp und klar: Der Schottenrock war die erste Création, und die Briten können sich wahrlich gegen den alten Vorwurf des Größenwahns verwahren und in das Wappen der schottischen Schneider durchaus den Satz setzen: »Founded in paradise«.

Wenn der bereits geneigte Leser sich noch etwas mehr neigen würde, so könnte er sehen, daß Adam und Eva nichts darunter trugen. Die Trikotagen stammen aus späterer Zeit.

Das zweite Kleidungsstück, das Adam und Eva besaßen, war ein Badeanzug. Ihn hatten sie nicht geliefert bekommen, sondern selbst gefertigt. Es wäre wünschenswert, wenn die Journalisten, unsere tibetanischen Gebetsmühlen, endlich einmal diese

Tatsache zur Kenntnis nähmen und mit dem Gerede vom »ältesten Gewerbe der Welt« aufhörten. Das älteste – das ist wohl erwiesen – ist das der Badeanzugmacher, und Adam und Eva waren die ersten. Es ist übrigens die einzige Tätigkeit, die aus ihrem Gammlerleben nachgewiesen ist.
Hier erhebt sich nun eine Frage von kolossaler Bedeutung, die Frage: Warum?

*

Wenn ein Mensch – und Adam war ja einer, wenn auch noch nicht auf Serie gelegt – ich sage: wenn ein Mensch den Schritt zu einer Arbeit tut, muß ein Grund, eine Art Zwangslage vorliegen.
Was kann Adam veranlaßt haben, sich einen Badeanzug zu machen?
Nun, wir wollen nicht lange hin und her psychologisieren, Sie werden es nicht erraten: Er wollte baden.
Er wollte baden. Wer weiß, wie lange er gewartet hat, vielleicht fünfzig, sechzig Jahre: Jetzt wollte er endlich einmal baden.
Gelegenheit gab's. Moses sagt ausdrücklich, daß vier Flüsse das Paradies umspülten, er nennt auch ihre Namen.
Was Adam vorschwebte, war etwas Knappes. Er schlug da zwei Fliegen mit einer Klappe: Stoffersparnis und verkürzte Arbeitszeit.
Das Material, das er verwendete, benutzt man heute nicht mehr, nur hier und da noch in unterentwickelten Ländern; es waren Feigenblätter. Falls es die Blätter der arabischen Feige waren, so

wird er für sich persönlich zwei Bahnen haben nehmen müssen, denn sie liegen nur 14 Zentimeter, und das ist sehr knapp. Die toskanische Feige liegt 25 Zentimeter, also quasi doppeltbreit, da hätte für ihn wohl eine Bahn genügt – jedenfalls nach allem, was man so hört und bei Musterungen sieht.

Wir wollen festhalten: Immer noch erfüllten Adam und Eva peinlich genau die Vorschriften: sie waren bekleidet. Aber mit der Erfindung des stramm sitzenden Badeanzuges war ihnen der Blick für etwas aufgegangen, wovon sie sich vorher nichts hatten träumen lassen: der Blick für die doppelte Buchführung des Menschen, die bekanntlich darin besteht, daß alles, was auf der einen Seite als Plus in Erscheinung tritt, auf der anderen Seite genau entsprechend als Minus da sein muß. Eva sah es sofort, Adam wenig später. Noch heute lernen viele kaufmännische Lehrlinge das Prinzip der doppelten Buchführung auf diese einfache, anschauliche Weise.

Den beiden, Adam und Eva, muß damals ein freudiger Schreck in ihre Glieder gefahren sein. Dies – und damit kommen wir zum Ausgangspunkt unserer Beweisführung zurück – dies war der Moment des Auslöser-Effekts!

Nun, da wir die Wahrheit über Nacktheit oder Nicht-Nacktheit im Paradies festgestellt haben, reiht sich auch im weiteren Geschehen mit Adam und Eva alles ganz logisch aneinander. Wie unsinnig die alte Vorstellung, daß der Schöpfer ihnen nach dem Sündenfall Kleider zur Belohnung gemacht und ihnen noch die Schnittmusterbogen mit auf die Reise gegeben haben soll! Nein, wahr ist vielmehr das Gegenteil. Volkstümlich und auch heute noch vorbildlich für gütliche Trennungen wird seine Stimme getönt haben: »Hinaus, Unwürdige! Und die Sachen bleiben mir hier, damit das klar ist!«

*

Wir kommen nun zu dem zweiten Punkt unserer Fragestellung: Ist der Mensch denn überhaupt eines jener Dinge, die es mit der Umkehrbarkeit halten, die also wie der Schwamm oder zum Beispiel auch zusammengepreßte Luft stets in einen Urzustand zurückzukehren trachten? Nun wäre es weit gefehlt zu glauben, daß der Beweis leicht zu führen und schnell fertig sei. In der Wissenschaft ist das Wort »leicht« so verdächtig wie in der Literatur das Wort »Humor«, und nichts bringt die Wissenschaftler – nehmen wir nur die Atomforscher – so sehr in Harnisch, als wenn man ihre Experimente leicht-fertig nennt. Sie fassen das als unfreundlich, als einen gewissen Tadel auf, der es doch gar nicht sein soll. Nein, die Wissenschaft ist profund. Profund heißt ja tiefgründig. Die Ozeanographen sprechen zum Beispiel von einer »Profundalzone«, einer Tiefenregion im Meer, wo keinerlei Licht mehr herrscht. So etwa muß man sich also die Wissenschaft, vor allem die Philosophie, vorstellen. Friedrich Schiller hat freilich einmal über die Philosophie geschrieben:
»Einem ist sie die hohe, die himmlische Göttin,

dem anderen eine tüchtige Kuh, die ihn mit Butter versorgt.«
Schiller – nun ja. Er darf so etwas hinsagen, das ist so die Art des Dichtervölkchens. Da gibt es eben Unterschiede, das läßt man passieren, das geht durch.
Was ihn zu diesem bitteren Distichon veranlaßte, war wahrscheinlich der Zwischenkieferknochen, den Goethe entdeckt hatte und an dem Schiller schwer herumgenagt hat. Er versuchte, dem etwas Gleichwertiges entgegenzusetzen, Sie kennen das Gedicht:
»Meine Laura! nenne mir den Wirbel,
der an Körper Körper mächtig reißt ...«
Zu spät, Herr Schiller. Diesen Wirbel hätte Ihnen damals bereits jeder Medizinstudent im ersten Semester nennen können. So leicht ist das also nicht.

*

Nach dieser Abschweifung wollen wir unsere Untersuchung wieder aufnehmen.
Adam und Eva gingen nackt aus dem Paradies, und nackt kommen wir heute ganz folgerichtig bei unserer Geburt wieder an. Ich sage folgerichtig, denn es müßte keineswegs so sein, ja, es dürfte nicht so sein, wenn Adam und Eva bekleidet in die Welt hinausgezogen wären. Natürlich würde niemand erwarten, daß wir mit einem Hut auf dem Kopf zur Welt kämen, aber einen Angorapullover könnten wir anhaben. Ein Angorapullover könnte durchaus im Mutterleib wachsen, er tut es bei den Ziegen gleichen Namens ja auch.

Nackt also kommt das Kind zur Welt.
Und was beobachten wir nun? Etwas sehr Typisches, Beweiskräftiges: nach acht Tagen bekommt dieses Kind ein Paar Stiefelchen, nach vierzehn Tagen den ersten Zweireiher und nach vier Wochen eine Armbanduhr, es ist bereits fix und fertig angezogen. Für den Photographen hat es sogar eine Jockey Mütze auf. Nur bei entarteten Grafenfamilien kann man erleben, daß das Neugeborene mit einem schlichten Hemd und einer Strampelhose zu 95 Pfennigen bekleidet wird, immerhin bekleidet.
Eine Repräsentativ-Umfrage auf Bundesebene »Was würden Sie für Ihr Neugeborenes vorziehen: klug, schön und bekleidet oder dumm, häßlich und nackt« ergab 98,6 Prozent Antworten: »Gekleidet«. Instinktiv wählten also 98,6 Prozent das Richtige.
Die Psychoanalyse, die ja ebenfalls eine Wissenschaft aus der Profundalzone ist, interpretiert diese Antwort mit dem Fachausdruck: Luft-Schutzkomplex.
Zwei Beobachtungen also deuten einwandfrei darauf hin, daß der Mensch tatsächlich zu den Dingen gehört, die gewisse Vorgänge umkehren. Ein weiteres Experiment kann jedermann selbst, und zwar ohne besonderen Aufwand, bei sich zu Hause machen: Er nehme eine x-beliebige Frau und ziehe sie aus.
Er wird erleben, daß sie sich kurz darauf wieder anzieht.
Es ist eine alte Erfahrung, die nicht mathematisch

bewiesen zu werden braucht, daß es keinen denkenden Menschen gibt, der sich fürchtet, sich anzuziehen. Dagegen stößt man, vor allem eben als Mann und Forscher, immer wieder auf Studienobjekte, die Bedenken zeigen, sich auszuziehen. Deshalb geißelten wir Seite 167, daß die Brüder Grimm ihr Thema etwas zu eng gefaßt haben.
Wir müssen nun einmal betrachten, woher das erstaunliche Zurückschrecken vor dem Ausziehen kommt.
Zunächst sei vorweggeschickt, daß wir die Bedenken, die ein Herr davor hat, eine Dame auszuziehen (also nicht sich selbst), sehr wohl nachfühlen können. Das Ausziehen dieser Art erweckt jene Ungeduld und Nervosität, die man empfindet, wenn man ein mehr oder weniger gut verschnürtes Postpaket aufknoten soll. Wenn uns der Inhalt in freudige Erwartung versetzt, so wird kaum ein Mann es fertigbringen, die Verschnürung kunstgerecht und geduldig zu lösen. Er wird vielmehr die Schere nehmen, alle Strippen durchsäbeln und den Rest herunterreißen.
So geöffnet zu werden, hat kein Paket gern.
Schon gar nicht, wenn es nur eine Probesendung war.
Das ist also klar.
Dagegen ist die Frage, warum so manche Personen sich fürchten, sich selbst auszuziehen, eine berechtigte Frage von höchstem wissenschaftlichen Interesse.
Auch hier müssen wir zunächst eine Gruppe von Betroffenen ausschalten, bei denen der Grund der

Furcht offen zutage liegt. Es gibt Frauen, die durch Schönheit und Charme Kunstwerke sind. Andere wiederum sind es nicht. Das ist wesentlich. Oscar Wilde hat da einmal etwas sehr Richtiges ausgesprochen: »Wer kein Kunstwerk ist, sollte wenigstens eines tragen.« Ein sehr weiser Satz, erstaunlich aus einem Frauenmunde! Wer also von solch einem Nicht-Kunstwerk der Natur das äußerliche Kunstwerk des Schneiders entfernt, der begeht zweifelsohne einen Akt von Vandalismus. Man könnte ihn mit jenen unüberlegten Bilderstürmern des 16. Jahrhunderts vergleichen, die die Gemälde von den Wänden rissen und dann vor dem verschossenen Mörtel standen. Die Furcht, sich zu entkleiden, ist hier also höchst verständlich und entspringt der Weisheit der Betreffenden.

Aber die anderen? Die vielen wirklichen Kunstwerke der Natur – was fürchten diese?

Die Sünde? Das möchte ich eigentlich nicht glauben. Ich sehe da keinen rechten Zusammenhang.

Nein, ich glaube – vielmehr, ich bin sicher, daß hier das Erbe Evas abermals durchbricht, die bekanntlich im Paradies nie weiter gegangen ist als bis zum Badeanzug. Jenen aus Feigenblättern.

Die Scheu ist also ein Erbstück, sie liegt im Gen, sie ist genetal begründet.

Die ersten, die das schon frühzeitig listig erkannt haben, waren die Hersteller von Badeanzügen. Niemals haben sie geglaubt, eines Tages brotlos zu werden. Und die Historie hat ihnen recht gegeben.

*

Man muß es einmal ganz klar aussprechen, daß der Badeanzug, der klassische, geradezu metaphysisch ist. Unbedingt! Er geht an sich über unser Fassungsvermögen. Freilich kommt es auch gelegentlich vor, daß wir über seins gehen, doch das ist es nicht, was wir hier beleuchten wollen, denn es betrifft nicht unser, sondern sein Innenleben.

Nein, er ist in gewissem Sinne von metaphysischer Konstruktion, er ist mit unserem Denkschema nicht zu erfassen, und unsere Sprache reicht fast nicht aus, ihn zu beschreiben. Nicht, was er hat, sondern was er nicht hat, ist so verwirrend.

Zunächst: Er gilt als Anzug, ist jedoch ein Auszug. Andererseits ist er kein Auszug im Sinne eines Extrakts eines Anzugs. Zweifellos nicht. Nennen wir ihn also weiter formell Anzug. Dieser Anzug hat keine Ärmel, nicht einmal eine Spur davon. Er hat auch kein Hosenbein. Es entfällt. Er hat so entschieden kein Hosenbein, daß er, um auch nur den Verdacht eines Hosenbeins zu vermeiden, stets noch ein Stück aus der Hüfte herausschneidet. Er hat auch kein Schulterstück. Er hat nichts, was man auch nur entfernt als Kragen oder Revers oder als etwas von der Länge oder Breite derselben bezeichnen könnte. Er hat keinerlei Taschen. Das ist vollends irritierend, das ist nicht nur irritierend, das ist ruinös. Wo soll man die Hände lassen? Ohne Taschen hat der Mensch – man merkt es dann zum erstenmal – acht bis zehn Hände. Wohin damit? So kommen die malerischen Positionen zustande, die man am Strand beobachten kann. Mit der einen Hand rückt man die Sonnenbrille zu-

recht, nimmt sie ab, setzt sie auf. Mit der zweiten Hand streicht man das Haar zurück, erst links, dann rechts, dann wieder links. Das geht. Mit der dritten pendelt man, Sand durch die Finger rieseln lassend, hin und her. Den vierten und fünften Arm kreuzt man über der Brust. Und die restlichen? Bleiben ein Problem. Dieses Problem hängt eng zusammen mit einem weiteren Ding, das fehlt: dem Knopf. Knöpfe zum Auf- und Zuknöpfen wären imstande, hundert Händen Brot und Arbeit zu geben. Sie könnten die Dame aus jeder Verlegenheit herausbringen und den Mann statt dessen hinein. Müßig, weiter zu sprechen: sie fehlen.
Was ist geblieben?
Ja, meine Damen und Herren, was ist geblieben? Der »Badeanzug«, und das ist das Metaphysische daran. Das rührt an die letzten Dinge. Daß auch Adam dieses Gefühl haben würde, wußte Eva, als sie sich ihren Badeanzug schneiderte. Sie wußte auch, wohin es gemeiniglich führt, wenn ein Mann sich mit Metaphysik befaßt, statt wiederzukäuen; wenn sein Erkenntnistrieb geweckt, wenn er zum Entdecker wird. Gewiß, das Paradies bot viele Freuden. Doch vernascht und nicht vernascht zu werden, sind zwei sehr unterschiedliche Vergnügen.

*

Hiermit haben wir unsere Untersuchung abgeschlossen. Sie hat uns zahlreiche neue Erkenntnisse vermittelt und somit die Forderung erfüllt, die die Wissenschaft an eine Dissertation stellt.

Es möge uns erlaubt sein, die wichtigsten Punkte noch einmal zusammenzufassen.
Erstens:
Wir sind stets die Nachfahren unserer Vorfahren, aber nur mitunter die Vorfahren unserer Nachfahren, so gewagt diese Behauptung auch klingen mag.
Zweitens:
Es entspricht lediglich dem Urzustand, und ist daher logisch, daß eine Frau sich am wohlsten im Pelz fühlt, aber – wie Napoleon sagen würde – den Badeanzug im Tornister trägt.
Drittens:
Daß der Mann einst ebenfalls einen Rock trug, hat in seinen Genen tiefe Spuren und in seinen Gedanken eine tiefe Sehnsucht nach Röcken hinterlassen. Man nennt das einen genetalen Atavismus.
Viertens:
Der erste Wechsel, der je gezogen wurde, war der vom Gehrock zum Badeanzug im Paradies. Man nennt das einen Solawechsel (von »Solarplexus« – medizinisch das sogenannte sympathische Nervensystem).
Fünftens:
Der Mensch ist, was seinen Hang zur Rückkehr in den Urzustand betrifft, mit der Luft verwandt. Lateinisch: homo lufticus.
Sechstens:
Das Primat von Angezogen (vor Ausgezogen) ist bewiesen. Wir wollen dieses Gesetz auch gleich endgültig formulieren: Ausziehen wirkt sofort anziehend!

*

Ich schließe mit dem klassischen Ausspruch des römischen Dichters Plautus: »Sapienti sat!« Auf deutsch: »Wer etwas davon versteht, weiß nun Bescheid!«

(Brötchenarbeit)

Von Malern und Bildern

»Begreifen ist mehr als
Erkennen, auf jeden Fall
schöner.«

Schaffen wir denn noch Kultur? Sind die Überdruß-Experimente unserer Zeit noch Früchte? Ist ein Mülleimer, gekettet an eine verschmutzte Holzwand auf Rädern (»Huldigung für Apoll« von Rauschenberg, auf der Biennale von Venedig präsentiert) noch etwas, über dessen Verlust die Welt einmal weinen wird? Haben Pollock, Rauschenberg, Warhol die Substanz ergänzt? Sie glauben, ja?
Für den Augenblick zu widerlegen sind Sie nicht, Sie Glücklicher, dem keine Stunde schlägt

(Ernst & Schabernack)

Die modernen Künstler sonnen sich gern in der Behauptung, daß sie ihre geistigen Füße auf dem Gaspedal oder auf der Bremse des Zeitgeschehens haben, aber in Wahrheit dürfen sie höchstens mal den Schock ziehen. Fahren tun ganz andere (man erkennt sie überall an der Schirmmütze).

(Wie es euch gefällt)

Geschichtlicher Avantgardismus ist stets nur eine Nebenbemerkung. Es gibt keine andere Bedeutung eines Gemäldes als die Qualität. Es gibt keine Rechts- und keine Links-Maler, es gibt nur gute und schlechte.

(Ernst & Schabernack)

Malerische Qualität: Und damit sind wir halt wieder, ob wir wollen oder nicht, auf dem Boden des ewigen und ehernen Gesetzes aller Kunst aller Zeiten. Wer dieses Gesetz nicht erfüllt, macht intellektuellen Schnickschnack.

(Ernst & Schabernack)

Für die deutschen »Kunstvermessungsbeamten« sind Größe und Heiterkeit anscheinend unvereinbar. Hätte Boucher nicht Boucher, sondern Fleischer geheißen (was er ja tat), und wäre er statt aus Paris aus Unna gekommen, so hätten wir dafür gesorgt, daß die Welt um ein heiteres Genie ärmer wäre.

(Wie es euch gefällt)

Ich lebe in Bildern. Florenz hat allein zweitausend davon – in den Kellermagazinen. Ich bin noch nicht zu ihnen vorgedrungen, weil ich dauernd Verabredungen in den Uffizien habe. Mit Dürer, mit Hugo van der Goes, mit Botticelli, Filippo Lippi, Leonardo, Mantegna, oft mit allen zusammen, wobei ich den Dolmetscher machen muß.
Ich habe Museen schon geschätzt, als ich noch Schüler war. Ich traf dort meine ersten Damen, im Sommer, wenn es draußen zu heiß, und im Winter, wenn es draußen zu kalt war. Museen sind in Deutschland wegen der Empfindlichkeit der Bilder

immer genau temperiert. Über diesen doch eigentlich recht liebenswürdigen Umgang kam ich schon als Tertianer zu einem vertrauten, ja geradezu wohligen Verhältnis zu den Museen. Später, als ich ein Mädchen von Memling einem lebendigen, was die Anbetung betraf, längst vorzog, war es mir ein Leichtes, mir dieses Verhältnis zu bewahren. Die Sache ist nur die, daß die Uffizien nicht geheizt sind. Lediglich der rechte, der Rubensflügel, empfängt die Abgase der darunterliegenden Direktorenwohnung; man erkennt es weniger an der Temperatur als an den Fußbodenrosten, über denen sich die Besucherinnen postieren und sich die Röcke bauschen lassen.

Und dennoch sind die Uffizien gerade im Winter schön, weil sie dann leer sind. Vom Café Rivoire weht der Geruch der frisch gekochten berühmten Wasserschokolade und vom nahen Arno der des Dezembernebels herüber. Weihnachten steht vor der Tür; am Arnoufer entlang stellen Händler ihre Christbäume auf. Man sollte einen Sprung, ein kleines Sprünglein, hinauf in die Uffizien machen und sich nur die »Verkündigungen« ansehen. Es ist die Zeit dazu.

Simone Martinis Verkündigung, als älteste, hängt gleich als eines der ersten Bilder im zweiten Saal, und Martini lächelt, als er sieht (was er bei mir nun schon gewohnt ist), daß ich mich von ihr kaum trennen kann. Mit der Geschmeidigkeit einer Schmeichelei und der Zartheit einer Pawlowa sinkt Martinis Verkündigungsengel vor Maria hin, vor einer jungen Frau, die sich – oder sehe ich nicht

recht – gepeinigt, verängstigt, schmerzvoll weggewendet. Sagt nicht die Bibel: Siehe, ich verkündige Euch eine große Freude?
»Aber, aber!« schüttelt Simone den Kopf und zieht dem Heiligen Ansanus von Lippo Memmi das Lukas-Evangelium aus der Tasche, »hier«, sagt er und klopft auf Vers 28 bis 38, »hier steht es anders, und ich habe viele Nächte darüber nachgedacht. Ich habe damals dem Duccio, als er seine Predellen-Verkündigung malte, gesagt: Warum, Messer, lächelt Eure Maria, wenn in der Bibel steht: ›Sie erschrak über die Rede des Engels‹, und der Engel muß sie beruhigen: ... ›fürchte Dich nicht, Maria.‹ Messer Duccio – Ihr wißt ja, daß er ein fürchterlicher Brausekopf war – antwortete: Das ist mir egal, ganz egal, soll sie empfunden haben, was sie will. Für mich, Duccio di Buoninsegna, ist die Verkündigung ein Fest, capito?!«
»Und?« fragte ich Simone.
Er klappte das Buch zu und gab es St. Ansanus zurück: »Ich malte dann m e i n e Maria.«
»Die schönere.«
»Vielleicht. Jedenfalls die ärmere, die erbarmungswürdige.«
»Ist das nicht das Schönere?«
»Ich weiß nicht«, sagte Simone und seufzte, »mehr geliebt in der Welt werden die, die ein leichteres Herz haben als ich. Doch geht nur weiter, Signore, und schaut Euch die anderen an.«
Aber ich konnte plötzlich nicht mehr. Ich mochte nicht mehr und ging zu Rivoire, Schokolade trinken.

(Ernst & Schabernack)

Ich kann mir nicht vorstellen, daß Anbeten nicht dasselbe wie Beten ist. Ich kann mir nicht vorstellen, daß ein Mensch etwas Herrliches schafft, ohne gläubig zu sein.

(Der Gottesbeweis)

Alle Versuche, die Gestalt des Malers und »Wasserkunstmachers« Mathis Gothard, über den hundert Jahre später Sandrart schon kaum noch etwas in Erfahrung bringen konnte, aus dem Dunkel der Geschichte herauszulösen, sind bis heute gescheitert. Es wurden zwar einige Hinweise und Erwähnungen in alten Urkunden entdeckt, aber es ist nicht viel mehr als das, was Sandrart wußte. Er nennt ihn »Matthäus Grünewald, auch Matthäus von Aschaffenburg genannt«. Einige Urkunden sprechen von Mathis Nithard Gothart aus Würzburg. Er selbst signierte MG.

Das Wenige, was von seinem Werk erhalten ist, gehört zu dem Ergreifendsten, was der abendländische christliche Geist überhaupt geschaffen hat. Zweifellos ist Grünewald einer der größten Maler der Welt.

Sein Isenheimer Altar ist ein letzter »unvernünftiger« Ausbruch einer schrecklichen Gewalt. In diesem Werk steht Grünewald an seiner Umwelt gemessen da wie der letzte Augenzeuge, der noch Christus selbst gesehen hat und der allein weiß, wie dunkel die Nacht auf dem Kalvarienberg und wie erschreckend grell die Helligkeit der Auferstehung war. Grünewalds Stil ist expressionistische Inbrunst. Man darf Grünewald weder mystisch noch ekstatisch nennen, dazu ist er zu klar und wohlüberlegt. Die »Kreuzigung« auf der Außenseite des Isenheimer Altars ist von fürchterlicher realistischer Nüchternheit, eine Tragödie von archaischem Geiste, düster und streng. Auch die beispiellose Farbsinfonie der Innenseiten des Altars, die »Verkündigung« mit der sich windenden Gestalt der Jungfrau, das »Engelskonzert vor Maria« und die »Auferstehung«, die wahrhaft »heller als tausend Sonnen« ist – sie alle sind nicht in taumelndem Rausch gemalt, sondern mit brennenden Augen, so etwa, wie van Gogh darum gerungen hat, den Glanz der Sonne zu malen.

(Lexikon Alter Malerei)

»**D**as Auge, das von Gogh liebt, mag keinen ›Elfenreigen‹ mehr.«

(Die Gretchenfrage)

Das Auge darf nicht Zubringer des Verstandes werden, es muß Zubringer der Sehnsucht bleiben.

(Lexikon Alter Malerei)

Nach Tisch legte sich Goethe eine Stunde hin, denn am Nachmittag stand ihm eine anstrengende Sitzung bevor, Kyprinsky hatte gebeten, ein Porträt malen zu dürfen.

Kyprinsky war ein russischer Maler, jung, zierlich, schwarzgelockt, noch eine unbekannte Größe in der Kunstwelt. Zunächst ließ der junge Mann Farben und Pinsel beiseite und zeichnete nur.

Goethe war geduldig. In einer Pause nahm er die Blätter zur Hand und betrachtete sie kritisch.

»Habe ich eine so lange Nase?«

»Sie ist kräftig, Exzellenz, sehr markant.«

»Und so fleischig?«

»Im Alter werden alle Nasen massiger mit Ausnahme von Adlernasen.«

Goethe versteifte sich und schwieg eine Zeitlang. Dann sagte er: »Für einen Künstler, gleichgültig ob Maler oder Poet, ist das tiefere Kennen aller Dinge nötig. Mit dem Erkennen, dem unmittelbaren Blick, der uns die Dinge erst in ihrer Wesenheit offenbart, wächst das Künstlertum. Eine lange Nase muß nicht als lang wiedergegeben werden, wenn sie dem perplexen Anblick des Gesichts nicht den Stempel aufdrückt.«

»Ich verstehe sehr gut, Exzellenz, und werde es mir zu Herzen nehmen. Aber Exzellenz suchen doch auch die Ähnlichkeit, die möglichst genaue Ähnlichkeit. Und die beurteilen Exzellenz Ihrerseits aus dem gewohnten Spiegelbild, während ich mich doch einzig auf die erste, überraschende Ansicht, die erste Begegnung, berufen kann.«

»Sie sprechen klug, das freut mich. Jedoch sehe ich

kein Hindernis, beides zu verbinden. Nennen wir es so: Ich suche auf Ihrem Porträt mich, aber Sie hoffe ich zu finden.«

»Euer Exzellenz haben die Formel gefunden!« strahlte der Maler.

»Die Individualitäten, lieber Herr Kyprinsky, werden lauter. Im vierzehnten und fünfzehnten Jahrhundert hat, mit geringen Ausnahmen, kein Maler seine Bilder signiert. Er fühlte sich als Diener, Diener in mehrfacher Hinsicht, als Diener an der Kunst und als Diener an seinem Auftraggeber oder seiner religiösen Überzeugung. Dann begannen die Signaturen, und das läßt erkennen, daß der Maler sich als Persönlichkeit zu fühlen begann. So blieb es. Er wollte unverwechselbar sein. Die Individualität wird sich noch ungeahnt in den Vordergrund drängen, das ist unschwer zu erkennen. Auch kommerzielle Gründe werden mit ins Spiel kommen.

Eine Begleiterscheinung aber ist – und daran denkt man wohl am wenigsten –, daß die Maler beginnen werden, sich künstlich Originalität zu geben. Ich wage einen großen Wandel in der Malerei zu prophezeien. ›Ich bin so‹, ›Ich sehe das so‹, werden sie ausrufen und mir ein drittes Auge und eine grüne Nase malen.«

Der junge Maler lachte aus vollem Halse.

»Sie halten das für undenkbar, mein Lieber? Ich nicht. Wenn das Dienende in der Kunst wegfällt, ist der Bedenkenlosigkeit Tür und Tor geöffnet, einer Freiheit, die ins Chaos führt.«

»Ausgeschlossen, Exzellenz! Malerei ist Abbilden und muß es als Sinn bleiben!«

»Weit gefehlt! Haben Sie einmal von den Bildern des Engländers Turner gehört? Nein? Nun, er malt Landschaften, in denen man Einzelheiten wie Schiffe, Häuser, Bäume nur noch wie im Nebel erkennt. Nun gut. Er könnte sich damit herausreden. Aber solche Nebel gibt es nicht, es sind, wie man mir berichtete, Feuergluten aus Rot, Gelb und Blau. Sehen Sie: das gibt mir ein, zu sagen, daß die Malerei sich in unvorstellbarem Maße wandeln wird.«

»Das wäre krankhaft, Exzellenz. Bitte, halten Sie einen Augenblick still. Gleich habe ich es.«

»Krankhaft?«

»Seelisch krankhaft.«

»Die Seele kann im Fieber wundersame Gesichte haben. Wer sie zu Papier oder zur Leinwand zu bringen vermag, kann sich glücklich nennen. Aber wir schweifen vom Thema ab. Übrigens sind zwei gute Stündchen vergangen und wir werden Schluß machen.«

(War es schön in Marienbad)

Niemals mehr, seit Dürer der erste gewesen war, hat man aufgehört, von der Kunst fortan zu verlangen, daß sie nicht hinter Glauben, Dogmen und verehrten Formen hergehe als Diener, sondern der Zeit vorausweise. Das hat es zuvor nie gegeben.

(Die Genies der Deutschen)

Es ist ein Unterschied zwischen Sehen und Erleben, zwischen Sehsucht und Sehnsucht.

(Und sie schämeten sich nicht)

Sie waren Besucher Nummer 1805 bis 1812. Schon die Eingangshalle glich einem Jahrmarkt. Die beiden Fahrstühle waren überfüllt und belagert. Nur die geschlossenen Touristengruppen, ihren Führer an der Spitze, stiegen die langen Treppen hinauf. Gabriella hielt sich ungeniert die Nase zu, als sie an den Aufzügen vorbeiging, und verlangte die Erklimmung der Uffizien zu Fuß. Benitone, der Wasserbohrer, mit Sohn Benito und Frau Bellini griffen nach der ersten Kehre tüchtig ins Geländer und hangelten sich hoch. Sie sahen aus wie eine Seilmannschaft. Die Uffizien befinden sich leider unter dem Dach.
Am Drehkreuz hing die nächste Menschentraube. Italienische Kleinkinder schlüpften den Wärtern zwischen den Beinen durch, während ihre Mütter ihnen nachkreischten. Amerikaner käuten in Geduld Gummi wieder, deutsche Familien tauschten untereinander die schon gekauften Kartenstöße aus. Engländer lasen im Florence-Guide. Benitone merkte man an, daß er gern umgekehrt wäre.
Das Oktett steuerte dem ersten Saal zu. Salvini hat ihn, als er Direktor der Uffizien war, umgebaut von einem Renaissance-Salon zu einer kahlen romanischen Zelle, denn er beherbergt Giotto und Cimabue, die Erzväter der Florentiner Malerei. Die bei-

den riesigen starren Madonnentafeln, das Entzükken der Kenner, sind das Luminal aller anderen, die sich nur durch strengste Blicke der Reiseführer einschüchtern und in ihrer Flucht nach vorn bremsen lassen.
Auch Benitone und Benito kurvten hindurch und zogen ihr Gefolge hinter sich her. »Tut mir leid«, sagte der Wasserbohrer, »kann nichts damit anfangen. Bin wohl zu dumm dazu. Diese Alten konnten nicht malen. Oder? Keine Perspektive. Das ist doch alles falsch. Bin ich blind? Der Stuhl, der Thron, fällt nach vorn. Und überhaupt, wie das alles aussieht! Konnten sie nun malen oder konnten sie nicht? Tut mir leid. Wo geht's zu Raffael?«
Gabriella hielt Hans am Ärmel fest und blieb vor dem Giotto stehen. »Warte! Laß sie gehen.«
Sie betrachtete das Bild lange. Dann sagte sie: »Hans! Ich frage dasselbe wie mein Onkel, der Dummkopf: Konnten sie nun oder konnten sie nicht? Kannst du mir helfen?«
»Möchtest du denn? Warum?«
»Vielleicht entgeht mir etwas Schönes? Vielleicht brauche ich nur ein paar Worte?«
»Ich werde es nicht können, Gabriella.«
»Versuch's.«
»Also ... Dein Onkel fragt, ob Giotto überhaupt richtig malen konnte. Nein, Gabriella, er konnte es nicht. Giotto hat das Bild kurz nach 1300 gemalt. Ach, wir müssen alle mal zusammen ins Mugello-Tal fahren, wo er geboren ist; in Colle di Vespignano stehen noch Reste seines Hauses.«
»Lenk jetzt nicht ab!«

»Ich muß überlegen, Gabriella. Ich habe gesagt, Giotto konnte nicht richtig, in unserem Sinne richtig, malen. Wenn dir ein Geheimniskrämer mal etwas anderes sagt, glaub ihm nicht. Er dunstet dir nur was vor. Giotto konnte keine Atmosphäre malen, er beachtete die Gesetze der Perspektive nicht, er malte in Lokalfarben, d. h. er nahm alle Farben wörtlich, ohne sie durch Luft, durch Sonne und Schatten oder durch die Entfernung vom Betrachter zu verändern. Rot war rot, und blau war blau; nicht mehr ganz so naiv, wie dort rechts auf dem Bild von Cimabue, aber beinahe. Seine Größenverhältnisse stimmen nicht immer und manchmal nicht einmal die Umrisse. Wenn dein Onkel das alles nicht vertragen kann, ist er nicht zu widerlegen. Dann muß er weitergehen.«

»Also. Kommt es jetzt?«

»Ja, jetzt kommt es: Giotto und Cimabue haben von Perspektive kaum etwas gewußt, aber nicht, weil sie sie nicht begriffen hätten, sondern weil sie sie nicht interessierte. Und sie interessierte sie nicht, weil sie sie nicht brauchten. Denn ein Maler sollte nicht photographieren. Er sollte etwas ganz anderes. Verstehst du es bis dahin?«

»Natürlich. Weiter. Spannend.«

»Die Maler damals erfüllten einen Auftrag. Ich meine nicht, daß sie von der Kirche beauftragt waren, sondern, daß sie einen inneren Auftrag erfüllten, den Auftrag als Christen, den einzigen Auftrag, den sie sich für einen Maler überhaupt vorstellen konnten. Wie weit ihnen die Idee, etwa ein privates Porträt zu malen, fernlag, siehst du ja schon daran, daß wir nicht ein einziges aus jener Zeit kennen. Kein Bildnis, keine Landschaft, keinen Blumenstrauß, kein Stilleben, kein Genrebild aus dem Alltag. Nichts. Nur Lobgesänge.«

»Schön sagst du das. Weiter.«

»Und nun stell dir vor, was sie dazu brauchten. Perspektive? Licht und Schatten?«

»Sie brauchten es nicht, aber es hätte nicht geschadet.«

»Siehst du, Gabriella! Das ist eben die große Frage. Das ist eben das Geheimnis jener Zeit. Wenn du heute ein Plakat siehst, sagen wir ein Plakat für eine Kaffeesorte mit einem stilisierten Kaffeepflükker drauf, sagst du dann auch, warum sind die Haare nicht eingezeichnet, warum sind die Sträucher nur grüne Kleckse, ohne daß man ein Blatt erkennt, und warum ist die eine Kaffeebohne, die er uns zeigt, viel zu groß? Sagst du dann auch, es könnte nicht schaden? Nein. Denn du weißt, daß das alles unwichtig ist im Hinblick auf den Auftrag, den der Plakatmaler hatte, nämlich deinen Blick festzunageln, dich auf das Wichtigste zu konzentrieren. Natürlich gibt es auch Plakate, die photographisch genau sind, aber für den echten Kaffee-Süchtigen – entschuldige den Ausdruck im Zusammenhang mit dem Christentum – für den echten Glaubenssüchtigen ist das nicht nötig. Ihm genügen Symbole, feierliche Plakate, du weißt, was ich meine. Ja, sogar: je biblischer und archaischer das angedeutet ist, desto wuchtiger erschien es ihm. Ach, ich erkläre das wohl miserabel …«

»Weiter.«

»Das ist eigentlich alles, Gabriella. Die Schwierigkeit, solche Bilder zu genießen und zu verehren, liegt darin, die damalige Seelenhaltung, die Inbrunst nachzufühlen, verstehst du? Es kommt natürlich hinzu, daß Giotto und Cimabue am Anfang der ganzen abendländischen Malerei stehen, daß sie also geschichtlich verehrungswürdig sind, und daß diese Bilder ganz, ganz seltene, wertvolle Zeugnisse jener Zeit sind. Es ist also auch eine Sache des Verstandes, des Wissens. Es ist ja keine Schande, das zuzugeben. Nur Heuchler tun wunder was.«
»Du bist lieb, du großer Kerl, du!«
Hans lachte und legte für einen Augenblick vergnügt den Arm um ihre Schulter:
»Möchtest du dir das Bild noch etwas ansehen?«
»Im Gegenteil. Ich muß jetzt nachdenken und bei mir tief innen mal nach Wasser bohren. Ich möchte nach Hause gehen. Du gehst den anderen nach und hältst keine Vorträge mehr, verstanden?«

(Ein Frühling in Florenz)

Aus Clios Skizzenbuch

»Das Vergangene taucht herauf und wird fast Gegenwart ..., man spürt den Geruch der Zeit, man glaubt, zu Besuch zu sein ...«

Als der römische Senat 272 v. Chr. Inventur machte, stellte er verblüfft fest, daß Italien von Venezien bis Tarent jetzt praktisch Rom gehörte. Es war Weltmacht geworden.

»Mama«, sagte am nächsten Morgen der kleine Servius Publilius, »hast du gehört? Wir sind ein Imperium geworden!«

»Na und?« antwortete Frau Publilius, »was ändert das? Mach deine Schularbeiten.«

Hier irrte sich Frau Publilius. Es änderte sich sehr viel.

Bei den Schularbeiten zum Beispiel hätte Servius sich sparen können, die etruskischen Vokabeln zu lernen. Rom sorgte dafür, daß in ganz Italien binnen kurzem nur noch lateinisch gesprochen und geschrieben wurde. Genau wie die Engländer waren die Römer überzeugt, daß man von hunderttausend Römern nicht verlangen könne, eine Fremdsprache zu lernen, wenn ebensogut zwei Millionen Fremde Lateinisch lernen konnten.

Das ist ein seltsamer, aber gesunder Grundsatz. Waren die Römer von etwas überzeugt, so gingen sie nicht etwa leuchtenden Auges, wie wir Deutschen, in alle Welt und verkündeten es zum Ärger der anderen laut, sondern sie zogen sich diese Überzeugung an wie ein paar Schuhe, spazierten so einher und begnügten sich, alle Menschen zu bedauern, die keine Schuhe trugen. Sie sagten nicht: »Es ist uneinsichtig, sich keine Stiefel anzuziehen, wenn man über spitze Steine geht«, sondern sie sagten: »Sicherlich ist es sehr gesund, barfuß zu gehen, jedoch glauben wir,

daß sich Schuhwerk bei spitzen Steinen bewährt hat.«
Wer es nicht glauben wollte, dem zwangen sie nicht etwa Schuhe auf, sondern dem legten sie genügend spitze Steine unter.
Sie hielten die lateinische Sprache nicht nur für die klarste (das ist sie) und für die am leichtesten zu erlernende (auch das stimmt), sondern auch für die schönste. Und das ist sie gewiß nicht. Der Duft der griechischen Sprache verhält sich zu dem der lateinischen wie eine Apfelsine zu einer Boccia-Kugel.
Wovon sprachen wir? Ja, von der sanften Überzeugungskunst der Römer. Bald war Italien mit kleinen, kleinsten und winzigsten Roms übersät.
Und in Rom? Lebte sich's gut?
Es fragt sich, was man unter »gut« versteht. Napoleon hätte es gefallen. Bismarck nicht. Er hätte unter dem Stumpfsinn gelitten. Zwei Reichsgründer, Fachleute sozusagen. Aber sprechen wir vom kleinen Mann: Ich, zum Beispiel, wäre ziemlich unglücklich geworden. Die Ordnung, zugegeben, hätte mich befriedigt, die saubere Rechtsprechung hätte mir Seelenfrieden gegeben. So was gefällt mir als Lebensbedingung. Ich finde, man sollte Wert darauf legen, abends spazieren gehen zu können, ohne die Gefahr, erschlagen zu werden. Natürlich ist das Ansichtssache; manche Leute schätzen es höher, vor ihrem Überraschungstod noch öffentlich verkündet haben zu dürfen, welcher politischen Überzeugung sie seien.
Ich hätte auch wider bessere Einsicht in Kauf genommen, daß seit 287 die Beschlüsse der Tribut-

versammlung, die von der Plebs beherrscht wurde, nicht mehr beratend, sondern bindend für Senat und Konsuln geworden waren. Es wäre mir ein Leichtes gewesen zu schweigen. Meine – vielleicht kuriose – Auffassung von Demokratie sagt mir nämlich, daß eine Opposition der Tat nur den gewählten Volksvertretern obliegt, wie das Wort »Vertreter« ja schon sagt. Na ja, das sind halt Sachen, die man sich so zurechtdenkt als Laie. Ich halte ja auch eine violente »außerparlamentarische Opposition« in einer Demokratie für verbrecherisch.

Aber weiter: Auch die lateinische Sprache ist so übel nicht. Ich habe sowieso das Graecum und Hebraicum.

Daß es keine Autos und keine Eisenbahnen gegeben hat, wäre mir nicht unlieb gewesen. Ich hab's nicht eilig. In meinem Leben hat mich eigentlich nur immer der Staat zu ganz eiligen Sachen angetrieben, und die waren fast immer sinnlos. Jedoch – ich kann gehorchen.

Zur Seite zu treten, wenn Appius Claudius, der Zensor, sich mir auf der Via sacra genähert hätte, wäre mir ein Leichtes gewesen. Ich hätte nur vermißt, daß mir auch einmal Platon oder Heraklit begegnet wären, auf daß ich ihnen Platz machen könnte.

Sehen Sie, das ist es. Jetzt kommen wir zu dem, was man nicht mit der Registrierkasse erfassen kann: zum Sauerstoff. Die römische Kultur machte nicht einmal den Versuch, den ein Makartstrauß macht, nämlich so auszusehen, als blühe er. Das geistige Leben muß schauerlich gewesen sein. Es gab keine Kunst, keine Wissenschaft, keine Philosophie, es gab keine Explosionen des Herzens, kein Rütteln an den Stäben unseres irdischen Käfigs, es gab keinen Sturz in das Meer der Gefühle und keinen Versuch, die Himmel zu erstürmen, es gab den großen Nachtgesang der Einsamen nicht und keine jubelnden Verse der Fröhlichen. Die Götter legten keinen Wert auf Liebe und schenkten auch keine. Der Verkehr mit ihnen geschah über den Kassenzettel. Keine Wallung, kein schnellerer Pulsschlag Jupiters, kein Scherz Merkurs, kein Homerisches Gelächter; eisige Stille im Olymp und in den Tempeln mit ihren despotischen Priestern. Wie hätte ich in diesem Rom meine Augen und meinen Mund verbergen sollen, der so gern lächelt? Ich hätte niemals meinem Molosserhund eines Maienabends laut sagen dürfen: »Komm, mein Freund, heut abend hauen wir beide mal auf die Pauke«, und niemals zu einer Frau: »Das Leben, meine Gnädigste, ist wie eine Lawine: mal rauf, mal runter.« Kein Römer hätte mich Goethe genannt, wenn ich ihm erklärt hätte, über allen Gipfeln sei Ruh, über allen Wipfeln spüre er kaum einen Hauch; die Vöglein schwiegen im Walde; er möge nur warten, bald ruhe er auch.

Übrigens »ruhen«. Und die Kriege, fragen Sie? Wie hätte ich d i e gefunden?

Ich wäre immer dran gewesen, das ist klar. Das ist nicht nur klar, sondern auch unangenehm. Ich meine nicht so sehr das Sterben wie das Töten. Da ist das zwanzigste Jahrhundert mit seinem anonymen Töten, seinem einfachen Knopfdrücken und Hebelziehen denn doch für alle guten Pazifisten wesentlich sympathischer, nicht wahr?

Mit einem Wort, ich wäre im damaligen Rom fehl am Platze gewesen. Brauchbar, aber fehl. Wie heute.

(Cäsar läßt grüßen)

Um die vierte Stunde, gegen zehn Uhr, vielleicht einmal früher oder später, erwachte in seiner bescheidenen Villa auf dem Palatin (das alte Haus in der Ringschmiedegasse hatte er endlich aufgegeben) der Herr der Welt, Gaius Julius Caesar Octavianus Augustus. So spät? Eine Schande für jeden Römer – natürlich nicht für ihn. Wer weiß, vielleicht schlief auch Jupiter lange.
Augustus war müde. Er war eigentlich immer müde. Wenn er bis tief nach Mitternacht gearbeitet hatte, konnte er schwer einschlafen. Manchmal ließ er einen Vorleser kommen, manchmal grübelte er vor sich hin, bis ihm endlich die Augen zufielen.
Wie spät war es? Er rief den »Nomenclator«. (Jedes vornehme Haus hatte einen Nomenclator, der hauptberuflich nichts weiter zu tun hatte, als die Uhrzeit zu wissen und alle Namen und Adressen und Telefonnummern der ganzen Stadt zu kennen.) Augustus warf sich den Morgenmantel über und ging in einen Nebenraum, wo die Diener bereits mit dem Bade warteten. Keine große Sache, nicht wie bei Maecenas! Er setzte sich in einen hölzernen Bottich und »plätscherte abwechselnd ein bißchen mit Händen und Füßen« (Sueton). Dann ließ er die Prozedur des Salbens über sich ergehen und erkundigte sich nach dem Terminkalender. Als er hörte, daß ihm heute weder die Tortur einer Reise noch die Qual einer Amtshandlung bevorstand, wurde er zusehends heiterer.
Um elf kam der Arzt. Dr. Antonius Musa. Er kam zum erstenmal. Maecenas hatte ihn besorgt; ein

sehr, sehr guter Arzt, aber sehr lästig. Er untersuchte den Kaiser und stellte fest, daß die Kuren in den heißen Quellen nichts genützt hatten. Musa änderte die Behandlung vollständig. Zum Schrekken Augustus' und zu unserem heutigen Staunen verordnete er die erste Kaltwasser-Kneippkur der Welt. »Domine«, sagte der Arzt, »ich verspreche dir ...«, aber weiter kam er nicht, denn Augustus fuhr ihn an: »Wenn du mich noch einmal ›Gebieter‹ anredest, bist du das letztemal hier gewesen. Ein freier Römer hat keinen Gebieter, und ich bin der letzte, der es sein will. Du hast mich mit deiner scheußlichen Kaltwasserkur schon genug geärgert. Komm morgen wieder, ich danke dir.«
Nach diesem Besuch wurde (historisch) Antonius Musa der Modearzt Roms. Wer zur Gesellschaft gehörte, übergoß sich jetzt mit kaltem Wasser und ging in Bächen spazieren.
Augustus kleidete sich an, wobei er auch die Sandalen wechselte. Er trug gern Schuhe mit dicken Sohlen, die ihn größer erscheinen ließen. Livia, seine Frau, kam. Er begrüßte sie herzlich. Sie begleitete ihn zum Frühstückstisch. Er hockte sich nur auf einen Schemel, trank etwas Milch und aß ein bißchen Schwarzbrot mit Quark. Dann ging er in sein Arbeitszimmer und hinterließ für die Senatoren, die die durchgearbeiteten Akten abholen würden, eine Notiz. Er schrieb sauber und sorgfältig; sein Latein war tadellos, aber etwas merkwürdig. Wenn er z.B. mahnte, die Dinge müßten hingenommen werden, wie sie eben seien, schrieb er: »Seien wir zufrieden mit dem Cato, den wir

haben!« Statt »töricht« schrieb er regelmäßig »saudumm«, statt »schwarz« oder »gelb« benutzte er beharrlich »schwarzfarben« oder »gelbfarben«. Statt »sumus« (wir sind) erfand er »simus« (wir seind). Bei Worten, die er am Ende einer vollen Zeile trennen mußte, setzte er den zweiten Teil nicht auf die neue Zeile, sondern unter die erste Silbe, so daß das ganze Manuskript von zweistökkigen Worten wimmelte. Es freute ihn, wenn sich die Schreiber ärgerten.

Jetzt ließ er die Liegesänfte fertigmachen und sich zu Maecenas tragen. Auf der Via triumphalis zwischen Palatin und Coelius wurde er erkannt, obwohl keine Liktoren oder Offiziere ihn begleiteten. Die Leute blieben stehen und grüßten ehrerbietig; ein Alter rannte zur Sänfte, warf eine Bittschrift hinein und wollte ängstlich kehrtmachten, als die Stimme des Augustus ihn festnagelte: »Halt! Was fällt dir ein, wegzulaufen? Ich will nicht, daß du dich vor mir fürchtest wie vor einem Zirkuselefanten, dem man eine Münze zuwirft. Komm her, gib mir dein Täfelchen in die Hand. So ist es gut. Ich werde es lesen; vale!«

Er las: »Die Fische von Marcus Linius auf den Nundinae der Via lata sind immer verdorben. Mein Sklave ist daran gestorben. Ich bin Publius Publicius, der Silberschmied.«

Er legte die Tafel unter das Kopfkissen.

Maecenas kam der Sänfte schon im Rosengarten entgegen.

Augustus stieg aus und umarmte den Freund.

»Wie geht es dir?« fragte Maecenas und atmete

schwer, denn er war gelaufen und neigte zur Dicklichkeit.
»Schlecht. Dein Doktor Musa war da.«
»Und?«
»Wieso und? Bist du sicher, daß der Mann alle Sinne beisammen hat? Kalte Wasserstürze!«
Maecenas lachte.
»Er hat. Hast du gut geschlafen, Augustus?«
»Nein. Ich habe bis drei Stunden nach Mitternacht gearbeitet. Ich würde mich nachher gern ein bißchen bei dir hinlegen. In meinem Haus werde ich immer gestört, und es zieht.«
»Findest du es richtig, daß Augustus sommers und winters in demselben primitiven Zimmer schläft?«
»Mich friert überall, und es zieht überall.«
»Übernimm mein Haus, Augustus, es gehört dir!«
»Blödsinn. Und nenne mich nicht dauernd Augustus, ich heiße für dich Caesar. Hast du eine Wassermelone?«
»Eine Wasser... vielleicht. Möchtest du nicht lieber etwas Kirschsaft, Augustus?«
»Nein, ich möchte eine ordinäre Wassermelone, falls es so etwas in diesem Palast gibt.«
»Sicher. Setzen wir uns. Wie schön die Rosen duften, nicht wahr?«
»Ich rieche nichts, ich glaube, ich bin erkältet. Ach, ehe ich's vergesse: Schicke doch bitte jemand zu dem Fischhändler Marcus Linius in der lata und lasse sorgfältig prüfen, ob seine Ware einwandfrei ist. Falls nicht, lasse ihn verhaften. Ist dein Vortragssaal schon fertig?«
»Ja. Eine Art Auditorium mit einem Halbkreis von

vielen Stufen, wo man zwischen tausend Blumen sitzen kann. Möchtest du ihn dir ansehen?«

»Jetzt nicht. Wieviel arme Schlucker unterstützt du eigentlich? Zehn? Hundert? Ist Horaz da?«

»Leider nein. Seit ich ihm das Landgut in Tusculum geschenkt habe, kommt er immer seltener nach Rom. Genau das wollte ich nicht. Ich hätte ihn so gern weiter um mich. Ich hätte auch so gern, daß er deine Biographie schreibt, Augustus.«

Der Kaiser lachte.

»Warum lachst du?«

»Weil du mir Spaß machst. Nie schreibt er die. Er kennt Octavian noch gut und kennt Augustus. Ich bin ihm unheimlich.«

»Ich bitte dich! Wer soll ihm unheimlich sein, Octavian oder Augustus?«

»Augustus. Wenn ich ihn einen Kopf kürzer machen ließe, würde er mich sofort verstehen. Und nenne mich nicht dauernd Augustus.«

»Er hat mir einen Brief geschrieben.«

»Lies vor.«

»Fünf Tage nur, Maecen, versprach ich dir
auf meinem Gütchen frische Luft zu schöpfen;
nun läßt der lügenhafte Kerl den ganzen
Erntemonat durch vergebens auf sich warten.
Doch wenn du mich erholt und guten Muts
gern wiedersehen willst, so habe Nachsicht,
so lange, bis in Rom, dem fiebrigen,
die Ärzte nicht mehr solche Rolle spielen.
Ich will durchaus des Freundes, der soviel
für mich getan, mich immer würdig zeigen.

Doch sollt' ich niemals mich entfernen dürfen
so gib mir bitte die Robustheit meiner Jugend wieder.
Wenn man so klein, so wenig wichtig ist
wie ich, paßt nur, was klein ist. Mir ist
das königliche Rom zu groß.«
»Hinter diese Dichter möchte ich auch mal kommen. Die haben auch mehrere Seelenleben, Maecenas.«
»Er ist ein großer Mann, Augustus. Du weißt übrigens, daß er der Sohn eines Freigelassenen ist?«
»Ich weiß. Ehrt ihn. Ich möchte überhaupt, daß die tüchtigen, gebildeten Sklaven freigelassen werden. Sie sollten sogar Ämter bekommen. Gut, daß wir davon sprechen. Bohre mal im Senat; ich möchte, daß der Senat selbst auf den Gedanken kommt. Hörst du?«
»Ich höre. Wie du befiehlst.«
»Privat, verstehst du?«
»Ich h a b e ja kein Amt. Alles, was ich in deinem Auftrag in die Wege leite, tue ich privat.«
»Mir liegt viel daran. Ich danke dir.«
»Du beschämst mich; sag so etwas nicht, Augustus!«
»Ah, da kommt die Melone! Danke. Ich will dir etwas sagen, Maecenas, was ich öffentlich nie aussprechen dürfte: Ich verdanke vier Menschen das, was ich geworden bin.«
»Julius Caesar –«
»Jawohl. Julius Caesar, der es mit dem Leben bezahlen mußte, daß die Zeit noch nicht reif war.«
»Und sonst verdankst du niemandem –«

»Blödsinn! Das weißt du ganz genau. Zweitens: Agrippa.«
»Ich habe ihn eine Woche lang nicht mehr gesehen; wie geht es ihm?«
»Gut. Er baut. Er verschönt Rom. Er hat ein Herz aus Gold. Er war es, der für mich alle Schlachten gewann.«
»Und du? Du hast sie nicht gewonnen?«
»Ich bin völlig unfähig, eine Schlacht zu führen. Ich mag Kriege überhaupt nicht. Ach ja, da fällt mir ein: Sprich mit den Tribunen und bringe sie dahin, daß sie ihr Veto einlegen, falls die Maßnahmen gegen die Helvetier beschlossen werden. Mögen die Helvetier den Paß sperren, ich habe nichts dagegen, ich will keinen Krieg. Die Herren in Mediolanum brauchen keine frischen Austern von der Normandie!«
»Aber ich bitte dich, Augustus! Es ist doch nicht wegen der Austern! Es ist der Handelsweg nach ...«
»Also doch! Handel! Ich will keinen Krieg.«
»Agrippa würde siegen.«
»Wir brauchen nicht zu siegen. Es genügt. Bitte folge mir.«
»Wie du befiehlst, natürlich.«
»Sehr schön. Und der dritte, dem ich alles verdanke, ist Maecenas.«
»Genug! Du beschämst mich wirklich, Augustus!«
»Wenn du mich doch nicht dauernd Augustus nennen würdest! Wo ich Caesar so gern höre.«
»Caesar gibt es zwei, Augustus nur einen – Augustus.«

»Also schön, räuchere weiter. Wovon sprachen wir?«

»Von Austern.«

»Das könnte dir so passen! Du bist ein Schlemmer, Maecenas, zu verweichlicht. Ich gönne dir alle Freuden, aber manchmal erscheinst du mir wie die vorweggenommene Zukunft unseres Volkes. Quo vadis, Roma? Und wie chic du wieder gekleidet bist.«

»Entschuldige, Augustus, darf ich dir einmal offen etwas sagen?«

»Alles darfst du sagen.«

»Ich bin modisch gekleidet ...«

»Wie ein Äffchen, guter Maecenas.«

»Gut, wie ein Äffchen. Aber du, Augustus, bist deiner unwürdig angezogen.«

»Nanu? Wieso? Schau dir meinen Mantel an, tadellos, wie neu!«

»Na höre! Wie neu! Er soll nicht w i e neu sein, er soll n e u sein. Er ist zerknittert ...«

»Von der Sänfte.«

»Und hier ist er genäht.«

»Nur die Naht, nur die Naht, Maecenas. Sie war eingerissen. Nur die Naht, also praktisch nichts.«

»Und hier ist er abgeschabt.«

»Ein bißchen dünn, ja. Na und? Sieh dir mein Hauskleid an! Ist das auch nicht in Ordnung? Hat Livia gemacht!«

»Jawohl, ich weiß. Eine wunderbare Frau. Die einzige Dame der Gesellschaft, die ihrem Mann die Kleider näht.«

»»Nicht wahr? Ich finde es auch fabelhaft.«

»Ich kann nur seufzen, Augustus.«
»Wovon sprachen wir?«
»Von deiner Kleidung.«
»Nein, wir sprachen von dem Maecenas, der mein unersetzlicher Diplomat war, obwohl er nie ein Amt haben wollte; der in den langen Jahren meiner Abwesenheit mir Rom eroberte, alle Menschen bezauberte und alle Gegner versöhnte.«
»Ich bitte dich, Augustus, schweig! Du dankst niemand etwas, außer Caesar und vielleicht Agrippa.«
»Und Maecenas, der mir sagte, wie ein Herrscher sein müßte, und der aus Octavian den Augustus machte. Und der vierte ist eine Frau: Kleopatra. Ihr verdanke ich, daß sie Antonius ins Verderben stürzte und Rom rettete – wenn es zu retten ist.«
»Es häuft sich, Augustus, daß du in letzter Zeit solche bitteren Bemerkungen machst.«
»Meine nächtlichen Ahnungen, Maecenas. Aber beunruhige dich nicht. Für dich reicht die Zeit noch. Kleopatra soll ja jetzt angeblich eine vogelköpfige Göttin sein, was glaubst du, welchen Kopf sie jetzt trägt?«
»Du bist ein bißchen zynisch, Augustus.«
»Aber nein! Eine Million Ägypter oder ich weiß nicht wieviele, glauben es. Übrigens habe ich heute nacht, als ich nicht schlafen konnte, beschlossen, ein Gebot vorzubereiten, daß alle Welt sich schätzen läßt.«
»Was?«
»Ich werde alle Menschen des Imperiums zählen und registrieren lassen.«

»Ja, um der Götter willen, was für ein Einfall!«
»Ich will genau wissen, wer wo wann wie lebt. Womit wir rechnen müssen.«
»Du siehst mich sprachlos. Und wozu das?«
»Ich weiß nicht. Ich habe das Gefühl, daß sich die Konsequenzen erst noch ergeben werden. Ich greife in die Zukunft. Jetzt muß ich schlafen, Maecenas.«
»Ja, leg dich hin. Du solltest nicht so spät in der Nacht arbeiten!«
»Sondern? Am Tag läßt man mir keine Ruhe; die Audienzen, die Amtshandlungen, die Familie, meine Tochter, die mir Sorgen mit ihrem Lebenswandel macht. Abends muß ich Gäste einladen. Auch heute kommt ein Tisch voll. Du weißt, wann man ißt; um fünf Uhr. Dann ist also schon der Nachmittag weg. Dann würfeln wir noch ein Stündchen ...«
»Neulich sollst du fünfzigtausend Denare gewonnen haben?«
»Woher weißt du das denn schon wieder?«
»Und du hast dir die Schuld nicht bezahlen lassen. Wie kannst du nur! Und wenn du verlierst?«
»Das ist etwas anderes. Caesar zahlt immer. Aber nun laß mal das Geld. Ich wollte sagen, ich liege da und höre zu, rede wenig und erfahre interessante Dinge oder auch nicht. Dann verabschiede ich mich. Ich wünsche, daß sich niemand dadurch stören läßt, ja, ich wünsche nicht einmal, daß sie sich erheben. Geht's freundlicher, Maecenas? Ich verdufte also und beginne zu arbeiten. Gestern habe ich die Richtlinien für eine Rechtsreform aufge-

stellt – stelle dir vor, man hat bisher keinen Unterschied zwischen Besitz und Eigentum gemacht! – und ich habe über die Schätzung nachgedacht, statt zu schlafen. Heute nacht und morgen muß ich die Berichte aus den Provinzen durcharbeiten, ich habe das ganze System der Steuerpachtungen abgeschafft, alle Beamten werden fest besoldet. Übermorgen beginnt der Staatsakt der ...«

»Hast du das alles nicht gewollt, Augustus? Ist das nicht dein Ziel gewesen?«

»Ach, Maecenas! Mein Ziel war, Julius Caesars Gedanken zu verwirklichen. Er hat gespürt, daß wir als Volk alt geworden sind und daß wir die Demokratie zu einem Marterinstrument gemacht haben. Das Principat sollte eine neue weltgeschichtliche Epoche einleiten und Rom von dem Fluch und der Zwangsvorstellung der Bürgerkämpfe befreien. Ich habe Caesars Testament erfüllt – ist Rom glücklich?«

»Ich glaube. Ja, ich weiß.«

»Bin ich glücklich? Du schweigst. Ich habe dauernd Hunger, komisch. Hast du ein paar Feigen?«

»Sofort. Als wir noch jung waren, früher, als du noch Octavian ...«

»Sprich nicht weiter, Maecenas! Es gibt kein Früher und ich war nie jung, es muß ein anderer gewesen sein. Vale, Maecenas, ich lege mich jetzt schlafen.«

Und hinter uns, im wesenlosen Scheine,
liegt, was uns alle bändigt, das Gemeine.«

»Ovid?«

»Goethe.«

(Cäsar läßt grüßen)

Wie geht es eigentlich der Tante in Tarentum und dem Onkel in Verona? Oder ist das nicht römische Geschichte?
Der Tante geht es gut. Sie hat in der Straße des Neptun immer noch den kleinen Laden für Wolle, den seit dem Tode ihres Mannes ein alter Sklave führt. Ein netter, freundlicher Sklave, ein bißchen wacklig, und deshalb war er billig. Andererseits ist er unschätzbar nützlich, denn in seinen besseren Tagen war er Nomenclator gewesen, kennt also heute noch halb Tarentum von Namen und Angesicht. Wohnen tut Tante in einer Neubauwohnung am Zubringer zur Via Appia. Das Leben geht halt so hin, ruhig und ungestört; von Rom merkt man gar nichts. Der Freundeskreis schmilzt zusammen, die neue Generation ist in ihrem Geldraffen, in ihrem Managertum und in ihrer Sittenfreiheit fremd geworden. Zu den Circus-Spielen geht sie nie, ins Theater, wo immer ein fürchterliches Gedränge herrscht, nur noch selten. Man spielt heutzutage lauter Blödsinn. In ihrer Jugend, damals unter Kaiser Nero, Gott, was waren das für schöne Aufführungen und Konzerte! Nero soll ja viel Unrecht getan haben; das kann schon sein, aber er war bestimmt ein feinsinniger Mensch. Sie hat ihn einmal gesehen! Nicht als Sänger, sonden als Wagenlenker. Ein imposanter Mann, sehr fesch. Damals waren alle Mädchen in ihn verliebt, wie er da mit dem goldenen Lorbeer im Haar an den Tribünen vorbeibrauste. Er wurde Sechster, aber die Richter erklärten ihn zum Sieger. Tante weiß nicht mehr, warum, aber sie ist heute noch sehr einver-

standen. Na ja – »aus der Jugendzeit, aus der Jugendzeit / klingt ein Lied mir immerdar / oh, wie liegt so weit, oh wie liegt so weit / was mein, was mein einst war«. Ein Neffe ist nach Rom gegangen, er ist Fachmann für Aquädukte. Solche Leute sind gesucht, er hat schon eine städtische Anstellung. Der andere Neffe ist in Athen und studiert Philosophie. Hoffentlich ist das nicht eine brotlose Kunst. Die Kaiser mögen die Philosophen nicht; Domitian, Gott hab ihn selig, er soll auch viel Unrecht getan haben, hat gesagt, die Philosophen seien Schwätzer, die alles in der Welt in Frage stellen und dem Volk den Kopf verwirren. Aber es ist ja jetzt Mode, alles zu zerschwatzen. Na ja, für den Rest ihres Lebens wird die Welt ja wohl noch halten, und der Laden geht ganz gut. Und wenn die Kräuterbäder das Rheuma etwas bessern, ist sie zufrieden. Nächsten Ersten will sie sich das Hühnerauge rausschneiden lassen.

Onkel in Verona geht es auch gut. Viel besser sogar. Er ist sechsundvierzig. Reserveleutnant. Das w a r früher was! Heute braucht der Kaiser keine Reserve mehr. Aber Schwert und kurzer Schild an der Wand machen immer noch Eindruck. Couleur sozusagen. Vor allem, wenn seine Weinbauern mal hereinkommen, wissen Sie gleich, was es geschlagen hat; Onkel besitzt die Weinhügel nördlich von Verona am Mons Lessinus. Der »Valpolicella« ist seiner. Onkel hat vierzig Arbeiter auf den Feldern, alles Euganeer, gute Leute. Na, nun sind sie ja auch römische Bürger, und man muß sie mit Samthandschuhen anfassen. Aller Unsinn kommt aus Rom. Das kostet den Kaiser einen Federstrich und den Onkel zehn Prozent Lohnerhöhung. Aber die Leute werden noch Gott den Herrn erkennen lernen, wenn die Entlassungen kommen. Auch Onkel wird nicht drumrum kommen, seit Domitian die Beschränkung des Weinbaus wegen Überproduktion befohlen hat. Na, vielleicht kann er die Leute auf den Obstplantagen seines Schwagers unterbringen.

Also wirklich: Nur Unsinn aus Rom. Anstatt eine größere Garnison nach Verona zu legen, damit überhaupt etwas Leben in die Stadt kommt. Vorher hat es doch gar keinen Sinn, das Amphitheater, von dem sie seit Jahren reden, zu bauen. Man spricht von fünfundzwanzigtausend Plätzen! Verona hat ja kaum mehr Einwohner mit Kind und Kegel. Dieses Geldverpulvern ist typisch für die Kaiser. Onkel ist Eques und Republikaner, alte Tradition. Er sagt immer: So viel Unfug wie ein einzelner können viele gar nicht machen. Unter Titus sagte er das ungeniert laut, aber in den letzten Jahren – Rom hat lange Ohren. Na, nun ist Domitian ja tot. War kein schlechter Mann, ehe er in jeder Ecke Gespenster sah. Wer weiß, was jetzt kommt. Bin zweihundert Jahre zu spät geboren, sagt Onkel immer, und Marcus, sechzehn Jahre, sein zweiter Junge, lacht dann, holt aus seinen Schulbüchern den Plutarch heraus, schlägt das Kapitel Marius auf und sagt: das wär's damals gewesen, Vater. Die Jungens sind alle monarchistisch, seltsam; genauso Gnaeus, der schon Hauptmann in Colonia Agrippina am schönen Rhein ist. Sie wollen von

Politik nichts mehr wissen. Der Staat, so wie er ist, genügt ihnen. Sie wollen Ruhe und ihr Leben genießen. Gnaeus schreibt interessante Briefe aus Colonia Agrippina. Onkel hat da immer noch so eine Art Feldlager vor Augen gehabt, aber es ist ja eine richtige Stadt geworden; Gnaeus schreibt, sie sei viel größer als Verona, und der Rhein sei eine Wucht. Häuser wie in Verona, zwei- und dreistökkig, Ladenstraßen, Tempel in Massen, Arena, Forum, Kasinos, Puffs, alles da. Na ja, die leben von ihrem Sold ganz gut, und Todeskommandos sind das alles nicht mehr. Eigentlich schön, daß das Imperium so fest dasteht. Es lebt sich gut, wir wollen mal der Wahrheit die Ehre geben, es lebt sich sehr anständig, auch in Verona. Onkel bewohnt ein großes Gartenhaus, mit zwei Sklavenfamilien, zwei Mägden, einem Inspektor, einem Buchhalter; das sind mit ihm, Tante, zwei Schwiegereltern und Marcus vierzehn Gestalten! Onkel hat eine Bibliothek, sein Spielzimmer, seinen Tierzwinger, seine drei Pferde, den Reisewagen, die kleine Kutsche, die zwei Sänften. Da ist der Hausarzt mit seinen ewigen Besuchen, da geht man ins Theater, da geht man zu einer Dichterlesung, da lädt man zum Abendessen, da fährt man im heißen August in die Berge, im Frühling auch mal nach Bononia oder gar nach Rom, von wo man eigentlich immer enttäuscht zurückkehrt. Eine verrottete Stadt. Daß sie nicht nackt auf den Straßen rumlaufen, ist ein Wunder. Gibt es da überhaupt noch eine Ehe, die in Ordnung ist? – – na ja, Verona ist nicht Rom, es lebt sich hier schon recht gut. Und wenn nicht diese miserablen Zähne wären, dann lebte es sich noch viel ungestörter. Diese Zähne! Vor allem unten! Daß die gottsverdammten Ärzte immer noch nicht weiter sind! Entweder hilft Kamille und Myrrhe, oder sie reißen sie raus. Aber es muß doch möglich sein, am Zahn selbst was zu machen! Onkel mag die Ärzte nicht. Als ihm sein Arzt einmal bei einer lebensgefährlichen Erkrankung sagte, er müsse Vertrauen haben, denn er habe ja auch zum Kapitän eines Schiffes Vertrauen, hat Onkel ihm geantwortet: Ja, der ist aber auch mit drauf auf dem Kahn. Dabei ist Onkel nicht etwa ein Zyniker, wie es heute Mode ist, das soll nur niemand glauben. Onkel ist herzensgut, er haßt alle blutigen Spiele und diese rohen Sachen, die immer mehr ausarten, je mehr Pöbel hinrennt. Er liebt den stillen Horaz, und sein Wahlspruch ist: sic hortum cum bibliotheca habes nihil deerit. Zu seinem vierzigsten Geburtstag hat er sich zehn Kirschbäume geleistet. In Puteoli, da, wo früher mal das Landhaus des Lucullus stand, ist eine Baumschule. Aber sündteuer! Und die Fracht! Zweiundzwanzig Tage unterwegs. Sie stehen wunderbar, und im nächsten Jahr werden sie zum erstenmal Kirschen tragen! Man stelle sich vor: Kirschen! Dann wird Onkel ein kleines Vollmondfest geben und eine Bowle brauen.

Ach, verdammt, kann er ja gar nicht. Die Bowle ist noch nicht erfunden; es gab noch keinen Zucker.

(Cäsar läßt grüßen)

Als mein und Ihr Ur-Ur-Ur-Ur-Ur-Großvater am Morgen des 30. Oktober 1268 unter dem dicken Federberg aufwachten, zum Fenster schlurrten und durch die Butzenscheiben auf die herbstlich neblige Straße hinausschauten, auf der die ersten Planwagen aus der Stadt rumpelten, da konnten sie keinerlei sonderliche Veränderung der Welt feststellen. Aus der Gosse stank es immer noch so bestialisch, die Köter jaulten in den Abfällen der engen Höfe herum, die Magd plagte sich am Herd mit dem Feuerschlagen, und der Mesmer läutete zur ersten Messe. Darauf erwachte Ihre und meine Ur-Ur-Ur-Ur-Ur-Großmutter und setzte sich aufrecht im Bett auf. Neben ihr auf dem Bettischchen lag ein Bund Schlüssel, stets griffbereit, denn die »Schlüsselgewalt« war die höchste Ehre der Frau. Unsere Ur-Ur-Ur-Ur-Ur-Großmutter hatte ein Nachtgewand an, das etwa das Dreifache einer modernen Ballausrüstung betrug. Sie erhob sich und begab sich in die schon etwas überschlagen warme Küche, wo sie sich in einem Holzbottich sorgfältig bis zum Halsausschnitt wusch. Die Magd flocht dann ihr Haar und setzte ihr die lange, spitze Haube auf, die ihr als ehrbare Ehefrau zustand. Ihr guter Onkel, der ein Fernlaster-Unternehmen zwischen Mainz und Frankfurt besaß, hatte sie vor 20 Jahren unter die Haube gebracht. Heute war sie die Frau Schultheissin, das heißt, ihr Mann, den wir eben in Pantoffeln zum Fenster schlurren und die Messe verpassen sahen, war Stadt-Schultheiss und somit oberster Stadtrichter. Man gehörte zur Hautevolee. Allerdings nur innerhalb der Stadtmauern.

Der alte Graf hatte bei einer Besprechung auf der Burg neulich unserem Ur-Ur-Ur-Ur-Ur-Großvater eine Maulschelle gegeben. Lebte man denn noch im finsteren Mittelalter? Der Schultheiss schaute aus dem Fenster: Nein, bei Gott nicht. Man lebte in einer riesigen Stadt von 8000 Einwohnern, wenn nicht noch mehr! Man war schließlich »Reichsstadt«, man unterstand nur dem König direkt, man gehörte keinem Herzog oder Grafen. Man war ein freier Mann. Die eisenklirrenden Herren sollten sich doch nicht so schrecklich wichtig machen. Es war doch nicht mehr wie früher. Was taten eigentlich die drei Söhne des alten Grafen? Ach so – dem Schultheiss fiel ein, daß sie ja in den Kämpfen gegen polnische Banden gefallen waren. Na ja, schön, gut, dachte er, aber es ließ sich doch nicht bestreiten, daß der niedere Adel verarmt war und seinen Sinn verloren hatte. Du lieber Gott! »Ritter«! »Kämpfer«! »Todgeweihte«! Wer stellte denn die dreifache Anzahl von Knappen und Landsknechten, sobald es ernst wurde? Wenn in einem Kampf 200 Ritter fielen, wer waren dann die übrigen 400 Toten? Das waren Söhne von Städtern. Und die anderen, die nach Beendigung der Notzeit heimkehrten, zogen das Kettenhemd aus und setzten sich wieder hinter das Hauptbuch oder auf den Kutscherbock der Handelswagen oder in die Schreibstube des Rathauses. Die Ritter dagegen liefen auch im tiefsten Frieden ständig in Uniform herum: Es sah natürlich sehr imposant aus, und die Mädchen gafften ihnen heimlich nach, wenn sie mal durch die Stadt ritten. Aber, mein Gott, was haben wir Städter schließlich damit zu tun. Wir sind doch die einzigen produktiven Menschen, wir sind es doch, die die Welt vorwärts bringen. Wir müssen endlich »fortschrittlich« werden. So weit man zurückdenken kann, war die Parole der Könige immer »Für unsere Enkel«. Das haben sie vor 200 Jahren gesagt, vor 100 Jahren und vor 50 Jahren. Nun wollen wir doch endlich mal die »Enkel« sein. Es ist wahr, schoß es unserem Ur-Ur-Ur-Ur-Ur-Großvater durch den Kopf, mein Großvater hätte nicht so gesprochen. Aber wir sind eben fortschrittlicher geworden. Er dachte an die neueröffneten Zinnminen, die geradezu eine Industrie mit einer Schar von Arbeitern hervorgerufen hatten, an das Wachsen der Städte, an das Finanzwesen, das seinen Großvater noch völlig verwirrt hätte, und an seine eigenen zwei Säckel Silbermünzen, die wohlverwahrt in der eisernen Truhe ruhten und sein Leben sicherten. Er dachte an die hochinteressante Erfindung von Lebensmittel- und Getränkesteuern, die so viel Geld einbrachten und bereits einige Fürsten veranlaßt hatten, zum Dank dafür auf jegliche Gerichtsbarkeit zu verzichten. Wieder ein Schritt zur Freiheit! Ja, es ging vorwärts mit der Welt. Da war doch tatsächlich ein Franziskanermönch, Wilhelm von Ruysbroek, gleich nach der entsetzlichen Mongolenschlacht bei Liegnitz mutterseelenallein nach Asien geritten, hatte sich von einem Khan zum anderen über viele Tausende von Kilometern durchgeschlagen, bis er schließlich wirklich vor dem Antlitz des sagenhaften Großkhans in einer Stadt am Rande der Wüste »Gobi«

stand. Dieser heldenhafte Mann hatte den Herrscher Asiens, den Enkel Dschingis Khans, gesprochen!
Ja, die Erde war nun ziemlich gut erforscht, wer weiß, ob es noch ein Fleckchen gab, von dem man nichts wußte. Mit diesen Gedanken kleidete sich unser Ur-Ur-Ur-Ur-Ur-Großvater an, frühstückte, begab sich dann ins »Amt«, wo er als Vormittagsarbeit zwei Bauern wegen Nichtbezahlung ihrer Steuern in den Schuldturm werfen und ein junges, elternloses Mädchen dem peinlichen Gericht der Dominikaner-Inquisition entwischen ließ.
Zur gleichen Zeit ritten Eilkuriere von Neapel nach Deutschland und überbrachten die Nachricht, daß Konradin hingerichtet worden war und daß es keinen König mehr gäbe. Keinen König mehr – –
Den Leuten fiel die Arbeit aus den Händen. Was jetzt?

(»Deutschland, Deutschland über alles…«)

Der dicke König stand am Fenster seines Potsdamer Stadtschlosses und sah dem Exerzieren seiner »Langen Kerls« zu. Hinter ihm wartete Minister von Grumbkow und heuchelte Interesse.
Friedrich Wilhelm über die Schulter:
»Wieviel Kerls haben wir jetzt?«
»Über zweitausend, Majestät, mit sechzig Offizieren.«
»Hat der Zar die versprochenen Riesen geschickt?«
»Sie sind unterwegs. Aber der Zar erwartet jetzt eiligst, daß er dafür die zugesagten Waffenschmiede erhält.«
»Sollen abgehen.«
»Freiwillig gehen sie nicht.«
»Freiwillig!« brauste der König auf. »Freiwillig! Ich bin auch nicht freiwillig König! Abtransportieren, habe ich gesagt!«
»Wie Euer Majestät befehlen.«
»Ist die jüdische Synagoge fertig, die ich diesen Leuten erlaubt habe?«
»Fast.«
»Ich will hingehen, wenn sie eingeweiht wird.«
»In den jüdischen Gottesdienst, Majestät?«
»Ihr habt doch eben ›Gottesdienst‹ gesagt, Grumbkow. Also kann ich doch hingehen! Mit meiner ganzen Familie!«
»Auch mit dem Prinzen?«
»Besonders mit den Kindern. Und ganz besonders mit Fritz. Wie geht es mit ihm vorwärts?«
»Der Prinz ist sehr intelligent, sehr klug.«
»Das wird er brauchen.«
»Und sehr musisch.«

»Das wird er nicht brauchen. Sagt ihm, er soll allen Firlefanz lassen. Lernt er gut? Übrigens: Ich habe jetzt zweitausend Schulen für das Volk eingerichtet; sagt den Geistlichen, daß sie kein Kind mehr einsegnen sollen, das nicht lesen und schreiben kann. Ich will das Geld für die Schulen und für die Steißtrommler nicht zum Fenster hinausgeworfen haben.«

»Ich glaube, es steht alles zum besten, Majestät.«

»Den Deubel steht's zum besten! Die Schusterkinder lernen, aber die von den Schulenburgs und den Bismarcks bleiben lieber strohdumm, als daß sie sich einen Magister leisten! Ich werde den alten Adel allmählich ganz aus der Verwaltung herausziehen und ins Militär stecken.«

»Die hohen Beamten werden, wenn sie aus dem Bürgerstande kommen, mit dem Adel ihre liebe Not haben. Er ist sehr hoffärtig.«

»Dann werde ich sie adeln. Ich habe ja mit dem Ilgen schon angefangen.«

»Ein äußerst glücklicher Entschluß, Majestät. Fortschrittlicher als bei irgendeinem anderen Souverän im Reich.«

»Fortschritt? Was soll das? Ich pfeife auf Fortschritt. Ich will Recht und Ordnung, so, wie es mein erlauchter Vater gemeint hat, als er den Schwarzen- Adler-Orden stiftete. Suum cuique, jedem nach seinem Verdienst. Übrigens: Was ist mit dem Kerl, der in dem Prozeß in Königsberg falsch Zeugnis abgelegt hat?«

»Er ist zu drei Jahren Kerker verurteilt.«

Friedrich Wilhelm drehte sich, plötzlich wütend

und mit hochrotem Gesicht, um: »Ich habe gesagt, suum cuique, Grumbkow. Diese elenden Richter! Ich befehle, daß dem Kerl die Zunge herausgeschnitten wird!«

»Majestät! Das Gericht hat ...«

»Was geht mich das an! Nein: erst Zunge heraus, auf seinem Rücken annähen und dann das ganze Mensch hängen!«

»Majestät!«

»Hört Ihr schwer, Grumbkow?«

»Ich werde den Befehl des Königs weitergeben.«

»Und überhaupt: ein Beamter des Generaldirektoriums!«

»Ein ganz kleiner Beamter, Majestät.«

Friedrich Wilhelm schrie ihn an: »Es gibt keine kleinen und großen Beamten. Es gibt keine kleine und große Wahrheit und keine kleine oder große Treue zum König! Und diesem jungen Katte verbiete ich weiterhin die Gesellschaft meines Sohnes. Ganz schlechter Einfluß auf Fritz. Er setzt ihm alle Grillen in den Kopf! Pfui Deubel! Sohn eines Feldmarschalls, pfui Deubel! Jetzt ist mir alle Freude an meinen Langen Kerls verdorben. Wie bin ich denn auf diesen Katte gekommen? Lauter Sorgen! Die Menschen sind doch rechte Canaillen! Arbeitet mein Generaldirektorium wenigstens ordentlich?«

»Das General-Ober-Finanz-Kriegs- und Domänendirektorium, Majestät, ist neben dem Heer die bedeutendste Schöpfung Eurer Majestät. Diese oberste Verwaltungsbehörde gibt es in keinem Lande Europas.«

»Ich will wissen, ob sie gut arbeitet!«

»Ziemlich gut. Euer Majestät nannten die Menschen in ihrer Schwäche vorhin selbst Canaillen.«
Der König schielte zu ihm hinüber:
»Ihr seid doch auch ein Mensch, Grumbkow, also auch eine Canaille?«
Grumbkow lachte etwas unsicher.
»Demnach ja, Majestät. Aber ich hoffe: die erträglichste.«
»Viele warnen mich vor euch, Grumbkow! Ihr sollt bestechlich und untreu sein.«
»Wie soll ich mich vor Verleumdungen schützen, Majestät?«
»Aber wenn sie stimmen? Wie schütze ich mich vor Euch?«
»Indem Euer Majestät mich vorsichtshalber hinrichten lassen.«
»Ach, laßt mich doch in Ruhe! Alles Canaillen. Auch ich, Grumbkow?«
»Da also auch ich eine Canaille bin, antworte ich natürlich: Euer Majestät sind selbstverständlich keine.«
Friedrich Wilhelm nickte.
»Die Antwort ist schmeichlerisch, aber sehr gut. Ab heute, Grumbkow, will ich Euch auch mit der Führung der Auswärtigen Politik betrauen. Setzt die Order auf! Meine Beine tun mir weh; ich glaube, ich habe Wasser. Ach, ist das eine Plage! Zum Tabakskollegium heute Abend soll Fritz erscheinen. Ich will ihm verkünden, daß wir im Januar zu König August nach Dresden fahren. Ich nehme diesen effiminierten Kerl weiß Gott nicht gern mit, aber der Vetter bittet darum. Na, schön, dann soll

er eben mitkommen. Ich fürchte nur, daß dem Schurken der Sachse mehr imponiert als sein Vater. Ihr, Grumbkow, kommt mit ihm einen Tag später nach. Gewohnt wird nicht im Schloß, sondern bei Feldmarschall Wackerbarth.«

»Ich freue mich auf die Reise.«

»Ich nicht. Ich bin am liebsten zuhause. Die feine Welt kann mir gestohlen bleiben. Sind sie nicht eine reine Freude?«

»Wer, Majestät?«

»Meine langen Kerls, wer sonst? Ihr etwa?«

(Sprechen wir über Preußen)

Vom Fühlen, vom Leiden

»Das Leben ist etwas Seltsames, nicht?«
»Ja, zum Fürchten.«

Je älter ich werde, desto sicherer weiß ich, daß man nur in den wenigen Stunden, in denen man von der Freude zu leben wie von einem Blitz getroffen wird, wirklich lebt. Wie viele sind das? Ich glaube, daß ein Rotkehlchen länger lebt als wir.

(Halleluja)

Der Gott aller Völker der Erde ist männlichen Geschlechts. Es ist keine Hoffnung zu setzen auf etwas anderes, es ist keine Hoffnung zu setzen auf die milchigen Brüste und die ratlose Scham, wenn man in die Kälte der Sterne, in das Schwelen des Vulkans, in das Kochen eines Taifuns sieht.
Ehe den Mann die Würmer fressen wie ein altes Hemd, muß ihn die Natur erschlagen und zertrampeln. Die Frau verhaucht und versinkt. Sie ist Vegetation, Wuchern, Schwellen, ein Blühen, Zurücksinken und wieder Schwellen; aber so einsam wie ein Tier zieht der Mann darüber hin, ohne Ort und ohne Erde. Er ist ein Lebensschiff. Wo er ist, ist ein Universum.
Wenn du den Stamm der riesigen Eiche umschreitest, bringst du ihr einen Erntetanz dar. Lächle, sei heiter. Der Baum ist, auch wenn er noch so groß ist, eine Mutter, eine kleine Beule der Erde. Aber das Tier, allein mit seinem herumgetragenen Leben, berührt die Erde nur mit den Krallen.
Es geht und sucht seinesgleichen, nicht die Erde.
Wenn ein Mann sagt: Dieses oder jenes, was ich getan habe, oder dieses oder jenes, was ich ertra-

gen habe, das hätte kein Tier ertragen, so ist es das Höchste.
Ein Leben eines Mannes, in dem es das nie gegeben hat, war ein vertanes Leben. Er hat Polster an den Pfoten und bei seinem Gang die Erde so wenig berührt, daß man ein Papier zwischen seinen Fuß und den Stein schieben konnte.
Das ist nichts; das ist ein Wesen, das das Leben in einem Sack hinter sich herschleift und es stehen zu lassen fürchtet.
Wenn sie das hören, werden sie sich natürlich zeigen wollen, sich aufrichten und nach der Art der Tiere, die Lemminge heißen, vor Wut zerplatzen. Aber ich sage, was ich will.
Wie verhält sich das nun, wenn ein Mann liebt?
Wenn ein Mann seinen Kopf in den Schoß der Frau legt, ist es seine Stunde der Dämmerung, denn die Dämmerung macht alle Tiere bang. Oder es ist der Sielplatz der Wölfe vielleicht oder womit man es sonst vergleichen mag. Der Mann bleibt allein, und alles um ihn ist das Andere.
Oder da ist der Krieg. Er ist für sich gar nichts, er ist nicht der Worte wert. Er ist eine Zeit; er ist so viel und nicht mehr, als ein Tag Donnerstag oder Freitag heißt. Man sagt so, damit man weiß, wovon man spricht.
Aber wenn es die Zeit war, von der wir sagen: Was ich ertragen habe, hätte kein Tier ertragen, dann war dieser eine Krieg alle Kriege, solange die Welt steht, und alle Tode und alle Geburten und ein Auge in Auge mit Gott und eine Blutsbrüderschaft aller Männer.

Dies alles sage ich für Männer, nicht für Frauen und nicht für Sackträger.
Die Frauen wissen nichts von der Furchtbarkeit und Größe der Männer. Ja, wie soll es denn kommen, daß sie es wissen? Sie haben einen sicheren Gang, schreiten als erste durch die Tür und werden von allen gegrüßt. Aber hier wird nicht von der Ordnung der Dinge gesprochen, sondern von anderem. Es ist genau so, wie wenn der Baum weiß, daß das Tier ihn nicht frißt, und hält es nun für zahnlos. Sie sehen uns mit krummen Rücken und mit Brillen, sie sehen uns über Akten gebeugt, sie sehen uns zu jung oder sehen uns zu alt, sie sehen uns schwerfällig bücken, sie sehen uns arbeitslos und in dieser Welt nicht zurechtfinden, sie sehen uns Türen offen halten und lächeln, sie sehen uns dick und nah. Nichts wissen sie. Sie legen, wie Nelson auf dem Schiff, das Fernrohr an das blinde Auge und sagen: Wo sind die eleusischen Mysterien?
Sie wissen es nicht, denn keine war je dabei, wenn der Mann sagen konnte: Ich habe ertragen, was kein Tier ertragen könnte.
Als Odysseus heimkehrte, kniete Penelope vor ihm nieder, ich weiß es, auch wenn es nicht in den Büchern steht. Aber ihre Weisheit ist verloren gegangen und mit ihr das Wunderbare dieser Welt.

(Hauptmann Pax)

»Ich will erleben, wie morgen die Sonne aufgeht. Zu diesem Zweck ist es notwendig, daß ich das Gelände vor mir und die Frontlage verstehe. Sonst nichts. Sie haben ebenfalls an nichts anderes zu denken. Wir haben gehungert und gedürstet, wir waren am Ertrinken, Verfaulen und Erschossenwerden, aber sonst haben wir nichts besonderes erlebt. Merken Sie sich das. Wir haben alle, die um uns waren, sterben sehen. So geht es einem, der hundert Jahre alt geworden ist. Das ist alles. Morgen haben wir hundertsten Geburtstag.«

(Hauptmann Pax)

Was dachten Sie eben? Daß die Welt der Männer eigentlich schrecklich ist? Ja, das ist wahr. Ich habe es auch oft gedacht. Sie ist schrecklich. Aber ich fürchte, meine Freundinnen, sie hält den ganzen Kram hier auf Erden überhaupt erst zusammen. Ich fürchte es nicht nur, ich weiß es.

(Disteln für Hagen)

Weggehen ist schwerer als sich wegdenken.

(Disteln für Hagen)

An den Thermopylen begann der letzte Akt. Der Mann, der dort befehligte, war jener spartanische König und Feldherr, dessen Name für die Welt zum Mythos werden sollte: Leonidas.
Die Zahl seiner Krieger, über die sich Xerxes so sehr den Kopf zerbrach, betrug siebentausend. Eine lächerliche Handvoll.
Um diese Handvoll, dieses wertvolle Häufchen zu erhalten, befahl Leonidas, bevor die Perser die Straße abgeschnitten hatten, den Rückzug aller Krieger mit Ausnahme seiner dreihundert Spartiaten und einiger thebanischer Freiwilliger. Man brach fieberhaft auf, um wegzukommen, solange der Weg noch frei war.
Leonidas überblickte den Rest. Er kam ihm groß vor, und er entdeckte zu seiner Überraschung, daß siebenhundert Thespier zurückgeblieben waren. Sie baten Leonidas, mit ihm sterben zu dürfen.
Ich habe über diese Tatsache oft nachgedacht. Als ich noch sehr jung war, fand ich sie berauschend, als ich älter wurde, fand ich sie einen Kurzschluß des Herzens, heute kommen ab und zu Stunden, wo ich sie ganz zu begreifen glaube. Auch ich weiß, daß dieser Opfertod »sinnlos« war; dennoch wird er voll des Sinnes aus zwei Gründen, zwei sehr guten Gründen. Diese Thespier waren, wie damals noch alle Griechen, Herren. Ein Herr ist nicht jemand, der weiß, wie man Langusten ißt und Gnädige Frau sagt, sondern ein Herr ist – das haben wir nur vergessen –, wer sich seine Forderungen an das Leben nicht abkaufen läßt. Nicht von einem Kutscher und auch nicht vom Tode.

Und der zweite gute Grund: Ich denke mir, daß wir alle viel ärmer wären, wenn uns die Weltgeschichte niemals, nicht ein einziges Mal, anhand eines solchen Beispieles mit diesem Gedanken bekannt gemacht hätte. Nicht wahr: Er ist geboren, der Gedanke; man kann ihn ablehnen, aber er bleibt im Blut.

(Rosen für Apoll)

»Man bekommt keine Heimat geschenkt! Die Heimat muß man mit dem Herzen packen, und das Herz muß dazu offen sein, und am offensten ist ein wundes Herz – da muß die Heimat hinein! Das brennt! Das brennt höllisch! Ich weiß. Aber wenn es das alles einmal nicht mehr geben sollte, dann wird ein Volk kein Vaterland mehr haben. Es wird überall und nirgends sein können.«

(»Guten Abend, Herr Fernau«)

In deutschen Liedern und Balladen kommt, glaube ich, häufig die Wiederholung eines heldenhaften Ganges vor zwecks Demonstration der Überbeanspruchung des Schicksals. Oder irre ich mich? Im Moment denke ich an Schillers Taucher: »Wer wagt es, Rittersmann oder Knapp ...«, ich erinnere mich aber besser noch an die Wirklichkeit im Zweiten Weltkrieg. Auf das Ritterkreuz mit Eichenlaub folgte, wenn nicht ein äußeres Ereignis die Fortführung der Zerreißprobe unterbrach, immer der

Tod. Andererseits darf man nicht vergessen, daß das Heldentum, wenn es nicht ein Glücksfall bleiben will, überhaupt erst durch die Wiederholung aufgebaut wird. Heldentum dieser Art ist zum Schluß identisch mit dem Nichtzutreffen der Wahrscheinlichkeitsrechnung.
Tapferkeit hingegen ist eine Sache, die die Wahrscheinlichkeit nicht überfordert. Daß die Tapferkeit mit dem Schicksal nicht auf Biegen und Brechen steht, verdankt sie der Einsicht. Einsicht ist ihr Ingrediens. Die Schwierigkeit für die Tapferen besteht in aller Welt darin, von ihren Vorgesetzten die Erlaubnis zur Einsicht zu erhalten.

(Disteln für Hagen)

Schön war die Welt. Merkwürdig, wie sie gleich anders aussieht, wenn der Mut, auch der kühnste, sich nicht bestätigen muß.

(Disteln für Hagen)

Mit der Furcht ist das so eine Sache; viele finden sie verächtlich, zum Beispiel Generäle. Ich persönlich halte sie für eine sympathische Äußerung, allerdings war ich auch nie General, sondern immer ziemlich weit vorn. Wer überhaupt keine Furcht hat, ist ganz gewiß entweder ein Lügner oder ein Stumpfbock ersten Ranges. Denn Furcht setzt natürlich voraus, daß man die Bedrohung erkennt. Man kann die Furcht dann überwinden, durch Dis-

ziplin zum Beispiel (wie es die Tapferen tun), oder durch die Erfahrung, daß man in gleichen Situationen bisher immer der Stärkere war (wie es die Fernfahrer tun); aber man kann sie sich nicht ein für allemal abgewöhnen.
Nun gibt es noch eine ganz besondere Abart Mensch: Das sind die (sehr wenigen allerdings), die zwar Furcht verspüren, sie aber wie eine Delikatesse zu genießen verstehen. Ja, sie haben geradezu Appetit auf Furcht, wie die Glas- Esser auf einen exquisiten Weißweinkelch. Es gehört freilich eine gewisse freundliche Verblödung dazu, Furcht lediglich als Nervenkitzel zu nehmen.

(Disteln für Hagen)

Form ist etwas anderes als Brauch und Herkommen. Bräuche hat jede Zeit, Form leider nicht. Form haben heißt, sich selbst Gesetze schaffen, ohne Berechnung, allein aus der Schamhaftigkeit. Aus der Schamhaftigkeit über den im Menschen steckenden würdelosen Hang zum Phlegma, zum Egoismus, zum Unästhetischen, zur Bequemlichkeit. Ein Mann, der seinen Hut auch bei strömendem Regen vor einem anderen Mann zieht, hat Form. Verwechseln Sie es nicht mit Manieren. Manieren sind »Brauch«, Form ist Selbstzucht. Mit Manieren bestätigt man sich vor anderen, mit Form vor sich selbst. Von Manieren kommt manieriert, von Form kommt Format.

(Und sie schämeten sich nicht)

Mir ist immer unbehaglich zumute, wenn ich höre: dieser oder jener ist ein ›wertvoller Mensch‹; und noch jedesmal hat sich herausgestellt, daß es das Urteil von Sehbehinderten war, die bei ihren ›wertvollen Menschen‹ nur die Aura des guten Herzens herausfühlten und in erstaunlich blinder Weise bei anderen Menschen deren Verdienste außer acht ließen und die Pflicht und die Bürde zur Härte nicht bewerteten.

(»Guten Abend, Herr Fernau«)

Wenn die Götter einem Mächtigen die Frage stellen, was ihm mehr geziemt, Rache oder Vergebung, so soll er antworten: Vergebung.

(Sappho)

Zum Stolz gehört auch, einer großen Geste fähig zu sein. Man muß zu stolz sein, unwürdige Forderungen zu stellen, man muß zu stolz sein, um Freude, hämische Freude an der Unterlegenheit eines anderen zu empfinden.

(»Guten Abend, Herr Fernau«)

Hohngelächter ist nie gut. Ärger und sogar Wut stehen turmhoch über ihm; sie sind grobe Keulenschläge auf den Kopf. Gelächter aber trifft mitten ins Herz. Das verdient kein Herz.

(Sprechen wir über Preußen)

Höhenflug ist eine Sache des Gemütes und nicht der Fäuste.

(Sprechen wir über Preußen)

»Wenn ich einem Menschen begegnen würde, dessen Seele sich der meinen wenigstens bis an die Gitterstäbe ihres Gefängnisses nähern könnte, ich würde glücklich sein und alles andere dafür stehen und liegen lassen.«

(Die jungen Männer)

»Ist es nicht herrlich, daß uns Worte und Gedanken verbinden? Unsere Sprache ist ein einziger, gigantischer Versuch, aus unserer Isolierung herauszukommen. Wenn wir den Satz sagen ›Was kostet ein Kilo Salz‹, so sind wir noch gar nichts; aber wenn wir sagen ›Ist das Wetter nicht herrlich‹, so sind wir endlich Menschen und betteln dem anderen ein gemeinsames Erlebnis ab.«

(Die jungen Männer)

»Draußen singt eine Amsel. Mich hat ihr abendlicher Gesang immer traurig gestimmt, im Gegensatz zu ihrem morgendlichen Flöten. Flötet eine Amsel? Singt sie? Spricht sie?
Wie schade, daß die Menschen sich mit ihren Sprachen einander so unverständlich gemacht haben. Eine spanische Amsel verstünde den kleinen Sänger hier ohne Schwierigkeiten. Würden alle Menschen die gleiche Sprache sprechen, stünden ihre Herzen, und wenn nicht ihre Herzen, so doch ein Gemüt dem anderen näher. Ich sehe in dieser Vielfalt kein Glück.«

(War es schön in Marienbad)

Wer glücklich ist, fühlt, wer unglücklich ist, denkt.

(Rosen für Apoll)

Bei Nacht und Nebel kehrten die Jäger nach Worms zurück; in ihrer Mitte schleppten die Treiber auf einer Bahre »daz tier daz si sluogen«, die Beute, der die Jagd gegolten hatte.
Noch einige Minuten herrschte ein lautloses Hin und Her, ein Flüstern, Huschen, Türenknallen – dann lag die Burg wieder friedlich da in Dunkelheit und Stille. Erst ein Schrei, ein Thriller-Schrei im Morgengrauen schreckte sie auf. Ein Toter lag vor Kriemhilds Schlafzimmertür! Der Kämmerer war fast über ihn gestolpert. Ohne noch einen Blick auf

die blutüberströmte Gestalt zu werfen, mit schwachen Knien und dem Wachslicht in der zitternden Hand, trat er bei seiner Herrin ein.
Kriemhild, fertig gekleidet für die Frühmesse, war im Begriff, das Zimmer zu verlassen – der Alte sah es mit Entsetzen, und stammelte: »ez lît ein ritter tôt erslagen.« Tot ... erschlagen ... Kein Name, kein Wort von Siegfried, es konnten hundert andere sein – dennoch schlug das Wort »tot« wie der Blitz in Kriemhilds Erinnerung: Sie hatte das Geheimnis Siegfrieds verraten. Hagens eisgraue Augen waren wieder da, und jetzt begriff sie auch das Lauern, das böse Lauern in seinem Blick. Ihr Herzschlag setzte aus, die Sinne schwanden ihr und sie brach ohnmächtig zusammen.
Die Mägde kreischten und gerieten ins Trippeln, hierhin, dorthin, zum Wasserkrug, zum Fenster, hundert kopflose Handgriffe – sie rannten, Hilfe zu holen, prallten vor dem Toten zurück und drängten verstört wieder ins Zimmer. Da kehrte Kriemhild das Bewußtsein zurück, das Bewußtsein und die schreckliche Vision – »do erschri sie, daz die kemenate erdôz.« Dieser Schrei, der die Kemenate ertosen ließ – das ist, vor neunhundert Jahren geschrieben, außerordentlich für den Nibelungendichter, ein Glanzstück seiner Menschenkenntnis und zugleich Abbild seiner eigenen Verfassung. Er, er selbst, ist der Trauernde, der Hinterbliebene, der, der das Liebste seines Herzens verloren hat; dem sein Stern erloschen ist. In diesem ganzen Kapitel fühlt man, daß er mit geschlossenen Augen schreibt und sich seinem Mitleiden überläßt, das

ihn jetzt, nachdem er als getreuer Chronist seine Pflicht getan hat, mit solcher Wucht überfällt, als sei das Ganze grausige Wirklichkeit. So hat Giotto die klagenden Engel gemalt, die über dem Leichnam Jesu in der Luft wie schrille Schreie flattern und sich krümmen und winden vor fassungslosem Schmerz. Auch die hämmernde Wiederholung Giottos benutzt er: fünfundfünfzigmal innerhalb weniger Strophen gebraucht er Worte wie »Trauer« und »Weinen«, und immer wieder das Wort »Jammer«. Schließlich, gegen Ende des Kapitels, beruhigt er sich, und die lauten Klagen seines Herzens verklingen zu einer resignierten »Pavane für einen toten Prinzen«.

(Disteln für Hagen)

Das Rührende ist immer erschütternd für ein empfindsames Herz.

(Die Gretchenfrage)

Man kann nicht erleben wollen, man erlebt. Kein Erlebnis gelingt durch Vorstellung, es bliebe das Erlebnis der Vorstellung, nicht der Sache. Das Gehirn erlebt nicht, die Seele erlebt.

(Die treue Dakerin)

Sind Fakten oder sind Möglichkeiten von größerer elektrischer Spannung? Sind gelöste oder ungelöste Rätsel die Vitamine unserer Herzen?

(Rosen für Apoll)

Die Menschen sagen: die Zeit heilt.
Sehr schön.
Und wie soll sie heilen? Ich weiß nur: Je mehr man Zeit hat, desto weniger heilt sie, und je weniger Zeit man hat, desto mehr heilt sie. So und nicht anders ist es. So sehen die Menschen aus, und so sieht die Zeit aus. Feinde sind es, das ist die Wahrheit.

(Ein wunderbares Leben)

Man sagt: Ein Wermutstropfen fiel in den Becher. Aber man sagt nicht: Ein Mutstropfen fiel in den Becher. Das sagt man nicht. Beim Mutstropfen macht man kein großes Trara. Da setzt man den Becher an die Lippen und damit hat es sich ohne viel Worte.
Wenn einem nun umgekehrt der Wermutstropfen keinen Laut der Klage entlockt und der Mutstropfen das Herz überlaufen läßt, dann nennt man das einen Menschen, der das Leben zu nehmen versteht. Den nennt man einen Lebenskünstler. Der hat's gut!
So drehen wir das.

Aber so ist das eben nicht. Dieser Mensch wird kein Sonntagskind sein, er wird ein ganz armer Kerl sein. Er ist einer, den das Leben mores gelehrt hat; einer, dem das Leben die schönen Sachen nicht einfach zusteckt, sondern einer, bei dem das Leben aus jeder geschenkten Mücke einen Elefanten macht und sagt: Hier habe ich eine Bombenüberraschung für dich, ein großes, unverdientes Geschenk, Freundchen!

(Ein wunderbares Leben)

»Es ist ein schweres Stück Arbeit, mit dem Unglück fertig zu werden. Ich habe es erfahren, wie man achtgeben muß; da kann man keinen Zuschauer brauchen. Aber mit dem Glück fertig zu werden, ist auch Schwerarbeit. Mich hat's erwischt, und ich weiß, was mich da erwartet. Wenn ich daran denke, komme ich ins Schwitzen. Ich will Ihnen etwas sagen, Papa: Mir ist im Glück mehr neu, als es mir damals in der Not war, und ich bin mir noch gar nicht sicher, daß ich es so schaffe, wie das andere. Was meinen Sie? Nicht wahr, Sie verstehen mich? Die anderen brauchen es nicht zu wissen.«

(Ein wunderbares Leben)

»Sie glauben doch nicht im Ernst, daß sich bei Ihnen eine Menschwerdung vollziehen wird, wenn Sie nicht eine Hand rühren, um die Welt für sich noch einmal nachzuschöpfen? Ich wiederhole Ihnen, Sie Tropf, nur so findet jede wirkliche Menschwerdung statt. Alle anderen bleiben Lurche.«

(Die jungen Männer)

»**D**ein Herz, Alkaios, war einst aufgewühlt wie vom Dreizack des Poseidon das Meer. Du hörst es immer noch rauschen. Du bist wie ein Mann, der nach stürmischer Schiffahrt den Strand hinter sich gelassen hat und nun weit im ruhigen Lande auf einem Stein ausruht und immer noch in seinem Ohr das Brausen des Meeres hat. Diesem Mann würde man raten, die Augen zu schließen und laut zu singen.«

(Sappho)

»**I**ch fürchte nicht das Alter, weil es an den Tod heranführt, sondern weil es ein Räuber ist. Bin ich ungerecht? Alte Ölbäume aus der Zeit Homers sehen doch schön aus, obwohl ihnen das Alter die Glätte der Haut und die Schlankheit ihres Stammes gestohlen hat. Ich weiß es sehr wohl, aber ich finde keinen Trost darin. Mein Schicksal, das die Götter mir bestimmten, war, die jungen Pfirsichbäume zu lieben, den rotzarten Apfel an seinem Ast zu bewundern, die Anemone zu streicheln. Von allem, was zu lieben mir bestimmt war, gebe ich selbst kein Zeugnis mehr. Das ist es, dem ich nachtrauere.«

(Sappho)

Sie war nicht mehr jung, und das ist für eine Frau nicht schön. Es ist ein Jammer, wie die Natur es eingerichtet hat; sie redet sich vielleicht darauf hinaus, daß der Mann das gleiche Schicksal hat, aber das zeigt nur, daß die Natur nichts von den Menschen versteht. Im Alter, wenn der Verstand immer stärker und das Herz immer leuchtender wird, sollte auch die Schönheit der Frau immer strahlender werden. Ach, wäre das herrlich! Dann würde man auch aufhören, immer nur die jungen Mädchen als Schnittblumen in eine Vase zu stecken.

(Und Er sah, daß es gut war)

Der alte Mann beugte sich zu dem Schmetterling in der Wasserschale nieder, und der Fink rutschte auf dem Zweig noch ein Stückchen näher, um besser sehen zu können.

Zwei Augenpaare sahen den alten Mann nun an, die blanken, neugierigen Knöpfe des Finken und die ausdruckslosen, dumpfen Facetten des Schmetterlings; die einen dem Herzen des Menschen so nahe, die anderen nur seinem Erbarmen.

Der Mann hob den Schmetterling aus dem Wasser und setzte ihn auf ein Blatt.

»Weißt du« – er drehte den Kopf zum Finken und sprach ihn an – „weißt du: diesen Tod hasse ich. Deswegen habe ich den Falter gerettet. Mir geht es wie den alten Griechen: Ich kann mitansehen, wie der Tod zuschlägt, aber ich kann ihn nicht ertragen, wenn er sich anschleicht. Ich hasse ihn, wenn er vor seinem Opfer hockt und es anglotzt; wenn er so tut, als ginge er wieder fort; wenn er die Hand nach der Uhr ausstreckt, um den Zeiger anzuhalten, und sie wieder zurückzieht und auf unser Herzklopfen horcht und wieder die Hand ausstreckt. Als ich noch jünger war, schienen mir alle Tode wie Blitzschläge. Ich sah – damals in meiner Jugend – im Park von Warmbrunn die vom Blitz geschwärzten, gespaltenen Baumriesen stehen, ich sah die Vögel im Flug auf die Käfer stoßen; ich sah, wie die Köpfchen der Hundsveilchen und der wilden Nelke zwischen meinen Zehen abrissen, wenn ich barfuß über die Wiesen ging, und später sah ich Soldaten wie vom Blitz getroffen fallen – so einfach, so schnell die Tode. Das ist lange her. Heute weiß ich, wie gemein das Sterben sein kann. Wenn du willst, Fink, stoß zu! Hol ihn dir! ›Kein schönerer Tod auf dieser Welt, als wer vom Feind erschlagen!‹ Habe ich recht? Du verstehst mich, nicht wahr? Ich habe, um es zu begreifen, ein Leben gebraucht.«

(Die Gretchenfrage)

Immer messen die Menschen, wenn ihnen keine anderen Maßstäbe mehr bleiben, ihre Wehmut an der stummen, duldenden Kreatur.

(Disteln für Hagen)

Sieht es auch niemand? Was soll niemand sehen? Darf man uns das Glück nicht ansehen? Es ist besser, nicht. Und Leid? Schon gar nicht. Weil die Menschen nicht dafür geschaffen sind, das mitanzusehen, weder das eine noch das andere. Für beides sind sie zu schwach.

(Ein wunderbares Leben)

Sie lagen eng umschlungen und aneinandergedrückt. Axel war glücklich und lachte ein paarmal vor sich hin.
»Darf ich denn jetzt immer in deinem Bett schlafen, Mama?« fragte er gespannt.
»Ja, immer.«
»Und wenn Papa zurückkommt? Muß ich dann wieder in mein Zimmer?«
»Aber nein.«
»Und Papa?«
»Wir werden mit ihm reden, nicht?«
»Du, ja? Du mußt ihm sagen, daß ich dann auch nichts zu Weihnachten haben will.«
»Gut. Das werde ich ihm sagen.«
»Wann kommt Papa zurück?«
»So schnell geht das nicht, Kind.«

»Weil er dort noch arbeiten muß?«
»Nein, arbeiten tut er nicht mehr. Er ist auf einer langen Reise.«
»Schon wieder? Das habe ich gar nicht gewußt!«
»Ich auch nicht. Ich habe es erst heute erfahren.«
»Und wir? Reisen wir nicht?«
»Später reisen wir auch.«
»Wer hat ihm denn gesagt, daß er reisen muß?«
Er fragte noch einmal: »Wer? Mama, du hörst ja gar nicht zu!«
»Doch, doch, ich habe nur Kopfschmerzen.«
»Kopfschmerzen? Warte, ich leg dir die Hand auf die Stirn. Tut das gut?«
»Ja, das tut sehr gut. Aber warum hast du nur dauernd kalte Hände, Kind?«
»Ach, laß nur, Mama. Das ist nicht wichtig. Wer? Wer hat Papa gesagt, daß er reisen muß?«
»Harun-al-Raschid hat das befohlen.«
»Wer ist das?«
»Das ist der Kalif, der König des Landes.«
»Der König? Erzähl!«
»Harun-al-Raschid ist ein mächtiger König. Er weiß alles in seinem Land und nichts ist ihm verborgen, denn wenn es Abend wird, verkleidet er sich, legt den grünen Turban ab –«
»Was? Was legt er ab?«
»Das ist so etwas Ähnliches wie eine Krone, nur aus Seide.«
»Aha. Mit Edelsteinen? Hat er Edelsteine dran?«
»Natürlich.«
»Und? Er legt den Hut aus Seide mit Edelsteinen ab und dann?«

»Dann zieht er Bettlerkleider an und geht in alle Häuser und zu allen Menschen, ohne zu sagen, wer er ist. Alle glauben, er sei ein armer Mann, und erzählen ihm Sachen, die sie einem König sonst nie sagen würden.«
»Ja. Aber eine Tarnkappe hat er nicht?«
»Vielleicht doch. Das weiß man nicht, weil man ihn, falls er eine hat, ja nicht sehen kann.«
»Aha. Ja. Und dann? Was hat er gesagt?«
»Zu wem?«
»Ach, du paßt ja nicht auf, Mama! Zu Papa!«
»Er hat gesagt: Herr Wolf, ich habe den Wunsch –«
»Warte, Mama, das Kopfkissen ist hier ganz naß. Jetzt weiter! Herr Wolf, ich habe den Wunsch –?«
»– daß Sie eine große Reise machen. Ich möchte, daß Sie zu den Inseln der Seligen fahren. Ich habe für Sie ein Schiff bauen lassen. Es ist das schönste Schiff, das es gibt. Es hat drei Masten mit großen roten und goldenen Segeln und ist weiß wie Schnee gestrichen. Mit diesem Schiff werden Sie so weich wie auf einer Wolke und so schnell wie eine Schwalbe fahren. Reisen Sie sofort ab.«
»Hat der Harun gesagt, wann Papa zurückfahren kann?«
»Papa hat ihn gefragt, und Harun-al-Raschid hat geantwortet: Lassen Sie doch Ihre Frau und Ihren Sohn nachkommen.«
»Und? Und?«
»Und Papa hat gesagt: Später, Herr Harun-al-Raschid.«
»Du sprichst so leise, Mama, daß ich dich beinahe

nicht verstehen kann. Bist du traurig wegen der Reise?«

»Nun ja – wegen dem Nachkommen. Ich würde gern schnell nachkommen, aber du –«

»Wenn du fährst, fahre ich auch, Mama!«

»Nein, nein!« rief Martha laut.

»Hast du mich erschreckt!« lachte der Junge.

(Ein wunderbares Leben)

Mein müdes Herz,
mein armes Herz,
zu wenig Freude,
zu viel Schmerz.
Böse Welt, böse Welt,
kann dich doch nicht hassen.
Schöne Welt, schöne Welt,
muß dich bald verlassen!

(Mein dummes Herz)

Der Revisor war angekündigt. Aber es wurde Abend, und er kam nicht. Martha war sehr niedergeschlagen. Sie beschloß, noch einmal zum Auswanderungsamt zu gehen, ehe es schloß. Axel war allein in der kahlen Wohnung, als es klingelte. Ein sehr langer, dünner Mann stand vor der Tür.

»Bist du Wolski?« fragte er.

Axel nickte.

»Ist deine Matka hier?«

Axel schüttelte den Kopf. Der Fremde fluchte und wandte sich zum Gehen. Da kam dem Jungen eine Erleuchtung.

»Herr Pole!« rief er hinter ihm her, »wer sind Sie?«

Der Fremde schnaubte durch die Nase. »Herr Pole!« wiederholte er ärgerlich, »ich bin nicht Herr Pole, ich bin Herr Revisor!«

»Oh, Herr Revisor, wir haben den ganzen Tag auf Sie gewartet. Gehen Sie nicht weg!«

»Ich kann nicht warten, es ist zu spät.«

Sie brauchen nicht zu warten, ich habe die Listen! Meine Mutter hat gesagt: Wenn er spät kommt, haben wir Glück, weil er Schluß machen und Abendbrot essen will. Sind Sie zu uns als letzte gekommen?«

»Ja.«

»Dann haben Sie gute Laune, hat meine Mutter gesagt. Haben Sie gute Laune?«

»Ich habe eine Saulaune«, erwiderte der Pole und trat ein.

»Mein Himmel!« stöhnte Axel, »Na, nun ist schon alles egal. Seien Sie doch nicht so böse zu uns, Herr Revisor, meine Mutter ist schon ganz mager, und mein Vater ist tot. Wir können nicht mehr in Bromberg bleiben, weil wir keine Pension mehr bekämen, und dann müßten wir verhungern. Leider.«

Ihm fiel noch etwas ein: »Ach ja: Verkleistern Sie doch bitte die Möbel nicht, wir wollen noch darin wohnen.«

»Bist du fertig?«

»Ja«, sagte Axel erstaunt.

»Schön. Und jetzt alles raus aus den Kisten und Schubladen!« (Seine Stimme klang aber nicht ganz ernst.)

»Was?« schrie Axel. »Nein! Ich schwöre Ihnen, es ist –«

Der Pole unterbrach ihn. Er sah zu der Matratze hinab, auf der Martha und Axel die letzte Nacht zugebracht hatten. Neben der Matratze stand in einem Rähmchen die Photographie vom ersten Schulgang.

»Sei still!« sagte der Pole. »Halt endlich mal deinen Mund! Bist du das hier?«

»Ach, das ist doch jetzt nicht wichtig, Herr Revisor! Ich schwöre Ihnen –«

»Weißt du noch, wer die schöne Photographie gemacht hat? Das ist lange her.«

»Herr Pyclic hat sie gemacht. Er ist auch ein Pole, aber viel, viel netter als Sie, das muß ich Ihnen sagen. Leider.«

»Es ist nicht gerade klug, mir das zu sagen.«

»Ja, ja«, seufzte Axel, »aber jetzt ist es eben raus.«

»Hole einen Topf mit Wasser. Hilf mir den Kleister fertig machen. Bist du so weit? Hier, nimm den Stoß Siegel. Lebt dein Großonkel oder Großvater oder wer das damals war, noch? Dieser verrückte Kapitän?«

Nein, Herr Revisor, es lebt niemand mehr, nur noch meine Mutter und ich. Was machen Sie denn jetzt?«

»Ich klebe die Kisten zu.«

»Ohne nachzuschauen?«

»Ja.«

»Ach, du lieber Gott! Sie sind noch netter als Herr Pyclic!«
»Ich b i n Herr Pyclic, du Esel.«
Nach einer Stunde war es geschafft.
»Jetzt bekomme ich noch Geld«, sagte Herr Pyclic, und Axel rannte in die Küche und holte es aus dem Regenkasten unter dem Fensterbrett.
Der Pole packte seine Sachen zusammen. Axel hielt ihm die Tür auf und machte einen tiefen Diener.
»Grüß deine Mutter«, sagte Herr Pyclic, »wo werdet ihr dann wohnen?«
»In Hirschberg.«
»Lerne polnisch. Dahin kommen wir auch noch.«

(Ein wunderbares Leben)

»Weißt du, was ich denke? Ich denke, daß wir alle das wirkliche, das richtige Leben nur in Gedanken leben; alles, die Liebe, die Treue, das Glück, alles liegt allein dort. Wo soll es denn auch sonst liegen?«

(Ein wunderbares Leben)

Was ist denn nun die Wahrheit? Die Nächte bezichtigen die Tage der Lüge. Und die Tage bezichtigen die Nächte der Lüge. Die Tage sind voller Hoffnung, und die Nächte sind voller Angst. Im Lichte, in der Sonne, sagen wir uns: Es ist so und so, und es gibt keinen Grund zur Sorge, aber in der Dunkelheit stürzt alles in sich zusammen, und wir dukken uns wie Tiere und erstarren. Reglos und mit einem eisernen Reifen um die Brust, während sich die Gedanken jagen, warten wir auf den Tag.

(Ein wunderbares Leben)

Für die Wunschlosen steht die Zeit still. Sie sehen ein Kind heranwachsen, sie sehen, daß ein Haar grau wird, aber sie hören die Zeit nicht ticken. Wenn das Unglück zuschlägt, beginnt das Perpendikel wieder zu schwingen, und die Gedanken fangen auch an zu rasen. Wenn das Glück zuschlägt, ist es genau so, nur wissen das viele Menschen nicht. Die Wunschlosen, die wissen es. Und wenn sie sagen, sie wollen sich verkriechen, dann meinen sie, auch vor jenem Glück, daß die Tür aufreißt und mit wehendem Mantel eintritt.
Aber es nützt nichts, Glück und Unglück stöbern jeden auf.

(Ein wunderbares Leben)

»**W**eißt du«, sagte er, »alle Menchen seien Brüder – schön, das Schillerwort, nicht? – aber wie toll ist: Alle Dinge seien Brüder! Wie toll muß das sein für einen Menschen, wenn es nicht aus dem Verstand und nicht aus der Sentimentalität, sondern aus dem Zwerchfell kommt.«

(Die jungen Männer)

»›Oh, mein Gott, allmächtiger Gott!‹ rief ein junger Kollege, als wir damals (ich war seit zwei Jahren Assistentin an einer Sternwarte) den großen Protuberanzenausbruch der Sonne durch das Fernrohr beobachteten. Ich kann nicht sagen, daß ich ergriffen war, ich war erschrocken. Ich dachte keinen Augenblick an einen Weltenlenker und blickte den jungen Mann wahrscheinlich entsprechend verständnislos an. Er stotterte geradezu, als er sagte: ›Ich habe noch nie etwas gesehen, noch nie etwas erlebt, das mich so erschüttert und verstört hätte. Geht es Ihnen nicht auch so?‹ Nein, antwortete ich. Darauf drängte er nochmals in mich: ›Als Mensch! Als Mensch! Ich meine nicht Kriegserlebnisse oder Unglücke, ich meine die Erschütterung als Mensch! War es in diesem Sinne nicht auch Ihr erschreckendstes Erlebnis?‹
Ich sagte ihm trocken: Mein erschreckendstes Erlebnis war eine Gans, die ihr Leben in einem engen, dunklen Verschlag zubrachte, die mit Knödeln, die man ihr gewaltsam in den Schlund drückte, zu Tode gemästet wurde, damit sie, dick und fett, zu Weihnachten von den Menschen gefressen werden konnte. Ich war damals fünfzehn Jahre alt. (›Ja, ja, aber ist das nicht etwas Natürliches?‹) Nein, es ist etwas absolut Unnatürliches. Es hat mit der Natur nichts mehr zu tun; es ist nicht nötig, es ist nicht gegeben, es ist gemein. Der Mensch, fuhr ich mit ausgesprochener Freude fort, ist ein entsetzliches Raubtier, völlig entartet. Er hat überhaupt kein Recht, sich einem Gott, wenn es ihn gäbe, nahe zu fühlen. In Brehm's Tierleben müßte er

so beschrieben werden: Mit einem hypertrophen Gehirn ausgestattet, hat er sich aus der Einbettung in die Natur herausbegeben, führt eine Existenz gegen die Natur und ist der Feind aller und alles geworden. In diese Stellung wird er immer tiefer und schneller getrieben, da seine Sinne seit langem verkümmern. Er sieht schlecht, oft nur mit Hilfe von Prothesen, und nachts ist er total blind. Er hört sehr mittelmäßig, ebenfalls oft nur mit Unterstützung von künstlichen Apparaten, und im Alter ausgesprochen schlecht. Es gibt Tausende von Arten, die ihm in diesen beiden Sinnen überlegen sind. Der Geruchssinn des Menschen ist miserabel, vor allem gänzlich lebensuntüchtig ausgerichtet, ebenso der Geschmack. Sein Gefühlssinn ist grob und nur ein Tausendstel so gut wie bei zahllosen anderen Lebewesen. Mehr als fünf Sinne hat die Gattung Mensch nicht im Gegensatz zu vielen anderen Arten; was der Mensch natürlich bestreitet, wie er alles bestreitet, was er nicht begreift. Er ist das größte Raubtier der Erde, er tötet auch ohne Zwang, oft sogar ohne jeden Trieb. Er ist der größte Zerstörer der Erde.«

(Die Gretchenfrage)

»Ich höre die Kreatur schreien, das ist meine große Qual.«

(»Guten Abend, Herr Fernau«)

Von deutschen Schmerzen

»Wer ein guter Deutscher
ist, bestimmt das Ausland.«

Deutschland, meine Liebe, mein Alptraum.

(»Deutschland, Deutschland über alles...«)

Solange die Menschheit lebt, erschlägt Kain den Abel, den Makellosen, den Begnadeten, den Liebling der Götter. Mit dieser Wurzel reichen alle Völker der Erde gleichermaßen noch in jene seelischen Tiefen hinab, die dunkel und modrig sind wie ein unergründlicher Brunnenschacht. Das mag animalisch sein, wüst und ordinär, aber es ist nicht saturnisch tragisch, solange der Clan des Volkes damit nur seinen Willen kundtut, sich von einer Beschämung zu befreien, um sich danach einträchtig und ungestört weiter in der Wohligkeit seiner Mängel und Unzulänglichkeiten zu sielen – was, vornehm ausgedrückt, das berühmte ›Schöne Begreifen und Dulden menschlicher Schwächen‹ ist.
Welche Tragik aber, wenn die Seele eines Volkes sich zugleich immerfort verzehrt nach den Baldurschen Lichtgestalten; wenn sie sich jedesmal beim Auftreten eines Abel mit ihm glühend identifiziert und ihn immer wieder töten muß! Wie wir.
Der Siegfried der Ursage war kein Baldur; sein Bild hatte Flecken, er war einer von uns Allzumenschlichen. Bei den romanischen Völkern ist der Held heute noch so. Wir aber, seit wir die Deutschen wurden, haben unseren Traum bis in die höchsten Höhen getrieben, bis dorthin, wo er uns endgültig entrückt ist. Unsere zügellose Liebe – und dieser Traum der Deutschen ist zügellos – hat Siegfried in

eine Ferne, in eine Distanz zu uns gebracht, die unnatürlich und daher unheilschwanger ist. So kommt es, daß in geradezu beängstigender Weise auf ihn die gleiche Vokabel zutrifft wie auf einen Asozialen: Er ist ausgestoßen. Die Himmelsrichtung wird da egal.

Für den Kain in uns ist er alsbald ein Ärgernis: vom Ärgernis wird er zur Beleidigung; von der Beleidigung zur Unerträglichkeit, einer Unerträglichkeit, die wir – da wir ihn zugleich so heiß lieben – nicht erklären können. Wenn Hagen von Tronje beim Tode Siegfrieds zu dem erschütterten Gunther sagt: »Ich verstehe nicht, was Ihr klagt! Jetzt hat doch die ewige Sorge und Unsicherheit ein Ende, jetzt gibt es niemanden mehr, der uns eine ständige Bedrohung sein könnte, wie er es war!« – wenn Hagen dieses machtpolitische Motiv vorbringt, so lügt er. Es ist ein denkbarer Gedanke, natürlich, und er wirkt auch bei Gunther sofort, aber es ist nicht die Wahrheit. Das Nibelungenlied ist frei von Politik. Wie im tiefsten Grunde alle Deutschen. Nein, Hagen lügt. Das Motiv zum Siegfriedmord kommt nicht aus unserem Gehirn, sondern aus unserer Seele. Schon Kain wußte auf die Frage des Herrn keine Antwort. Wir vollends nicht.

Und nun möchte ich Ihnen etwas sagen, was bis heute noch nie öffentlich ausgesprochen wurde. Verwechseln Sie dabei aber nicht Wunsch mit Erkenntnis, dies ist eine Erkenntnis, und zwar eine sichere:

Das Bild, das vom »Helden« in der Seele der Deutschen wohnt, beschließt am Ende stets der »Dolch-

stoß«, der Verrat gerade an jener Eigenschaft, die die deutscheste sein soll, an der Treue. Um ein Mythos zu werden, muß eine Gestalt so enden.
Und so endete auch tatsächlich der letzte hybride Recke der Deutschen: Hitler. Er wird ein Mythos werden, ob wir wollen oder nicht. In wenigen Generationen wird es soweit sein: Er wird aus ›Xanten‹ stammen, er wird den Drachen erschlagen haben, er wird durch einen Hagen gefällt und das Reich wird durch die Hunnen zerstört worden sein. Wir mögen ihn hassen und lächerlich machen – es wird korrigiert werden. Wüßte ich einen Rat dagegen, ich würde ihn geben. Aber es gibt keinen.

(Disteln für Hagen)

»Deutschland, Deutschland über alles, über alles in der Welt, w e n n es stets zu Schutz und Trutze brüderlich zusammenhält.« Das Lied, das einmal Deutschlands unglückliche Nationalhymne werden sollte, ist so oft böswillig mißverstanden worden. Es ist weiter nichts als das Lied unserer Sehnsucht. Als Hoffmann von Fallersleben 1841 sein Gedicht schrieb, sang man in Frankreich die napoleonische Marseillaise und in England das »Britannia rule the waves«. »Allons! Enfants de la patrie« ist ein Schlachtruf, und das englische »Right or wrong my country« geradezu furchterregend. Die Hymne Hoffmanns von Fallersleben ist ein Zuspruch, ein Beschwichtigen der Angst, die man uns so reichlich gelehrt hatte, der Sorge und des Kleinmuts. Übrigens machten nicht Kaiser und Könige und Generäle dieses Lied zur deutschen Nationalhymne, sondern die Weimarer Republik unter Friedrich Ebert.

(»Deutschland, Deutschland über alles ...«)

Deutschland, wach auf, das Schicksal steht vor der Tür!
Ach, wann sind wir jemals aufgewacht, wenn das Schicksal vor der Tür stand?

(Disteln für Hagen)

Der Mann, den Reichspräsident von Hindenburg am 30. Januar 1933 zum Reichskanzler machte, hieß Adolf Hitler. Man kannte ihn, er war der Führer der sogenannten Nationalsozialistischen Deutschen Arbeiterpartei, jener Gruppe, die in Münchner Bohèmekreisen aus der Taufe gehoben worden war und 1931 mit über hundert Abgeordneten in den Reichstag einzog. Man kannte ihn von Tausenden von »Kampfversammlungen« her, wo er, in braunem Hemd und Stiefelhose, mit tiefer, gutturaler Stimme seine faszinierenden Reden hielt. Wie Propheten zu tun pflegen, hatte er vierzehn Jahre lang immer dasselbe gesagt. Seine Theorie war von grandioser Unkompliziertheit, sein Glaubensbekenntnis lautete: Es ist in Wahrheit alles

sehr einfach, und wo ein Wille ist, ist auch ein Weg.
Wie kam dieser Mann zu seiner entwaffnenden Wohlgemutheit? Kannte er die verwirrenden politischen Zustände nicht, wußte er nicht, daß die Geldwirtschaft zu einer wahren Geheimwissenschaft geworden war? O doch, er wußte es. Er kannte auch die Gründe. Es war ihm auch durchaus klar, daß die bisherigen maßgeblichen Leute unter den gegebenen Umständen gar nichts ausrichten k o n n t e n. Eben darum war es ganz zwecklos, sich auf Einzelheiten einzulassen, die jeder widerlegen konnte, der voraussetzte, Hitler würde in dieselbe Lage wie seine Vorgänger kommen. Diese Absicht hatte er nun ganz und gar nicht. Er zog es jedoch vor, dies zunächst nicht auszusprechen.
Es war also Vorsatz, lauter Dinge zu sagen, die entwaffnend wirkten. Das Volk konnte sich partout nicht vorstellen, wie das vor sich gehen sollte, es konnte nur glauben oder nicht glauben.
Damit fiel die Debatte weg.
Diese Tatsache allein schon hätte alle maßgeblichen Männer klarsehen lassen müssen. Die Geschichte hat das doch nun zur Genüge vorexerziert. Wo gab es denn das? Man kam nicht auf den Vergleich mit den Religionsgründungen, obwohl es besser gewesen wäre, man w ä r e darauf gekommen. Der Katholizismus z. B. lehrt den ganzen Entwicklungsgang, angefangen von der Urgemeinde, der Verfolgung, dem ›Marsch auf ...‹, der Niederschrift des Buches der Bücher, dem blinden

Glauben, der Unfehlbarkeit ex cathedra, der Debattelosigkeit der Menge, bis zur Ausbreitung des alleinseligmachenden Glaubens mit Feuer und Schwert, der Vernichtung Abtrünniger, der Verbrennung von Schriften und den strengen Ordensverbänden. Das ist das Gerippe jeder Bewegung, bei der man entdeckt, daß als erstes die Debatte beseitigt wird. Das darf man sich merken, ob es sich nun um Kulte handelt oder um Vegetarier.
Man mag solche Gedanken gern oder ungern hören: Das ist geschichtlich nüchternes Denken.

(»Deutschland, Deutschland über alles...«)

Nicht eine Wurst und Seite Speck läßt hartgesottene Männer mit Erbsen in den Schuhen wallfahrten gehen, sondern der Glaube. Wer das vergißt, kann Deutschland nicht regieren.

(»Deutschland, Deutschland über alles...«)

Drei Wochen nach dem ungeahnten Wahlsieg Hitlers nahm der Reichstag das »Ermächtigungsgesetz« an, das der Wendepunkt in der Geschichte des Dritten Reiches wurde. Dieser Beschluß ermächtigte Hitler, Gesetze, auch verfassungsändernde, zu erlassen.
Es war die Übergabe der Diktatur.
Hat es das Volk gewollt?
Merkwürdig, wie heiß die Frage wirkt! Es liegt na-

türlich daran, daß sie heiß gehalten wird. Die Frage scheint so brennend, so wichtig. Sie ist ganz gleichgültig! Hat das Volk Napoleon gewollt? Hat es Ebert gewollt? Hat es Cäsar gewollt? Alle diese Männer sind die Summe, die Endsumme von Kettenwirkungen. Haben wir bei Napoleon überhaupt gefragt?

(»Deutschland, Deutschland über alles...«)

Wir verbrachten Silvester 1933 bei Wilhelmi. Gilgamesch schleppte Berge von Zigarren heran. Siebicke kam mit Büchsen und Flaschen. Er trug sie nicht selbst, ein Dienstmann ging ihm voraus. Auch Walter Mann war da; er brachte unverzollte ›Simon Arzt‹ mit, wie es sich für einen Attaché gehörte. Fräulein Wilhelmi rannte auf und ab und geschäftig hin und her zwischen den jungen Männern; sie ließ die protzige Junggesellenatmosphäre über sich ergehen und tat sich heimlich gütlich im Betrachten Manns und im Probieren aus Flaschen und Büchsen.

»Kinder«, rief Wilhelmi, während Hundertmark und Niestrath als letzte eintraten, »wie schön ist allein schon der Anblick, wenn Freunde zusammenkommen und nach und nach, alle mit ihren Gesichtern in der Hand, in das Zimmer treten. Selbst Niestrath, der doch eigentlich die Linke am Koppelschloß haben müßte, hat sie an der Nase. Seid ihr alle so verlegen, weil ihr mich ein halbes Jahr nicht mehr besucht habt?«

»Ja«, sagte Hundertmark, »ich bin es wirklich. Wie ist es Ihnen ergangen?«
»Gut. Seid deshalb fröhlich mit mir, meine Lieben, und setzt euch und schnurrt mir was vor. Sagt mir, wie euch das Jahr, das nun zur Neige geht, gemundet hat? Seid ihr Helden gewesen? Gießen Sie die Gläser voll, Niestrath, ich will frühzeitig meiner Rührung Herr werden. Es ist nicht ein halbes, es ist ein dreiviertel Jahr her, daß wir das letzte Mal so beisammensaßen! Ich sehe Siebicke jetzt in Gedanken mit einem Bindfaden schnell das vergangene Jahr messen.«
Siebicke lachte und trug für sich und Hundertmark noch Stühle herbei.
»Wozu soll das gut sein?« fragte er friedlich.
»Wozu das gut ist?« wiederholte Wilhelmi. »Ja, Mensch, messen Sie denn nie Ihr Leben? Nicht einmal zu Silvester?«
»Nee.«
»Nee? Was heißt überhaupt ›nee‹? Kaum sitzen wir hier eine Sekunde, so entpuppen Sie sich bereits als einer der mir verhaßten Wortentwerter und Sprachverderber. Ich will Ihnen etwas sagen, Siebicke; Ich habe Sie im Verdacht, daß Sie närrisch sind.« Er amüsierte sich selbst über den Ausdruck.
»Wilhelm«, bat seine Schwester, »es ist mir wirklich manchmal bange, was man von dir denken soll!«
»Ich will es dir sagen, Mädchen; man denkt heimlich an Heinrich Heine:

> Nur die Kastraten klagten,
> als ich meine Stimme erhob.

Sie klagten und sie sagten,
ich sänge viel zu grob.«

Seine Schwester, durch die kleinen Kostschlückchen schon heiter-versonnen, bedeckte den Tisch mit allem, was mitgebracht worden war und was sie selbst beisteuerte. Wir aßen, wie es jedem einfiel, im Sitzen, im Stehen, im Gehen, Siebicke nahm gar nichts, Gilgamesch probierte alles.

Wilhelmi hob das Glas und sagte:

»Auf daß wir lange leben!«

»Soll das ein Trinkspruch sein?« seufzte seine Schwester und blickte uns, verwandte Seelen suchend, an. Aber sie sah nur gefühllose Männer, die alle den Kopf ins Genick gelegt hatten und den Sekt hinuntergossen.

»Natürlich«, antwortete ihr dann Wilhelmi, »die Spezialitäten kommen schon noch; wir fangen ja erst an zu wünschen. Ich wollte zunächst einmal eine Basis schaffen. Heute geht wieder ein Jahr zu Ende, und das stimmt mich bedenklich. Wie viele haben wir noch vor uns – wenn wir das wüßten, was? Niestrath, mein Sohn, wie lange wollen Sie einmal leben, sagen Sie es mir!«

»Das ist mir egal. Glaube ich.«

»Glauben Sie? Das ist ein schöner Zug von euch herrlichen jungen Menschen. Wären Sie bereit, zehn Jahre an mich abzutreten?«

»Ich weiß nicht, wie Sie das meinen?«

»Ernst, wenn es ginge. Denken Sie sich nur intensiv hinein! Nun? Zehn Jahre?«

»Ich glaube, nein.«

»Ah – und doch sagten Sie, es sei Ihnen gleichgültig, ob morgen oder in zehn Jahren die Posaunen ertönten. Kinderchen, wie hängt ihr alle am Leben! Siehst du, Lore, wie vortrefflich mein Trinkspruch war? Siebicke, wie steht es mit Ihnen? Sie hängen doch nicht etwa an Ihrem verlotterten Dasein?«

»Feste!«

»Hahaha!« lachte Wilhelmi behaglich. »Wenn ihr wüßtest, wie ich euch liebe, meine Guten! Bitte, bedient euch selber, ja? Auch Bier ist da.« Ich bat um Bier. Niestrath auch. »Ja, die alten Germanen!« rief Wilhelmi. »Gilgamesch, Sie Fürstenreis, haben Sie gehört, wie schofel Niestrath und Siebicke mit ihrem Leben geizen? Ich könnte das verkappteste Genie des Jahrhunderts sein, sie würden mir kein Jahr abtreten. Und Sie?«

Gilgamesch war im ersten Augenblick etwas verwirrt, dann sagte er:

»Ich weiß nicht. Die Käsebrötchen sind köstlich. Wunnaba.«

»Lassen Sie jetzt die Käsebrötchen! Wie steht es mit der Sekunde? Eine einzige, Gilgamesch!«

»Nein, keine. Ausgeschlossen.«

»Aber Gilgamesch, Sie werden sie nicht entbehren, Sie werden Sie nicht einmal bemerken; sie werden sie nicht ausnutzen, Sie werden sie verjuxen! Nichts wird sie Ihnen nützen.«

»Ihnen auch nicht.«

»Vielleicht doch! Vielleicht –«

»Geben Sie sich keine Mühe!«

»So wertvoll ist Ihnen eine Sekunde?«

»Ja. Das heißt: nein. Beziehungsweise ja, aber nur aus Prinzip, verstehen Sie! Ich würde sonst – ach, ich weiß es nicht. Ich muß mein Leben lieben, und ich liebe es auch.«

»Tatsächlich?«

»Natürlich.«

»Und Sie können sich nicht vorstellen, daß eine Zeit kommt, wo Sie mir ...«

»Nein, nein.« Er hatte auf dem Teller eine kleine Werkstatt errichtet und rührte, hackte und säbelte in Häufchen von Schinken, Krabben, Ananas und Schwarzbrot herum. Alle sahen ihm interessiert zu. »Stehlen«, fuhr er fort, »stehlen können Sie sie mir. Dagegen habe ich nichts. Nur darf ich es nicht wissen und nicht die Entscheidung fällen müssen.«

»Aber hören Sie, Gilgamesch: Wenn Sie uns einst als General mit dem Säbel in der Hand verteidigen müssen –«

»Natürlich! Es kann sein, daß der Fall einmal eintritt.« Er hörte mit seinen gastronomischen Experimenten auf und sah in die Runde. »Sprechen Sie ernsthaft? Ich weiß nicht, woher ich den Mut nehme, zu sagen ›natürlich‹. Ich bin doch garnicht imstande zu wissen, wann der Sinn und Zweck des persönlichen Lebens zurückzutreten hat vor größeren Dingen; ich bin zu jung, es zu wissen. Ich sehe es lediglich ein, und das verdanke ich nur meiner Mutter und meinem Vater. Es ist Erziehung. Sonst weiß ich doch gar nichts vom Leben, Wilhelmi, ich weiß nicht, ob Leben von Menschen zusammenhängen, ich weiß nichts vom Sinn der Leben anderer. Auch nichts von meinem. Und deshalb kann ich Ihnen keine Sekunde schenken.«

»Deshalb?«, fragte Wilhelmi staunend.

»Ja, natürlich. Ich bin nicht sehr tapfer; aber aufopfernd kann ich sicher sein; ich bin bereit, Dinge zu tun, die auf dasselbe hinauslaufen, als schenkte ich Ihnen nicht nur eine Sekunde, sondern einen Monat. Ich – ich meine, Wilhelmi: Es sollen Taten oder Worte oder irgendetwas, was das Leben ausmacht, sein, verstehen Sie? Das Leben selbst, und nicht eine verschenkte, weggeworfene Zeit.«

Als niemand antwortete, fügte er hinzu: »Wahrscheinlich habe ich mich schlecht ausgedrückt, das heißt ... ja.«

Er verstummte und begann, seine Krabben, Ananas und Brotkrumen in den Schinken einzurollen.

»Ich«, sagte Fräulein Wilhelmi, »verstehe Sie. Es ist christlich.«

Gilgamesch fühlte sich sehr unwohl bei dieser Apostrophierung und goß sich rasch ein Glas Rotwein ein.

»Kann man das Fenster öffnen und frische Luft hereinlassen?« fragte Siebicke.

»Hören Sie, Siebicke«, argwöhnte Wilhelmi, »war das ein Satz von jener primitiven Triebäußerung, wie wir sie an Ihnen gewohnt sind, oder war es mehr?«

Fräulein Wilhelmi eilte zum Fenster und öffnete es, Hundertmark zog die Jalousie hoch. Er blieb stehen und horchte hinaus.

»Was ist das?« fragte er über die Schulter zurück.

»Radio«, sagte Fräulein Wilhelmi, »es kommt von –« sie beugte sich hinaus – »von überall.«

Niestrath ging zum Fenster. Er hörte die Stimme, sah nach der Uhr und verkündete:

»Der Stellvertreter des Führers, Rudolf Hess, spricht die Jahresbotschaft.«
Wir strömten alle hinzu, als sei er persönlich auf der nächtlichen Straße zu sehen.
»Gott, wie feierlich!« rief Wilhelmi. »Wie zu Zeiten Kaiser Wilhelms. Was wird er denn sagen? Niestrath!«
»Wieso ich? Woher soll ich das wissen? Er wird davon sprechen, was in diesem Jahr geschehen ist –«
»Aha. Nämlich?«
»Daß Deutschland wieder geeint ist, daß wir arbeiten und streben, daß Deutschland in Ruhe, Frieden und Eintracht leben will und sonst nichts –«
»Das ist eine schöne Rede, Niestrath; auch das ›sonst nichts‹ gefällt mir.«
»– daß wir in Sicherheit, Recht und Freiheit leben, daß wir, wenn wir einig sind, nichts mehr und von niemandem etwas zu fürchten haben …«
»Das weiß er?«
»Wer?«
»Der Stellvertreter des Führers?«
»Fragen Sie ironisch?«
»Aber nein! Ich frage, weil ich staune.« Wilhelmi schloß Jalousie und Fenster, und wir traten ins Zimmer zurück.
»Ich fürchte«, sagte er, »wir sind alle, wie unsere Väter, ahnungslos; ein summendes Völkchen. Wir sitzen hier in der Silvesternacht und orakeln, wir reden und prophezeien und hoffen; wir wollen fast nichts, nur ganz wenig …«
»Sie irren sich!« rief Niestrath.
»Das sagte ich gerade«, fuhr Wilhelmi unbeirrt

fort, »das fürchte ich. Ich bin traurig, meine Lieben. Niestrath sagt, es käme das ewige Paradies! Glaubt ihr es, meine Freunde? Glaubt ihr es? Zum Wohle! Auf daß« – er hob das Glas – »unsere Kinder lange Hälse kriegen.«

»Sag nicht solche häßlichen Sachen!« rief seine Schwester unglücklich. »Wir wollen auf ein gesegnetes und anständiges und christliches und stolzes und großes Deutschland anstoßen! Es ist doch egal, ob dieses oder jenes passiert oder dem einen das und dem anderen jenes nicht gefällt, und wer gerade regiert und Minister ist und im Radio redet, Deutschland ist doch ein Land und ein Volk, es wird ewig bestehen und es soll glücklich werden.«

»Endlich einmal«, vollendete Wilhelmi. Er ging zu seiner Schwester und gab ihr einen Kuß auf die Wange:

»Das hast du sehr, sehr schön gesagt.«

Fräulein Wilhelmis Augen wanderten verlegen zur Seite. Dabei blieben sie auf Gilgameschs Krawatte haften.

»Oh«, rief sie, »Herr von Gilgamesch, Sie haben einen großen Fleck auf Ihren schönen Binder gemacht!«

Sie verschwanden beide in der Küche.

Als Gilgamesch zurückkehrte, immer noch seine Krawatte betrachtend und dabei über die Beine Manns und Siebickes steigend, sagte er: »Ich habe mir das überlegt, Wilhelmi, das mit der Sekunde ...«

»Hören Sie, Gilgamesch, das ist rührend! Aber war da irgendetwas noch unklar?«

»Ich dachte? Ich habe nämlich jetzt einen Vergleich gefunden, der Ihnen die Sache ganz deutlich machen wird. Ich würde jemand gern zwei Mark schenken, oder sagen wir zum Geburtstag zwanzig Mark, aber nicht ein Lotterielos zu demselben Preis. Verstehen Sie?«
»Vollkommen. Sagen Sie, lieber Gilgamesch: Sie haben Vertrauen zu der Lotterie, ja?«
»Ich möchte so gerne. Vielleicht sind wir in keine schlechte Zeit hineingeboren! Ich habe Sie doch richtig verstanden, Sie meinten, was wir vom Leben erwarten können? Ich – ich muß Ihnen ein Geständnis machen, höchst dumm, aber bedenken Sie, daß ich von Natur nicht sehr tapfer und daß ich nicht stark und nicht gewalttätig bin, und solche Menschen stellen sich gern ein bißchen in den Wind, sofern er nicht zu stark weht, und wenn dann das Haar flattert, ist das ein verführerisches Gefühl. Ich schäme mich fast zu gestehen, daß mich die Worte, die vorhin Fräulein Wilhelmi als Trinkspruch ausgesprochen hat, tiefer bewegt haben, als es irgendwelche anderen könnten.«
Er drehte sich zu mir um. »Konfus?« fragte er. Ich schüttelte den Kopf.
Wilhelmi stand auf und ging ein paarmal im Zimmer auf und ab. Er kaute an seiner Zigarre und sagte:
»Ob wir uns alle unmerklich wandeln? Ich habe Sie schon begriffen, Gilgamesch, gut begriffen! Ob die Zeit so stark ist? Ist das eine Renaissance des Lebensmutes oder sind es nur wieder die Trommeln

von Wilhelm dem Zweiten? Stellen Sie sich vor, sie wären es, und wir ahnten es nicht! Schlimm, was?«
»Hitler ist nicht Kaiser Wilhelm!« rief Niestrath erregt, »Hitler ist ein großer Mann! Herrgott, begreifen Sie das denn nicht?«
»Groß«, herrschte ihn Wilhelmi an, »groß! Was ist das? Er soll uns glücklich machen, verstehen Sie, Niestrath? Wir wollen Frieden und Ruhe und Kultur, eine Welt ohne Angst, und Sie sagen: groß! Kommen Sie mir schon wieder mit dem Phantom der glücklichen Enkel? Ich erlaube mir zu fordern, daß *ich* bereits glücklich werde, und ich sehe nicht ein, wieso das unbedingt dem Glück meiner Enkel widersprechen soll. Wer *das* vereint, scheint mir, der ist groß.«
Ehe Niestrath antworten konnte, fiel Hundertmark ein. »Sagen Sie«, warf er schnell ein, um sich erst einmal das Wort vor Niestrath zu sichern. Dann fuhr er, langsam und überlegend fort: »Ich kenne Sie gar nicht so, Wilhelmi? Sie präsentieren der Geschichte Ihre Rechnung? Nanu? Haben das Menschen wie wir nicht immer mit sich selbst abgemacht? Sie haben früher nicht so gesprochen.«
»Ich bin nervös.«
»Was verlangen Sie vom Leben, Wilhelmi? Das Leben ist in jedem Falle und unter allen Umständen Freude *und* Leid. Noch bei unserem letzten Zusammensein hätten Sie geantwortet, daß das Ausmaß, die Schärfe, die Gewalt der Glücks- und Unglücksempfindung bei uns nur von unserem seelischen Vermögen abhängt und nicht von der Masse der Ereignisse.«

»Ich bin nervös geworden.«

»Es scheint so! Sehen Sie, meine lieben Freunde: Wir sitzen hier in der Silvesternacht behaglich, genießend, vielleicht sogar in einem ausgesprochenen Hochgefühl der Freude beisammen, in einer Situation, die bei genauem Hinsehen alltäglich ist und gar keinen besonderen Anlaß zum Glücklichsein bietet. Die Situation entspricht in Wahrheit einem Wirtshaustisch voll Arbeitern, die abends bramarbasieren und Bier trinken. Was aber haben wir daraus gemacht? Eine glückliche Stunde! Ein Abenteuer des Geistes! Einen Schöpfungstag! Was schließen Sie daraus? Daß eine ordinäre Seele frißt, was ihr vorgesetzt wird, und sich blind den Bauch vollschlägt. Wir aber, meine Freunde, haben, oder sollten haben, eine Seele, die oszillieren, die leuchten kann; die, wenn auch der Anlaß der Freude klein ist, kunstvoll sich so hoch schraubt, wie ein viel größeres, unglückliches Ereignis sie vielleicht vorher heruntergedrückt hat. Diese Fähigkeit lassen die Menschen verkümmern! Ist es nicht rätselhaft und wunderbar, wie überglücklich wir mitunter anhand von fast nichts werden können? Unser Glücksvermögen ist so groß, wie wir es nicht mehr ahnen. Wir sind faul gemacht worden und damit arm.«

»Sie wollen mich zur Genügsamkeit in puncto Glück ermahnen?« fragte Wilhelmi. »Ich habe sie. Ich weiß, Hundertmark, das Leben kann nicht mehr bringen, als es den Menschen vor zwanzig Jahren und vor fünfhundert Jahren gebracht hat. Es hat nicht mehr im Topf. Am Ende sind es Erinnerungen an ein paar glückliche Augenblicke, an Begegnungen, an Städte, Dinge, an ein Zimmer, in dem man als Kind war, an das Gesicht der Mutter, an ein Fenster mit der wehenden, sich bauschenden Gardine, an ein Kranksein, an einen Waldweg, den wir nicht einmal wiederzuerkennen brauchen, an eine Stimme, an einen Abschied. An lauter Abschiede. Ich bin jünger als Sie, aber ich weiß es sehr wohl. Genügsam – ich bin es.«

»Dann sagen Sie nicht, daß es der Sinn der Geschichte sei, einen Mann zu schicken, der uns glücklich macht.«

»Aber«, sagte Wilhelmi ernst, »aber, Hundertmark: Das Gegenteil doch wohl auch nicht?«

Niestrath sprang von seinem Stuhl hoch. »Schweigen Sie jetzt«, fuhr ihn Siebicke an, der sich bis dahin mit keinem Wort beteiligt hatte. Niestrath wandte sich unschlüssig nach rechts und links und blieb stehen, während Hundertmark ruhig weitersprach:

»Je stärker der König oder der gesandte Mann ist, je magischer und eindringlicher seine Idee, desto mehr sehen wir alles ein und desto eher sind wir bereit, die Wünsche für unser eigenes, einziges Leben n i c h t anzumelden. Je nichtssagender der König, je schwächer, kraftloser, glaubensloser und kleiner, desto lauter drängen sich die Millionen einzelner Leben vor. An diesem mystischen Strom können Sie auch ablesen, wer groß ist und wer nicht.«

»Bravo!« rief Niestrath.

Hundertmark antwortete, ohne sich nach ihm um-

zudrehen: »Das hat nichts mit Faschismus zu tun. Es a priori auf Hitler zu beziehen, ist kühn, Niestrath! Ich möchte Sie bitten, das einstweilen noch zu unterlassen.«
»Ich verstehe Sie nicht, Professor Hundertmark –«
»Das weiß ich.«
»Nein – das ist zuviel!« stöhnte Niestrath hin- und hergerissen.
»Ach, lassen Sie doch«, sagte Wilhelmi.
»Ja, lassen wir das doch!« nickte Fräulein Wilhelmi und legte ihre Hände rechts auf Niestraths Arm, links auf Manns Arm. »Ich habe alles ganz genau verstanden. Wenn man ein Mädchen, eine Frau ist, dann nützt das Philosophieren aber nichts; dann wünscht man nur noch das Unveränderliche. Oder sagt man ›Unveränderte‹? Ach, ich glaube, ich habe schon ein bißchen viel getrunken! Aber es ist Silvester, nicht wahr? Gleich ist das neue Jahr da! Ich möchte noch einmal mit Ihnen anstoßen. Es soll alles gut werden und wir sollen gesund bleiben; und wenn wir das haben, dann wollen wir uns nicht bange machen lassen, nicht?«
»Das ist wahrhaft schön gesagt«, rief Siebicke mit diebischer Miene, »und wenn alles gut geht, können wir unsere Forderungen gegenüber dem Schicksal ja ganz heimlich etwas erhöhen; vielleicht merkt es nicht, daß wir mogeln.« Wilhelmi lachte.
»Ihr Guten!« sagte er. »Ihr seid der Trost meines Alters! Ernstlich, ich danke euch, daß ihr gekommen seid. Niestrath, mein Sohn, sind Sie ebenfalls zufrieden? Mir liegt viel daran, daß ihr alle zufrie-

den seid. Der einzige, der heute noch nichts gesprochen hat, ist Mann. Deshalb bin ich dafür, daß er uns jetzt die Begrüßungsansprache an das neue Jahr hält. Nein, Mann, das dürfen Sie uns nicht abschlagen! Stellen Sie sich vor, Sie müßten in Paris als Attaché die deutschen Farben hochhalten und sprechen. Es ist ja nicht schwer. Wenn Sie wollen, leiht Ihnen Niestrath Hitlers ›Mein Kampf‹, den er immer bei sich trägt. Niestrath, um Himmels willen, gehen Sie jetzt nicht! In einer Viertelstunde beginnt das neue Jahr! Lore, zieh Mann den Stuhl weg, damit er aufsteht.«

Wilhelmi füllte alle Gläser und nahm Mann bei der Hand, um ihn in die Mitte unseres Kreises zu führen. Dabei merkten wir, daß das Auswärtige Amt, das freundlich vor sich hinlächelte, nicht fest auf den Beinen stand. Ich war ganz überrascht.

»Ich bin ein bißchen benebelt …«

Er hob den Zeigefinger, um uns klarzumachen, wie es in ihm arbeite.

»Exzellenzen!« sagte er, leise und vorsichtig, und sein schönes Gesicht war von gänzlicher Leere. »Ich soll eine Rede halten …

Ich soll sie vom Stapel lassen …

Das ist unhaltbar, daß man etwas halten und zugleich lassen soll …«

(Pause.)

»Ich habe auch gar keinen Stapel Reden, ich habe überhaupt nichts gestapelt, nur ein bißchen hoch, aber keine Vorräte oder Rückräte mit Ausnahme meines eigenen Rückgrats …«

»Bravo!« rief Wilhelmi. »Er hat ein Rückgrat!«

»Rückgrat«, fuhr Mann fort und schwang gegen Wilhelmi den Zeigefinger, »ein teurer Spaß, wenn man sich darauf versteift … Dabei brauchen wir gar kein steifes Rückgrat mehr …

Man trägt überhaupt nicht mehr steif, der Kragen wird umgelegt, die steifen Beine werden umgelegt, alles, alles, was zu steif ist, wird einfach umgelegt. Wir brauchen es nicht mehr …«

(Lange Pause.)

»Das einzige, was wir brauchen, ist ein neues Jahr … Das ist ein Artikel, der immer geht. Und kaum ist er gegangen, ist er schon wieder da. Der alte geht; gut, wäre zuviel gesagt; er geht, wie man so zu sagen pflegt, und wenn man etwas zieht, zum Beispiel das Fazit, dann kann man nur sagen: es geht …

Es geht und geht, und es wird weitergehen …

Irgendwann muß es natürlich endlich einmal gegangen sein, und diesen Augenblick nennt man weder Silvester noch Neujahr! Sondern der fehlt! … Ich weiß nicht, ob Sie das schon einmal bemerkt haben: er fehlt. Ich für meine Person, ich speziell und persönlich, habe ihn seit meiner frühesten Jugend vermißt … Es fehlt der Zwischenraum! Verstehen Sie mich, Exzellenzen, es fehlt der Zwischenraum, es fehlt etwas, wo man hineintreten kann, wo man sich die Krawatte noch einmal zurechtbinden kann, verstehen Sie? Wo man sagen kann: So, das alte Jahr ist nun gegangen, jetzt kommt gleich das neue. Das gibt es nicht, und das ist merkwürdig …«

(Schluckauf.)

»Wenn so ein Jahr im Anzug ist, dann muß der Anzug eine Naht haben, die ein bißchen Spielraum hat …
Aber die Jahre platzen aus den Nähten, es ist ein geplatzter Jahreswechsel, anders kann man das nicht nennen … Früher gab es das nicht, früher war alles anders … Mein Großvater hat diese Zwischenräume noch gehabt … Er hat sie immer an arme Leute verschenkt, die sich kein neues Jahr leisten konnten. Die trugen es dann. Es war natürlich knapp, aber die armen Menschen waren froh … Das sind vergangene Zeiten. Man hatte damals Zeit, damals wäre es jetzt nicht fünf Minuten vor zwölf gewesen, sondern vielleicht halb elf!
Stellen Sie sich das bloß mal vor! Und nun stellen Sie sich das erst mal zurück!«
(Er ist doch nüchtern?)
»Damals war es auch nicht 1933, sondern höchstens 1905. Es wird eben alles weniger, die Zeit, das Geld, die Arbeitslosen, alles wird mehr oder weniger weniger …
In grauen Vorzeiten war nicht alles weniger, sondern alles Meer …
Aber das Meer erglänzte zu weit hinaus, und 1914 nahm man es uns weg, und seitdem gehört alles mehr oder weniger den anderen …«
(Er ist doch nüchtern?)
»Wir wurden eine Seemacht. Wir mußten immer fleißig säen, und die anderen ernteten. Wir ernteten nicht einmal den Beifall, sondern nur den Abfall …
Meine Herrschaften, berühmt geworden ist der

Abfall der Niederlande... Sie verstehen: Schiller! Friedrich von Schiller!«
(Nicht nüchtern.)
»Alles fällt von uns ab; je mehr wir schillern, desto mehr fallen ab. Sollen sie! Sie! Sieh, sieh ...«
Er wankte etwas und ließ das Glas fallen. Es fiel auf seinen Schuh, vergoß den Wein, überschlug sich und blieb aufrecht auf dem Teppich stehen.
In diesem Augenblick begannen die Glocken zu läuten und die Kirchturmuhren zu schlagen.
»Da kommt es ja«, lachte Mann, »hahaha, immer zur rechten Zeit. Immer adrett. Grüß Gott, tritt ein, bring Glück herein!«
Wilhelmi reichte ihm ein Glas und sagte: »Wie man sich irren kann. Viel Glück, ihr Guten alle, viel Glück!«
Wir stießen unter fortgesetzten guten Wünschen an, dann öffneten wir die Fenster und beugten uns, dicht gedrängt, hinaus. Die Nacht war sternenklar. Glocken schwangen von allen Türmen.

(Die jungen Männer)

»**E**in Mann von Ehre kneift nicht, er dient seinem Vaterland. Er besetzt einen Posten, damit kein Schlechterer ihn bekommt.«

(»Guten Abend, Herr Fernau«)

»Ich trug ihr Kleid, aber ich trug nicht ihre Ziele.«

(»Guten Abend, Herr Fernau«)

Weiß der Himmel, woher wir schon immer einen Ruf wie Donnerhall hatten! Noch heute, wenn eine deutsche Fußballmannschaft zu einem Gastspiel nach Italien kommt, schreiben die Zeitungen »i Panzer in arrivo« – »die Panzer im Anmarsch«. Und wenn man hinschaut, sind es die »Offenbacher Kikkers«! Wenn die Wache vor dem Buckingham-Palast in monströsen Bärenmützen aufmarschiert, so ist das »hübsch«, wenn wir in Pickelhauben Wache schöben, so wäre das »furchterregend«.

(Cäsar läßt grüßen)

Die Deutschen waren nie gute Diplomaten. Woran liegt das? Lassen Sie mich zitieren, was der Engländer Sir Henry Wolton einst in Augsburg in ein Gästebuch schrieb: ›Men sent abroad to lie for the benefit of their country.‹ Liegt's daran?

(»Deutschland, Deutschland über alles…«)

Keiner kann der Idee so treu sein wie der Deutsche. Wo die Idee fehlt, schafft er sie. Wo das nicht möglich ist, ist er nicht treu.

(Disteln für Hagen)

Als unser Taxi in den Park von Tallas einbog, fiel mein Blick auf die erleuchteten Fenster. Sie kamen mir heute kalt, öde und unfreundlich vor; ich wußte nicht, warum. Im nächsten Augenblick war der Wagen schon vorgefahren und ich dachte nicht mehr daran. Wir stiegen aus und bezahlten den Chauffeur. Die Portaltür öffnete sich und der livrierte Diener trat heraus. Wir hörten das Stimmengewirr der Gäste, und Gilgamesch beschloß, uns zu entschuldigen, daß wir, obwohl die jüngsten, auch die letzten waren.

Wir traten ein.

Die Halle war leer. Ich meine: Sie war vollständig leer von Möbeln, Gardinen, Teppichen, Bildern. Von der Decke hing an einer Litze eine Glühbirne.

Gilgamesch war versteinert. Er ließ den Blick in die Runde gehen. Da aber der Diener wartete, begann er schließlich, sich des Mantels und Huts zu entledigen.

Alle Türen standen offen, man konnte die Gäste in den Räumen sehen.

Wir gingen in den Salon.

Der Salon war ebenfalls leer; nicht ganz, es standen zwischen einem Dutzend Damen und Herren ein Dutzend Stühle. Das Licht war abscheulich, es kam wieder von einer nackten Glühbirne. Es war klar: Das ganze Haus war leer.

Stühle waren da. Und wahrscheinlich eine intakte Küche, denn Platten und Getränke tauchten auf und kreisten und verschwanden wieder.

Aus dem Raum nebenan hörten wir laut die Stimme von Tallas. Wir gingen hinüber.

Die Gäste strömten zusammen und bildeten einen weiten Kreis um ihn. Er klatschte in die Hände, gleichsam um Aufmerksamkeit bittend – was unnötig war –, und sagte, wobei seine Worte von den kahlen Wänden widerhallten:
»Meine Freunde!
Meine verstörten lieben Gäste – letzte meines Hauses – Abschiedsgäste!
Kauzisch-kaustisch wie ich bin, wäre der Einfall des leeren Hauses schon früher meiner würdig gewesen, jedoch er kam mir nie. Das, was Sie heute sehen, meine Freunde, ist kein Einfall, keine Idee, kein Scherz, sondern makabre Wirklichkeit.
Die Wände, die einst Rubens und Dürer bedeckten, sind nackte Mauern geworden, Klagemauern, wie wir Juden zu sagen pflegen.
Oh – denken Sie nichts Falsches, man hat mich nicht beraubt, ich klage um etwas anderes, und um Ihnen dies zu verkünden, habe ich Sie ein letztes Mal zu mir gebeten.«
Er hob die Arme mit Kainzscher Gebärde und fuhr fort: »Freunde: Ich habe mein Vaterland verloren! Nicht Heimat; Heimat ist, wie wir Juden zu sagen pflegen, Gojim naches. Nein: Vaterland.
Ich habe kein Vaterland mehr.
Ich hatte es, ich weiß es jetzt. Weinet mit mir, aber macht es wie ich, weinet trocken und mit Würde. Trinken wir darauf einen Schluck!«
Er nahm mit einem Lächeln das Glas hoch, führte es aber nicht an die Lippen.
»Sie kennen sicherlich alle die berühmte Zeich-

nung von Jacques-Louis David, die in wenigen Strichen die unglückliche Marie-Antoinette auf der Fahrt zum Schafott zeigt – ich mache mich anheischig, in gleicher Haltung auf dem Schinderkarren zu sitzen, jedoch es muß der Schinderkarren sein! Mit einem Wort: Es muß Format haben, was man mit mir anstellt! Diese Garantie aber ist, wie ich von guten Freunden in brauner Uniform erfuhr, nicht gegeben.
Und so habe ich mich entschlossen, die große Rochade vorzunehmen, wie wir Schachspieler zu sagen pflegen. In diesem Augenblick ist sie bereits vollzogen. Vor drei Stunden bekam ich die Nachricht. Zwei Eisenbahnwaggons haben die Grenze passiert. Freuet euch mit mir, aber macht es wie ich, freuet euch trocken und mit Würde.
Trinken wir darauf einen zweiten Schluck!
Ah – ich sehe, es ist Ihnen technisch nicht möglich, Sie haben nichts. Sie haben nichts davon, ja, ja, ich weiß. Aber verurteilen Sie mich nicht, wenn ich mich freue, daß ich nichts, nicht eine Stecknadel zurückgelassen habe – nur Geld.
Ich gehe als Vaterlandsloser in die Fremde, aber nicht wie König Lear es tat, das finde ich nicht würdig eines Geistes. Dieser Lear mißfällt mir überhaupt. Gewiß sind es Strolche, die die Herrschaft angetreten haben – bei Shakespeare, meine ich –, aber man setzt sich nicht in die Heide und schimpft bis an sein Lebensende.
Der feine Mann nimmt seinen Hut und geht. Noch kann man es. Ich sage: noch! Eh bien, ich tue es. Und ich nehme, auf daß der Herr gnädiglich ansä-

he Abel und sein Opfer, zwei jüdische Familien mit, die zwar auch einen Hut besitzen, den sie nehmen könnten, aber keinen Rubens.
Noch ist Platz in der Diligence – will jemand von Ihnen mit? Niemand? Sie wollen die Ausspielung Ihres Achtelloses abwarten?
Liebe Freunde, ich kann es verstehen. Rien ne va plus – faites votre jeu!
Wie immer das Spiel ausgehen mag, vergeßt mich nicht! So wie ich euch nicht vergessen werde – wie immer das Spiel ausgehen mag.
Denn, wie Sophokles zu sagen pflegt: Nicht mitzuhassen, mitzulieben bin ich da!«
Er hob sein Glas und trank es aus.
Dann wurde er unseren Blicken entzogen, denn alle drängten sich um ihn, so daß er in der Menge der Gäste verschwand.
Ich drehte mich ab und ging in den Salon zurück.
»Mir ist ganz übel«, sagte ich. Gilgamesch nickte. Nach einer Weile fragte er: »Oder habe ich dich falsch verstanden? Was hast du gesagt?«
»Mir ist ganz übel.«
»Ja«, sagte er. »Wollen wir uns setzen? Ich würde jetzt gern etwas trinken. Wenn du warten willst, ich hole zwei Gläser.«
Er ging.
Ich wartete lange, er kam nicht zurück. Aber ich spürte kein Verlangen, nach ihm zu suchen.
Endlich tauchte er wieder auf.
»Ich habe die Zerbetzein getroffen und bin sie mit Mühe losgeworden. Sie sagt, sie finde es fabelhaft, wie es Tallas versteht, sich draußen eine neue Exi-

stenz aufzubauen. Gesundheitlich geht es ihr, das sieht man ihr übrigens an, gut. Sie erzählte, daß sie – – da kommt Tallas!«

Er sah uns, trat zwischen uns und legte seine Arme auf unsere Schultern.

»Meine zwei Debütanten!«, lächelte er. »Es ist schön, euch noch einmal zu sehen. Wie geht es euch? Gut? Ich habe oft an euch gedacht und oft über euch gesprochen. Ihr seid doch nicht etwa überrascht von dem heutigen Abend?

Tatsächlich?

Ja, wißt ihr eigentlich gar nicht, was los ist? Lebt ihr an der Zeit vorbei? Kann man das?

Ich frage –?

Oder muß man es sogar? Was lehrt ihr mich da noch im letzten Augenblick, ihr beiden! Ist es für ein beginnendes Leben keine elementare, ist es eine zweitrangige Frage, ob es sich in London oder in Bielefeld abspielt, ob es unter Metternich oder unter Ebert oder unter Hitler vor sich geht?«

Er sah uns aufmerksam an.

»Ja!« fuhr er fort. »Vielleicht. Ihr denkt in Frühlingen. Ihr wollt singen lernen und die ersten Halme zusammentragen. Ich finde euch enorm! Herrlich, meine ich.

Macht euch nichts daraus, wenn man euch beschimpft. Man wird es tun.

Aber in fünfzig Jahren, wenn euer Leben nicht mehr an der Börse gejobt wird, dann wird man euch um das Leben beneiden. Ich liebe euch, ihr jungen Männer, denn ihr habt recht. Gott der Gerechte, ihr habt recht!«

Er zog uns an sich – ich merkte zum erstenmal, daß er schwer und alt war – und sagte uns Lebewohl.

(Die jungen Männer)

Größe und Witz sind für uns Deutsche zwei unvereinbare Dinge.

(Disteln für Hagen)

Es sind Augenblicke von erhabener Größe, strahlende Leuchtfeuer, wenn wir Deutsche dem Schicksal in den Rachen greifen. Jedoch, daß die Hand drin bleibt, ist fast immer sicher.

(Disteln für Hagen)

Wo begräbt die Erde ihre bunten Vögel?
Bei den Soldaten unter den Wacholderbüschen.
Niemand weiß, wo sie vom Sommer träumen.

(Mein dummes Herz)

Tränen als Gewicht nimmt die Geschichte wieder von der Waagschale herunter. Spätestens in einigen Generationen. Geschichte wägt anderes. Wer die Tränen für die Geschichte seiner eigenen Gegenwart dennoch drauflegt, erhält ein falsches Gewicht.

(»Deutschland, Deutschland über alles…«)

1945. Der Krieg war aus. Wie pflegten wir zu sagen: Fertigmachen zum Zusammenbrechen? Es gab jetzt nichts mehr zum Zusammenbrechen.
Deutschland war ein mit Phosphor und Bomben ausgebranntes Ruinenfeld. Es machte absolut den Eindruck von Niemandsland. Die Menschen waren wenig mehr als vogelfrei. Nur die Angst verhinderte das völlige Chaos. Man sah es auf den ersten Blick: Das war nur noch das leere Tigerfell. Da lag es, und man konnte barfuß ungefährdet darüber weggehen.
Nun mußte also etwas geschehen.
Manches bot sich den Siegern an. Einiges davon war schon lange bis ins kleinste ausgearbeitet und schriftlich niedergelegt. Da war einmal der Theodore Kaufmann-Plan »Germany must perish.« Er war einfach, er sah vor, die Deutschen zu sterilisieren. Einen anderen Plan hatte man an der Havard-Universität ausgearbeitet; nach ihm sollten alle Deutschen als lebenslängliche Zwangsarbeiter auf die Nachbarvölker verteilt und biologisch mit ihnen verschmolzen werden. Hull und viele andere des Schreibens Kundige hatten auch noch Lösungen im Strumpf. Dem Ohr Roosevelts am nächsten stand Henry Morgenthau, dessen »Program to prevent Germany from starting a World War III« dem amerikanischen Präsidenten gut gefiel. Minister Morgenthau mußte nach Roosevelts Tode im April 1945 sein Programm angesichts der tauben Ohren der Militärs wiederholt ändern. Zum Schluß sah es ganz manierlich aus. Er wollte uns lediglich zu einem Ackerbauvolk machen und, wie

er sich ausdrückte, auf dem niedrigsten Stand halten. Eine durchaus humane Lösung also. Allerdings – für die Intelligenzler-Garde der Zeit wäre sie furchtbar gewesen, weil sie sie gezwungen hätte, im Bodensee zu fischen statt im Trüben.
Man hatte der Ideen also viele.
Zur Durchführung kam einstweilen ein gemäßigter Hull-Plan, gemäßigt, denn mit dem westlichen Schrumpfdeutschland war geographisch wirklich nicht mehr sehr viel anzufangen. Man teilte es zunächst in drei Kolonien auf, im Norden herrschten die Briten, im Südwesten die Franzosen, im Süden die Amerikaner.
Da kamen sie in ungeheuren Scharen mit Kind und Kegel und schwarzer Mammy wie Sommerfrischler nach Deutschland. Freilich, es war unwirtlicher denn das schottische Hochland, aber der Einäugige war hier immer noch König. Stellen Sie sich auf der einen Seite lauter hohlschauende, leicht verängstigte Männer vor, Männer in Räuberzivil, der Uniform gänzlich abhold, selbstangebauten Tabak rauchend. Nie sah man sie behäbig lächeln. Wenn man ihnen begegnete, standen sie mit aschegrauen Gesichtern Schlange oder füllten Fragebogen aus.
Stellen Sie sich auf der anderen Seite die Sieger und Siegerinnen vor, abwechselnd in grauer Uniform, in brauner Uniform, in Khaki-Uniform, im Schottenrock. Sobald des Morgens der deutsche Lakai ins Zimmer trat, schon stand selbst die Weiblichkeit als Soldat verkleidet da! Embleme und martialische Zeichen, Fräuleins als Oberleutnants, kurz-

um, man legte den abgemagerten Finger an die spitze Nase und war versucht zu fragen: Onkel Kreuzritter, bist du's oder bist du's nicht?

Er war's.

Jeder der Sieger benahm sich ganz ungeniert. Da wurden Landstriche entvölkert, Städte offiziell zum Plündern freigegeben, Industrien in Pakete verpackt und nach Hause geschickt, alle Erfindungen, Patente und dazugehörige Personen requiriert, Millionen Männer hinter Stacheldraht und Millionen Frauen und Kinder mit nacktem Leben auf die Landstraße gesetzt.

Jedoch, recht besehen, wartete die Welt und mit ihr Deutschland (beachten Sie meine einsichtige Unterscheidung) immer noch auf eine Lösung. Stalin hatte inzwischen seinen Beuteanteil, das halbe Deutschland, rasch entschlossen nach Hause gebracht und die Rolläden heruntergelassen – die anderen stritten sich. Das erwies sich als nicht gut.

Hat uns nicht Karl May oft genug gelehrt, wie falsch es von den Komantschen war, ihn unentschlossen mit sich herumzuschleppen, statt ihn sofort auszulöschen? So auch hier. Es dauerte und dauerte, man tagte, man verordnete, man hängte, man beschäftigte sich also mit lauter Kleinigkeiten – da schlichen sich Old Coca-Cola und der General Motors hinter den Marterpfahl und zerschnitten uns die Fesseln in der richtigen Erkenntnis, daß ein toter Kunde, im Gegensatz zu einem lebenden, kein Kunde mehr ist.

Das geschah 1948. Wir waren entfesselt. Wir fuhren mit der letzten Konservenbüchse los in die kommerzielle Freiheit und kamen 1956 mit dem ersten Panzerregiment an. Gott will es, verkündeten dieselben, die kurz zuvor noch genau gewußt hatten, daß Gott es nicht will. »Der herr der welt ist, der sich wandeln kann«, hat Stefan George einmal geschrieben, klein wie stets.

(»Deutschland, Deutschland über alles…«)

Deutschland? Was ist das, wo liegt dieses Kleckschen Erde? Rechts und links der Mauer? Da soll es liegen bleiben, da liegt es gut.

(»Deutschland, Deutschland über alles…«)

»Ja, die Deutschen! Die verstehen zu leiden! Ich bewundere sie, aber ich möchte keiner sein.«

(Ein Frühling in Florenz)

Hier sah man's wieder: der eine ein Preuße, der andere ein netter Mensch.

(Disteln für Hagen)

Ich glaube, daß Amerika an Vergangenheitsbewältigung leidet. Es gibt nur zwei Nationen in der Welt, die sich diese Verpflichtung einbilden und sich entsprechend idiotisch benehmen: wir und die USA. Wir, weil wir so schlecht sind, Amerika weil es so gut ist.

(Halleluja)

Immer vorne dran! Immer an der Spitze mit Amerika! Alles verdanken wir dem herrlichen Bruder. 1945 waren wir Wachs in ihren Händen, heute sind wir ihr williger Schatten geworden. Die Zivilisation, sagen sie, kann man nicht zurückschrauben. Nein? Nun, dann seht zu, wie ihr mit ihr fertig werdet, aber fragt mich nicht. Bin ich ein Quacksalber, den man befragt, wenn die Ärzte versagen? Habt nur Vertrauen, ihr Martinsgänse: vertraut den Blinden, sie führen euch gut!

(Halleluja)

Zeitgeist zu besitzen, ist sehr beliebt: Es ist der einzige Geist, der nicht weh tut.

(Halleluja)

Seit Anbeginn der Welt, meine Freunde, sind noch niemals Nationen oder Reiche anders entstanden als durch Druck und Not. Noch niemals in der Geschichte haben etwa Verhandlungen, Geschwätz, »Bestrebungen« oder einfache Vernunft Gegensät-

ze vergessen lassen, fremdes Blut vergessen lassen, fremde Art und fremde Ideologie. Es war immer der Krieg oder die Not oder die Angst, die die Menschen zwang, zusammenzuwachsen zu einer Einheit. Das Schicksal schmiedet nicht anders als wir: mit Feuer und gewaltigen Schlägen, und nicht mit frommen Wünschen. Wann werden die Menschen das je begreifen?
Wer von Ihnen, meine Herren, wünscht schnell mal fix ein Vereintes Europa?

(Halleluja)

Derjenige Teil der Menschheit wird das Rennen machen, der der unbarmherzigen Natur das billigste Angebot macht! Ich überlasse Ihnen das Urteil, ob wir das sein werden!

(Die jungen Männer)

Ich weiß nicht, ob sich die antike Welt, als sich um die Jahrtausendwende vor Christus die Umstellung von Bronze- auf Eisenwaffen vollzog, ebenso wie wir heute an die Illusion geklammert hat, die Perfektionierung des Tötens schrecke die Menschen vom Töten ab. Ich glaube, nein, das ist dem verschwiemelten 20. Jahrhundert vorbehalten.
Bei der Frage, welches das wahre Gesicht einer sich anzeigenden Entwicklung ist, gilt es nicht, mit

rastloser Emsigkeit möglichst viele Details und Neuigkeiten zu sammeln, wie es unsere fleißigen Pressebienchen tun. Es wohnt erst dann der geschichtlichen Betrachtung Wissenschaftlichkeit inne, wenn sie die Formeln findet und anwendet, die in der Geschichte jenseits von Moral und Hautnähe stecken, denn das Leben bewegt sich innerhalb bestimmter Grenzen nach stets gültigen Formeln. Wie in der Mathematik, ist es dann für die gleichbleibende Richtigkeit eines Gesetzes egal, ob es auf die Frage nach den Folgen der Erfindung der Armbrust oder der Kobaltbombe angewandt wird.
Die alberne, aber oft gehörte Frage, ob durch die Erfindung der Atombombe oder der berauschenden und »verbrüdernden« Weltraumfahrt ein neues, humaneres Zeitalter für das Leben der Völker untereinander angebrochen ist, beantwortet sich trocken folgendermaßen: die fortschreitende Verweichlichung der Lebensbedingungen durch die Versicherungen der Zivilisation bewirkt eine immer größere Scheu des Menschen vor Verantwortung und vor direkter Berührung mit dem Gegner jedweder Art, ob Person, Krankheit oder auch nur Gedanke. Im Gleichschritt damit marschiert parallel die Entwicklung der Methoden bei gewaltsamen Auseinandersetzungen zwischen Völkern, eine Entwicklung nämlich zu einer anonymen und für die Augen des Durchführenden mit keinem korrigierenden Schrecken mehr verbundenen Handlung. Die beiden Seiten dieser mathematisch nüchternen Formel haben, wie man sieht, die geforderte Gleichheit, und nirgends steckt etwa ein

Hinweis auf eine vielleicht veränderte Einstellung der Menschheit zum Bösen drin.
Sie ist unverändert. Unsere neue, verlogen-sentimentale Mentalität verlangte lediglich eine entpersönlichte, spielerische Handhabung des Bösen. Sie wurde erfunden. Dies ist die Antwort auf die Frage, ob ein humaneres Zeitalter angebrochen ist.

(»Deutschland, Deutschland über alles…«)

Am deutschen Wesen wird die Welt genesen – nein, ganz sicher nicht.
Aber wir, wir könnten daran genesen. Wenn wir aufhören mit dem Fratzenschneiden und sind, die wir sind. Der Herr will uns wiedererkennen, wie er uns gemeint hat.

(Disteln für Hagen)

Was ist das, was ich noch schreibe?
Mein Schwanengesang?
Ach, Sie wissen nun wieder nicht, was das traurige Wort bedeutet. Ich lese es Ihnen aus Meyers Lexikon vor, und der Einfachheit halber nehmen Sie an, daß ich, wie Sie, dabei lächle: »Der Schwan hat eine laute, besonders aus der Ferne wohlklingende Stimme, die er auch im Flug und in der Not, wenn ihm das Eis den Zugang zu seiner Nahrung verschließt und er nicht mehr die Kraft zum Weiterzie-

hen hat, anhaltend hören läßt, oft bis zu seinem Tode.«

Wenn er wirklich sterbend noch singt, so schauerlich es ist, sei sein Tod gepriesen. Ich wünschte, ich könnte ihn haben.

Wie aber, wenn wir seine Stimme nur nicht verstehen? Wenn er nicht singt, sondern schreit?

Es ist traurig für ein Tier, die Welt verlassen zu müssen – seine Welt, den See, die Wiesen, die Wälder, die Gräser, die aufgehende Sonne, die Panstage, die lautlosen Nächte im Schilf – die ewig gleiche Welt, so klein, aber im Gleichklang mit dem Universum und gehorsam wie ein Echo.

Und wir? Unsere Welt?

Was ist in unseren Händen geblieben? Was können wir unseren Vätern antworten, wenn sie fragen, was wir mit dem Erbe des 19. Jahrhunderts, des perikleischen Zeitalters getan haben? Was halten wir in Händen?

Wir haben alles vertan, was uns ein guter Gott, oder wie immer sein Name sein mag, gegeben hat. Heute haben wir nicht einmal mehr den Frieden der ärmsten Kreatur. Es ist alles kaputt in unserem Herzen. Es schlägt wie rasend, aber es ist leer. Die Sehnsucht nach Heimkehr an das Herz der Großen Mutter ist erloschen. Wir sind einsamer als der Schwan. Unsere Kehle ist zugeschnürt.

Was halten wir in den Händen?

Scherben. Es ist alles kaputt, was uns die Ewigkeit fühlen ließ, alles, was das Rasen der Uhr aufhielt und uns ahnen ließ, nicht verloren in der Vergänglichkeit zu sein. Die Stille in uns ist vernichtet; wir

flüchten vor ihr, wir können sie nicht lange ertragen, wir werden krank in ihr, wir laufen und fahren und lärmen und fliehen.
Unser Leben ist eine einzige große Angst und Besorgnis geworden wie ein immer noch einmal prolongierter Wechsel. Wie lange noch? Unser Leben ist vergiftet, unser Atmen ist vergiftet, in der Luft ist bereits der Tod, im Wasser ist der Tod, wir trinken ihn, wir essen ihn, während wir noch bei Tisch sitzen und delektiert schmatzen. Öltanker versinken im Meer und töten alles Leben. Das Todeskarussell dreht sich schneller und schneller. Atom-Reaktoren übersäen die Erde wie Pestpusteln. Vor jedem Attentat auf diese Todesmeiler, vor jedem Zufall, vor jeder Bombe, vor jedem Überfall können wir jetzt zittern. Nicht davon sprechen, Freunde! Hört ihr, nicht davon sprechen! Seid brav!
Sind die Türen verriegelt? Sind die Gitter vor den Fenstern? Ist der Alarm eingeschaltet? Die Banden sind wieder unterwegs, die Totmacher. Geht nicht mehr in der Dämmerung aus dem Hause! Geht nicht mehr durch Bahnschächte, geht nicht mehr durch einsame Straßen! Sie töten für ein Fünf-Mark-Stück. Sie töten, weil sie sich langweilen, oder weil das gute Fressen sie drückt, oder weil die Hoden drücken. Sie töten schon, weil es ihnen Freude bereitet, uns fallen zu sehen. Geh hin, wohin du willst, aber geh schnell und nicht durch einsame Straßen. Sie überfallen die Alten und quälen die Jungen. Habe Angst um dein Kind!
Sie überfallen Banken und nehmen Geiseln, sie ketten sie in Kellern an elektrische Leitungen oder

fesseln sie in Kisten und lassen sie ersticken, täglich und zu jeder Stunde. Werft euch zu Boden, wenn die Maschinenpistolen auf der Straße losgehen, springt aus dem Wagen und rettet euch, wenn die Fluchtautos ankommen mit den Ungeheuern, mit den Söhnen von Pastoren am Steuer und den Kommunardenmädchen mit dem Revolver neben sich. Sie verhängen den Tod, aber über sie wird kein Tod verhängt. Der Staat tötet keinen mehr; Mörder müssen leben, auch wenn wir sterben müssen. Seht nicht hin, sprecht nicht darüber, denkt nicht daran, freut euch des Lebens.
Ihr lebt doch noch?
Natürlich. Ich spreche ja zu Lebenden. Kommen Sie, meine Dame, kommen Sie, mein Herr, zeigen Sie es unseren Vätern, daß das Leben lebenswert ist! Zeigen Sie ihnen, daß es für Sie kein Eis gibt, das Ihnen den Zugang zu Ihrer Nahrung verschließt! Es hat zu allen Zeiten Böses gegeben. Bravo! Gut geantwortet! Zeigt her eure Füßchen, zeigt her eure Schuh. Zeigt her euren prallen Hintern, zeigt her euer Auto, zeigt her euer Bankkonto. Was noch? Euch fällt nichts mehr ein? Vergeßt nicht Teneriffa und Bangkok. Was noch? Das Bundesverdienstkreuz! Was noch, ihr toten Seelen?
Welche Töne, nicht wahr! Wie haßerfüllt ich spreche, wie? Ja, ich bin nicht euer Freund. Ich bin nicht aller Freund! Ich sagte, ich schriebe Geschichte mit dem Herzen Hesekiels. Wahr. Aber an der Gegenwart ersticke ich fast. Doch, was sollen wir tun? Ich sage »wir« – gehören Sie, mein Freund, überhaupt zu mir? Wann haben Sie zum letzten

Male vor Entzücken und Andacht die Hände gefaltet? Als Kind unter dem Weihnachtsbaum? Und dann? Wann haben Sie seitdem im Geiste noch einmal den Lindenbaum am Brunnen vor dem Tore gesehen oder geglaubt, das Rauschen des Flügelschlages der Fünf Wilden Schwäne oder das Knarren des Mühlenrades in einem kühlen Grunde zu hören? Und dies: »Verschon uns Gott mit Strafen und laß uns ruhig schlafen, und unsern kranken Nachbarn auch?«

Dringt es noch bis zu Ihrem Herzen? Sind Sie hundertmal in Ihrem Leben vor den Wundern der Schönheit fast erstorben, vor dem blühenden Mohn, vor dem Ruf der Amsel, vor der Matthäuspassion, vor dem Grünewald-Altar, vor der Pawlowa, vor dem Erechtheion, vor dem Sonnenaufgang? Dann, armer Freund, sind Sie ein Verlorener und Verratener wie ich. Aber sagen Sie es niemand, Sie wären ein Gelächter.

Denn Sie müssen wissen, daß wir unsere Väter und alles, was sie liebten, weit hinter uns gelassen haben und daß die heutige Welt dicht vor dem Paradies steht. Aber denken Sie an dies Wort von Novalis: »Noch hat jeder, der vorgab, das Paradies auf Erden zu errichten, die Hölle geschaffen.«

(Halleluja)